光文社文庫

長編時代小説

地の業火《ごうか》

勘定吟味役異聞(五)
決定版

上田秀人

光　文　社

本書は、二〇〇七年七月に光文社文庫より刊行した作品を、文字を大きくしたうえでさらに著者が大幅加筆修正したものです。

『地の業火　勘定吟味役異聞（五）』目次

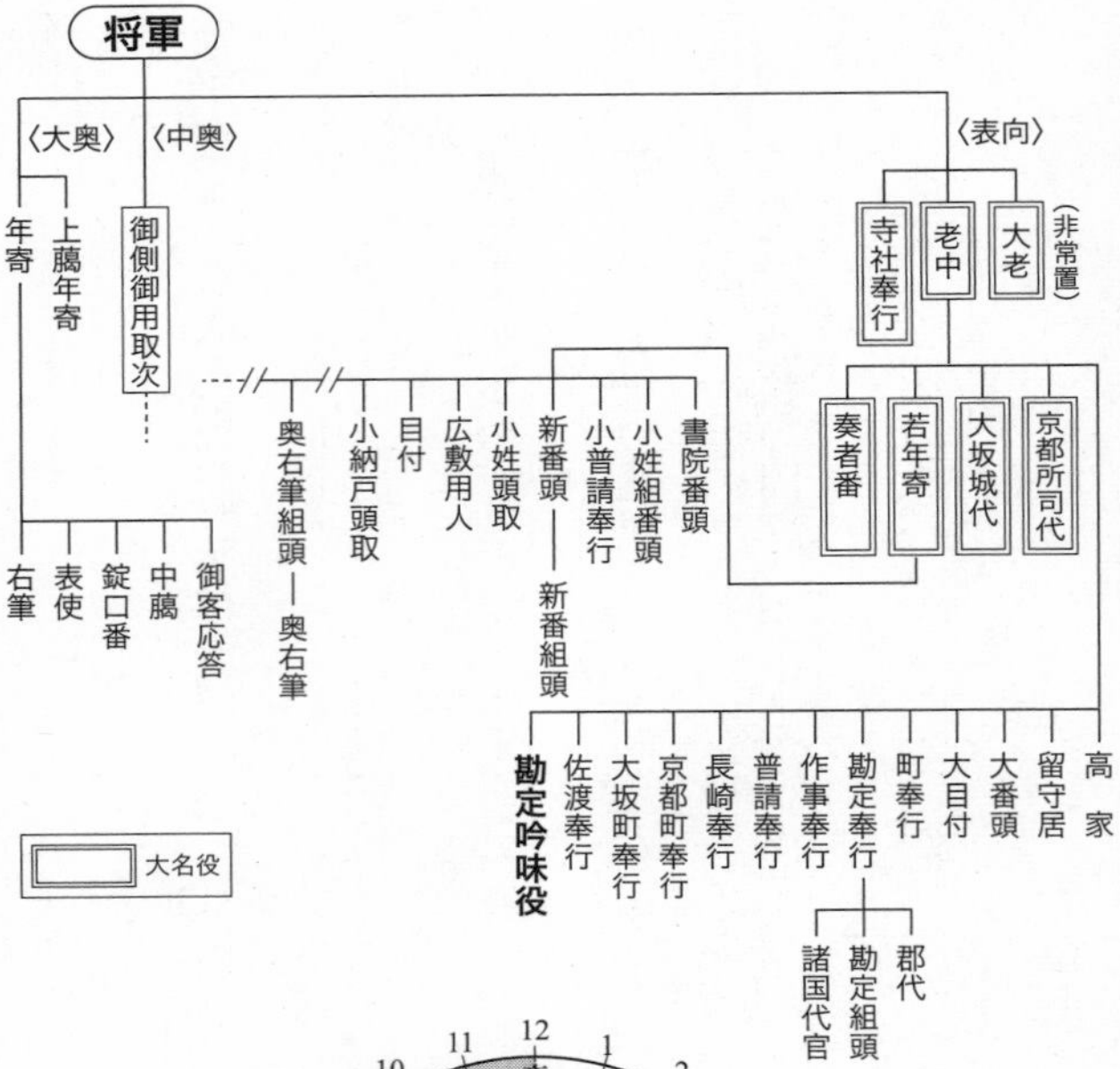

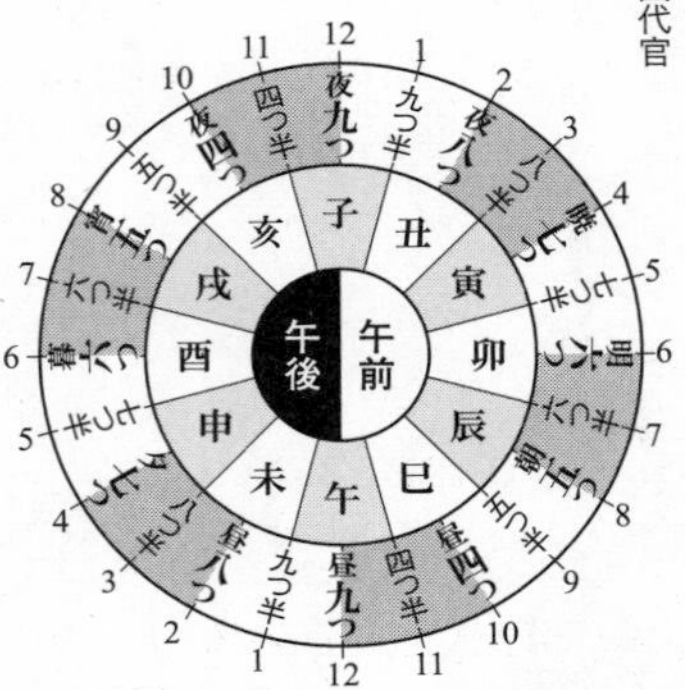

江戸の時刻（外の数字は現在の時刻）

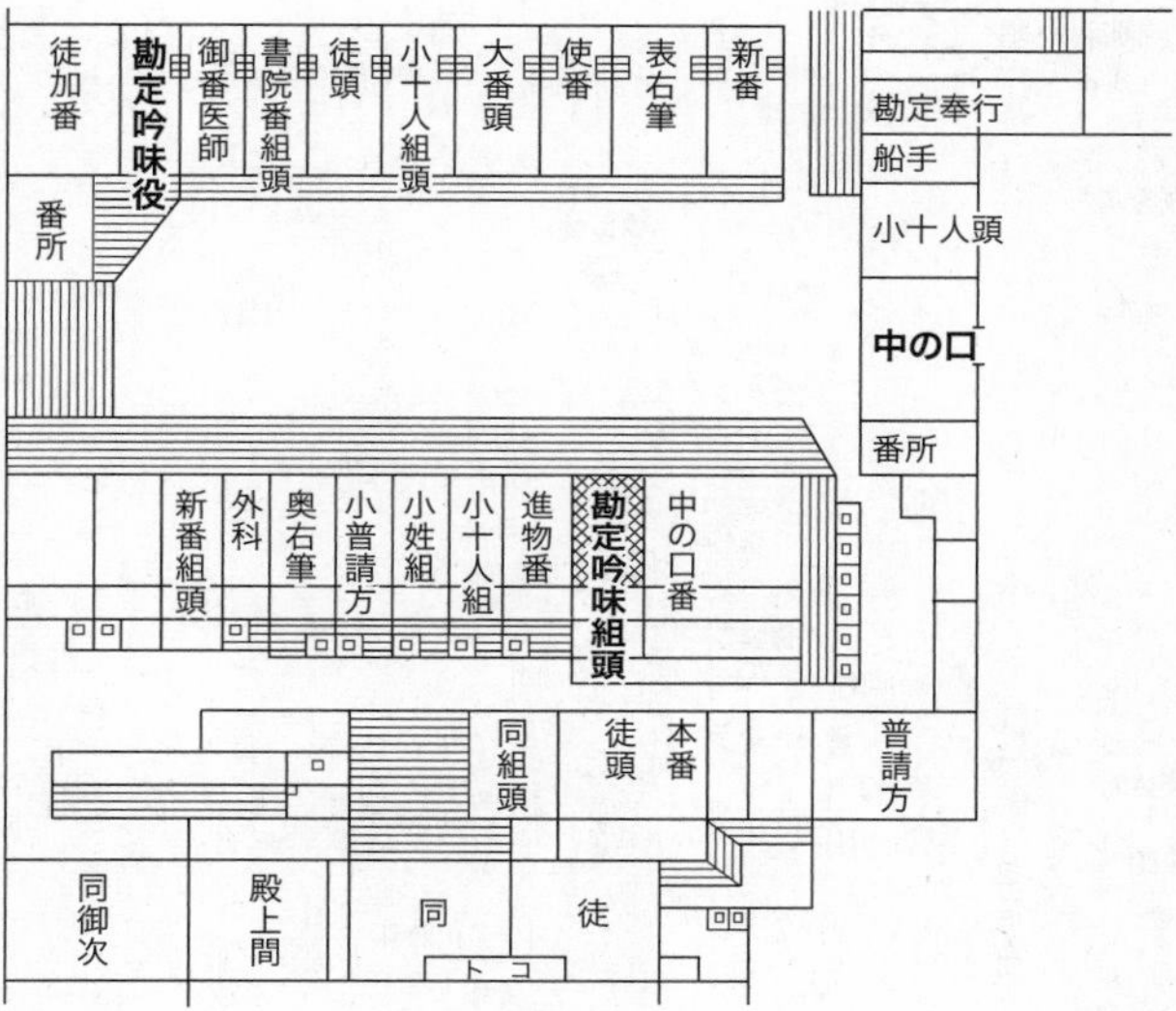

徒加番
勘定吟味役
御番医師
書院番組頭
徒頭
小十人組頭
大番頭
使番
表右筆
新番
番所
勘定奉行
船手
小十人頭
中の口
番所
新番組頭
外科
奥右筆
小普請方
小姓組
小十人組
進物番
勘定吟味組頭
中の口番
同組頭
徒頭
本番
普請方
同御次
殿上間
同
徒
トコ

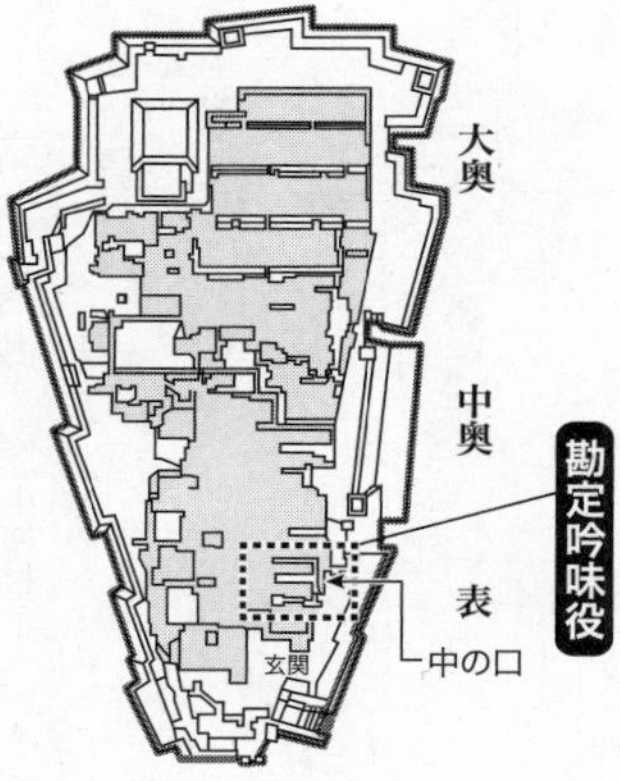

大奥
中奥
表
勘定吟味役
中の口
玄関

尾張殿上屋敷
市谷
早稲田村
江戸川
音羽
護国寺
至板橋宿
江戸川橋
大塚
巣鴨
赤城明神
石切橋
御納戸町
神楽坂
若宮八幡宮
切支丹坂
御薬園
日光御成街道
中山道
小日向馬場
牛込御留守居町
牛込御門
傳通院
小石川
番町
田安御門
白山
神明宮
駒込
水戸徳川家上屋敷
小石川御門
清水御門
入江無手斎道場
春日町
水道橋
千駄木
水城聡四郎の屋敷
御弓町
神田川
竹町
本郷
加賀前田家上屋敷
道灌山
根津権現
霊雲寺
池之端七間町
日暮里
池之端仲町
神田明神
不忍池
湯島天神
忍ヶ岡
鍛冶町
昌平橋
昌平坂
明神下
筋違御門
弁天
仁王門前町
根岸
谷中
寛永寺
東叡山
下谷広小路
内神田
外神田
和泉橋
佐久間河岸
神田佐久間町
下谷金杉町
御徒町
下谷山崎町
通油町
豊島町
新シ橋
向柳原
三味線堀
広徳寺
下谷竜泉寺町
通塩町
柳原土手
左衛門河岸
幡随院
汐見橋
横山同朋町
両国広小路
元鳥越町
甚内橋
猿屋町
茅町
浅草橋
阿部川町
新吉原
薬研堀
米沢町
柳橋
御蔵前片町代地
新堀川
両国橋
日本堤
尾上町
大川
首尾の松
御米蔵
旅籠町
東本願寺
小塚原
回向院
御蔵前
御蔵前通り
浅草寺
日光道中
一ツ目之橋
亀沢町
御竹蔵
御厩河岸之渡し
浅草広小路
奥山
浅草
山谷町
駒形町
雷門
浅草観音
新鳥越橋
二ツ目之橋
駒形堂
浅草
花川戸町
山谷堀
揚場
緑町
南割下水
本所
吾妻橋
竹町之渡し
今戸橋
今戸町
白鬚之渡し
竪川
源森橋
源森川
小梅村
三囲稲荷
向島墨堤
長命寺
木母寺
三ツ目之橋
北割下水
寺島村
北辻橋
大横川
法恩寺橋
業平橋
新辻橋
亀戸村
小梅村
四ツ目之橋
押上村
天神橋
十間川
柳島村
亀戸天神

紀伊徳川家屋敷
元赤坂町
天現寺
渋谷川
竹腰山城守屋敷
伝馬町
平河町
井伊掃部頭
中屋敷
紀伊徳川家
上屋敷
四谷御門
麻布新町
善福寺
六本木
赤坂
氷川明神
赤坂御門
市谷御門
四ノ橋
古川町
仙台坂
新網町
飯倉片町
市兵衛町
麹町
溜池
三ノ橋
二ノ橋
一ノ橋
中之橋
葵坂
千鳥ヶ淵
芝車町
赤羽橋
三田町
虎之御門
半蔵御門
西之御丸
至品川宿
増上寺
新シ橋
外桜田御門
雉子橋御門
和田倉御門
一橋御門
江戸城
南町奉行所
幸橋
土橋
金杉橋
宇田川町
北町奉行所
芝
浜松町
数寄屋橋御門
汐留橋
神田橋御門
呉服橋御門
常盤橋御門
三十間堀
銀座町
竜閑橋
金杉川
濱御殿
木挽町
数寄屋町
一石橋
本町
京橋
本両替町
今川橋
西本願寺
本材木町
白魚橋
日本橋
魚河岸
大伝馬町
小伝馬町
楓川
八丁堀
弾正橋
組屋敷
八丁堀
海賊橋
江戸橋
荒布橋
南茅場町
日本橋川
銀座
元大坂町
中之橋
亀島川
小網町
諸国人入れ相模屋
稲荷橋
一ノ橋
霊岸橋
箱崎橋
松島町
鉄炮洲
高橋
新川
湊橋
行徳河岸
久松町
高砂橋
浜町堀
佃島
二ノ橋
豊海橋
箱崎町
箱崎川
霊岸島
石川島
大川端
永代橋
永久橋
佐賀町
今川町
上之橋
万年橋
新大橋
水戸家石揚場
大島町
黒江町
緑橋
油堀
万年町
材木町
海辺大工町
六間堀
江戸湊
永代寺
富岡橋
仙台堀
海辺橋
弥勒寺橋
高橋
弥勒寺
越中島
蓬莱橋
富岡八幡宮
深川元町
亀久橋
霊巌寺
小名木川
汐見橋
深川
洲崎
入船町
新高橋
扇橋
猿江橋
西
北
南
東
0
1km
猿江町
御材木蔵
大島橋

『地の業火　勘定吟味役異聞（五）』おもな登場人物

水城聡四郎…………勘定吟味役。兄の急逝で急遽、家督を継ぎ、六代将軍家宣の寵臣の新井白石の目に留まり抜擢された。一放流免許皆伝。

入江無手斎…………一放流入江道場の道場主。聡四郎の剣術の師匠。

相模屋伝兵衛…………江戸一番の人入れ屋相模屋の主。

紅…………相模屋のひとり娘。聡四郎に救われ、想いを寄せあうようになる。

大宮玄馬…………水城家の家士。入江道場では聡四郎の弟弟子。

太田彦左衛門…………勘定吟味改役。聡四郎につけられた下役。

新井白石…………無役の表寄合。家宣の寵愛深かった儒者。聡四郎を勘定吟味役に抜擢した。

間部詮房…………老中格側用人。将軍家宣に引き上げられ、家宣亡き後、世嗣の家継の傅り役を引き受けながら、幕政を牛耳る。

紀伊国屋文左衛門……紀州の材木問屋。

柳沢吉保…………前の甲府藩藩主。将軍綱吉亡き後、息子吉里に家督を譲り隠居。

永渕啓輔…………徒目付。幕臣となってからも、前の主君柳沢吉保のために動く。

徳川吉宗…………御三家紀州徳川家当主。

地の業火《ごうか》

勘定吟味役異聞（五）

第一章　枝葉の争い

一

殺気で闇がふくれあがった。

投じられた棒手裏剣が、水城聡四郎《みずきそうしろう》を襲った。

「くっ」

抜き撃った太刀で棒手裏剣を弾いた聡四郎は、同じところに留まる愚を避け、そのまま駆けた。

「何者だ」

辻の角、その奥にある闇へと誰何《すいか》の声をかけるが、応答はなかった。

「消えたか」

あっさりと姿を消した襲撃者に、聡四郎はとまどった。

落ちている棒手裏剣を拾いあげて、辻灯籠《どうろう》の灯りにすかしてみると、先端が青黒く濡れていた。

「毒」

皮膚を傷つけただけで死にいたるほどの猛毒を塗っておきながら、引き際があまりによすぎた。

「なんだったんだ」

すでにこの奇妙な襲撃は、今夜で三度目であった。いずれも聡四郎一人のときにかぎってはいたが、昼夜に関係なく、顔を見せない刺客に襲われていた。

命を狙われる覚えは、十二分にあった。明らかに敵対しているとわかるだけでも片手では足りない。

「警告だというのか」

意図のわからない行為に、聡四郎はとまどうしかなかった。

徳川《とくがわ》御三家筆頭尾張《おわり》六十二万石《ごく》の上屋敷は四代当主吉通《よしみち》の急死を受けて騒然としていた。

生まれや身分にかかわりなく、誰にでもひとしいのが死である。人は死ぬことで終焉《しゅうえん》を迎えるが、それですまないのが武士であった。

武士には受け継がなければならない家があった。さらに、家は当主一人のものではなかった。家は家族のみならず、仕えている者たちのよりどころなのだ。家臣たちの数が多い大名ともなると、当主の急死は恐怖であった。

嗣《し》なきは絶ゆ。幕府が開闢《かいびゃく》のおりから定めている祖法である。こればかりは、徳川を天下人《てんかびと》に押しあげた神君家康《しんくんいえやす》の子といえども例外ではなかった。事実、家康の四男で関ヶ原《せきがはら》の合戦で活躍した忠吉《ただよし》も、のちにそのとき受けた傷の悪化で死んだが、跡継ぎのいないことを理由に、藩は取り潰された。

また、幕府は泰平の世に不要となった大名たちをやっきになって減らそうとした。跡継ぎがいても幼年ならば藩を運営するにあたわずと、改易《かいえき》あるいは転封《てんぽう》、減封《げんぽう》にしたのだ。

ここに、尾張藩の激震している原因があった。

正徳《しょうとく》三年（一七一三）七月二十六日、尾張徳川吉通は、藩主に就任して十四年、まだ二十五歳の若さで死去した。

将軍家にもっとも近い家柄として、格別なあつかいを受ける御三家とはいえ、その実態は一つの藩でしかなかった。いや、外様《とざま》の大大名《だいだいみよう》以上につごうの悪い相手であった。それは、将軍の座を狙うことができたからである。

幕府を開いた徳川家康がなにを思って、十人をこえる息子のなかから三人にだけ、徳川の名前を許したのかは不明である。しかし、それが将軍家継承争いの大きな火種になっていることはたしかであった。

過去徳川将軍家は、二度本家断絶《だんぜつ》の危機におちいった。一度目は四代将軍家綱《いえつな》のときであり、二度目が五代将軍綱吉《つなよし》のおりだった。ともに将軍に子がおらず、分家から血筋の近い者を迎え入れることでしのいだ。この二度とも御三家から人は出なかったが、人物を供給できる家柄として将軍に近い者たちから忌避《きひ》される結果を残した。

その尾張家が存続の窮地《きゆうち》におちいったのだ。しかも将軍がまだ幼く、世継ぎ問題を抱えている最中にである。七代将軍家継《いえつぐ》の側近たちにとって、強大な邪魔者を排除できるまたとない好機であった。

尾張家上屋敷とは、ぎゃくの状況であったが、幕閣《ばつかく》も興奮していた。

「大目付《おおめつけ》に検死を命じるべきではござらぬか」

御用部屋で口火を切ったのは、老中阿部豊後守正喬《あべぶんごのかみまさたか》であった。阿部豊後守は、正徳《しょうとく》元年（一七一一）から老中を務め、六代将軍家宣《いえのぶ》の信任が厚かった。

「相手は御三家でござるぞ。検死はむつかしゅうござろう」

大老井伊《いい》掃部頭直該《かもんのかみなおもり》が、首を振った。

検死とは、大名や旗本《はたもと》などの死に際し、幕府が目付《めつけ》らに命じて、その死因などを確認させることである。変死や謀殺が疑われるときに出され、その報告によっては藩や家に咎《とが》めが下された。

「御三家といえども、将軍にとっては家臣でしかございますまい。いつまでも特別あつかいすることは、特定の家柄に連なる者どもを増長させるだけでござる。一罰をもって百戒となす。ここは、御用部屋が断固たる態度を見せつけるべきと存ずる」

強硬な意見を、阿部豊後守が主張した。

「豊後守どのがあのように言われておるが、いかがでござろうか」

御用部屋でもっとも長い土屋《つちや》相模守政直《さがみのかみまさなお》に、井伊掃部頭が話を向けた。

「覚悟のほどがござれば、よろしかろう」

問われた土屋相模守が、口を開いた。

「覚悟のほどとは」

井伊掃部頭が訊《き》いた。

「尾張六十二万石を潰す覚悟でござる」

ゆっくりと、土屋相模守が一同を見た。

「神君家康公のお血筋を絶えさせるだけの覚悟、六千人近い藩士どもの生活《たつき》の道を奪う覚悟、同数の浪人者を野に放つ覚悟でござる」

土屋相模守の言葉が、御用部屋に沈黙を呼んだ。

「聞けば、尾張の吉通どのは、変死でござるとか。それもどうやら家臣に毒を盛られたらしい。主君殺しは、幕府において謀反《むほん》と並ぶ大罪。手を下した家臣は斬《ざん》、藩は改易が定め。検死をおこなうは、ことを明らかにすると同じ。天下への範《はん》もござれば、尾張藩を潰さねばなりますまい」

「……まさに」

うめくように井伊掃部頭が首肯《しゆこう》した。

「それだけの覚悟をもって、我らはことをなせまするか。いまだ五代将軍綱吉さまが残された傷は癒《い》えず、御当代さまは申しあげにくいことながら幼い。外様どもに幕府を転覆させるだけの気概と武力はもうないとはいえ、侮《あなど》れぬこともござる」

ふたたび、土屋相模守が、執政《しっせい》たちの顔を見た。

「もしや、紀州《きしゅう》家の吉宗《よしむね》どのか」

応じたのは、阿部豊後守であった。

「ご明察《めいさつ》でござる。さよう、紀州どのが、見すごされはしまい。かならずや我らに対し、なんらかの手だてを講じてこられよう。もちろん、我らとて黙ってはおりませぬ。力をあわせれば、紀州どのが策など怖れるに足りませぬが……」

「ひびを入れられると言われるか」

井伊掃部頭が引き取った。

御用部屋の誰もが、御三家紀州徳川五十五万石の当主徳川吉宗をよく知っていた。紀州家二代光貞《みつさだ》の公子と認められていなかった妾腹《しょうふく》の四男から、当主にまでのぼったのである。兄たちがたて続けに急死したおかげとはいえ、運や偶然で片づけられるものではなかった。

「では、見ぬふりをせよと」

阿部豊後守が鼻白《はなじろ》んだ。

「思案を変えませぬか」

御用部屋の奥から、声がした。一人離れたところで座っていた間部《まなべ》越前守《えちぜんのかみ》詮《あき》房《ふさ》であった。

将軍家継の傅育《ふいく》を先代将軍家宣から命じられた間部越前守は、宝永六年（一七〇九）老中格を与えられ、御用部屋での議に加わっていた。

「越前守どの、どういうことかの」

御用部屋をしきる大老、井伊掃部頭が質問した。

「尾張を見逃すのではなく、恩を売るのでござる」

間部越前守が答えた。

「なるほど。吉通どのが死の真相を知っておるぞと、付け家老の成瀬《なるせ》か竹腰《たけのこし》あたりに、さりげなく匂わせるのでござるな」

妙案とばかりに土屋相模守が膝を打った。

「さすがは相模守どの。お見抜きのとおりでござる。されば、尾張藩は御用部屋に負い目ができる」

如才《じょさい》なく間部越前守が、先達《せんだつ》を褒《ほ》めた。

「あとのことは、尾張のなかで始末をつけてくれましょう」

「我らが手を下すまでもないか」

間部越前守の案を井伊掃部頭が認めた。

尾張のことを終えると間部越前守が、席を立った。

「上様を大奥《おおおく》へお連れいたす刻限でござれば」

七代将軍の座にある家継は、ようやく五歳になったばかりであった。毎朝大奥から中奥御座《なかおくご ざ》の間《ま》まで出てはくるが、政《まつりごと》のことなどわかるはずもなく、半日もすれば退屈だとぐずり始めた。

「よしなに」

老中たちのあいさつを背に、間部越前守は御用部屋を後にした。

中奥御座の間から大奥へは、御鈴《おすず》廊下を渡ればすぐである。御鈴廊下は将軍が大奥に住まう御台所《みだいどころ》、あるいは側室のもとへかようときに使われる出入り口であり、男子禁制であった。だが、家宣が死んで以来、間部越前守は毎日のようにここを通って家継の生母、月光院《げっこういん》の局《つぼね》へと足を運んでいた。

「上様、お帰りなされませ」

間部越前守に抱えられて戻ってきた家継を、月光院が出迎えた。

「さあ、おやつの用意がございまする。こちらへ」

月光院付きの中臈《ちゆうろう》絵島《えじま》が、家継の手を引くようにして局の奥、上段の間へと連れ去った。

「越前守」

気を利かせた女中たちもいなくなった下段の間で、月光院が間部越前守にしなだれかかった。

半刻《はんとき》（約一時間）ほどのち、御鈴廊下をぎゃくに渡った間部越前守は、御広敷《おひろしき》に顔を出した。

御広敷は、大奥いっさいの雑用をおこなう役所である。御広敷番を頭に多くの役人がいた。特筆すべきは、隠密《おんみつ》御用を承《うけたまわ》る伊賀者《いがもの》が配されていることであった。

御広敷伊賀者、表向きは大奥の警備と外出する女中の供《とも》であったが、そのじつは幕府の誇る隠密である。その伊賀者を間部越前守は月光院より預けられていた。帰邸の行列を襲われて以来、間部越前守は江戸城に詰めっきりであった。いや、下城することが許されていなかった。

「越前に万一のことがあっては、誰が上様をお護りすると申すのじゃ」

月光院に必死の形相《ぎょうそう》で言われては、間部越前守が逆らえるはずもなかった。

下着の替えや食事の用意は月光院の命を受けた大奥が手配してくれるとはいえ、自宅と違って気ままができないだけに間部越前守はいらだっていた。

なにより、夜ごと離そうとしない月光院に、間部越前守は疲れていた。

正体の明らかでない襲撃者への不安も重なって、月光院の前では隠していた不機嫌さを間部越前守はあらわにしていた。

「柘植《つげ》はおるか」

間部越前守は、御広敷伊賀者詰め所に足を踏み入れた。

「ここに」

御広敷伊賀者を束ねる組頭柘植卯之《うの》が、駆けよって平伏した。

「勘定吟味役風情《かんじようぎんみやくふぜい》にかかわっておる暇はないはずぞ。手出しをするなと命じたはずだ」

聡四郎を襲う奇妙な刺客が御広敷伊賀者だと、間部越前守は見抜いていた。

「申しわけございませぬ」

叱責《しつせき》に、柘植卯之が詫びた。御広敷伊賀者は間部越前守の弱みを握った聡四郎を始末すべく出陣し、返り討ちにあって二人を失っていた。

伊賀にせよ、甲賀《こうが》にせよ、忍の結束は強く、その恨みは深い。間部越前守より禁じられてはいたが、黙って見すごすことは伊賀者の矜持《きようじ》が許さなかった。

柘植卯之は、配下の不満を発散させるために、一撃離脱を厳命したうえで、聡四郎への手出しを黙認していた。

「よいか。あの者のことは、いずれ決着をつけさせてやる。それまでは我慢いたせ」

人あしらいのうまさで老中格までのぼった間部越前守である。伊賀組をなだめることを忘れてはいなかった。

「それよりも、なすべきは一つである。尾張の力が削《そ》がれた今こそ、紀州に攻勢をかけるべきときぞ。吉宗が傷、見つけだせ」

「承ってございまする。伊賀組の力にご期待くださいますよう」

間部越前守の指示を、柘植卯之は平伏して受けた。


薄暗い蠟燭《ろうそく》の灯りを中央に、六人の尾張藩士が車座となっていた。

「またとない好機ぞ。我らが但馬守《たじまのかみ》さまを当主の座にお就け申すことができるな」

もっとも年嵩《としかさ》の藩士が、皆の顔を見た。誰もが無言で首肯した。木挽町《こびきちょう》築地《つきじ》にある尾張藩下屋敷の長屋は、その敷地の広さにくらべて人の数が少なく、日が落ちると閑散とする。その長屋の一軒に藩士たちは集まっていた。

「守崎頼母《もりさきたのも》がやったことは、憎みてもあまりある。なれど、日陰とされた但馬守さまに光明《こうみよう》をくれたことは確かである」

守崎頼母とは、尾張藩主徳川吉通の愛妾《あいしよう》お連《れん》の方《かた》の兄であり、側役《そばやく》として信頼されていた家臣であった。そのお連の方と食事をしたあと、吉通は急に腹痛を訴え、一晩もだえ苦しんで死んだのである。

あきらかに不自然な死に方であったが、その詮索以上に尾張藩にとってたいせつなことは、跡継ぎ選定であった。吉通が若かったこともあって、まだ世継ぎを決めていなかったのである。

大名家には仮世継ぎ届けというものがあった。藩主の万一に備えて、世継ぎは誰にと幕府に届け出ておくのだ。ただ、仮届けは参勤交代や藩主が病床に臥したときに出されるのが慣例であり、参勤の終了や、床払いをしたときには開封されず返されることになっていた。尾張藩の参勤は昨年であり、今年はまだである。仮届けはすでに引き下げられていた。

今、尾張の世継ぎと目される人物は数人おり、そのそれぞれに家臣団がついている。御家騒動が起こらないはずはなかった。とくに、直系から外れた者にとって、世継ぎを決めずして藩主が急死した状況は千載一遇《せんざいいちぐう》の機会であった。

「一昨年、先代将軍家宣さまのお声掛かりにて、譜代《ふだい》大名格を与えられたとはいえ、但馬守さまには寸土の領地もなく、捨て扶持《ぶち》をあてがわれるだけ。口にいたすもはばかりあることながら、飼い殺しにひとしい。そして、但馬守さまにつけられた我らも、肩身の狭い思いで出世の夢もなく、朽《く》ちていくだけであった。それが、変わるやも知れぬ」

年嵩の藩士が、力強く言った。

「但馬守さまは、今年で御歳三十六。ご壮健《そうけん》のうえ、ご明晰《めいせき》。藩主にふさわしいお方である。昨今の尾張を囲む情勢も、但馬守さまならなんなくきりぬけていかれるであろう。よいか。但馬守さまをご当主にとの願いは、我らの利ではなく尾張六十二万石百年のためぞ」

「おう」

あおるような言葉に、集まっていた藩士たちが唱和《しょうわ》する。

「命を惜しむな。名をこそ惜しめ。但馬守さまがご当主とおなりあそばされたとき、我らの苦労はかならずや報われる」

「伊豆崎《いずさき》さま。われらはなにをいたせばよいのでござる」

若い藩士が年嵩の藩士に問うた。

「前田《まえだ》か。我らのすべきは同志を増やすこと。そして敵を殲滅《せんめつ》することぞ。まずは、親類縁者、友、剣や学問の同門と語らえ」

「理《ことわり》だけでは、難しゅうござろう。意気だけでは人はついてきませぬ」

中年の藩士が、口をはさんだ。

「わかっておる、すでに武士から気概が消えて久しいことはな。なれば、利で釣るのもやむをえぬと承知しておる。出世を望む者には役を、石高《こくだか》を求める者には増禄を約してよい」

「よろしいのか。偽りを申すことになりませぬか」

「かまわぬ。今は但馬守さまを支えることのみ考えよ。但馬守さまが藩主の座に就かれれば、あとはどうとでもなる」

中年の藩士の心配を伊豆崎は捨てた。

「そして説得できずば、殺せ。我らのことを知られてはならぬ」

伊豆崎がそう命じたとき、長屋の木戸が破られた。

「しまった。感づかれていたか」

臍《ほぞ》を噛む声が終わる前に、室内にたすきがけをした藩士たちが乱入した。

「奸賊《かんぞく》」

かった。

「藩を危うくする亡家の臣」

たすきがけした藩士たちが、口々に罵《ののし》り声をあげながら、伊豆崎らに襲いか

「おのれ」

たちおくれた伊豆崎たちも太刀を抜いて応じる。

下屋敷はたちまち喧噪《けんそう》に包まれた。

尾張藩は、大きく分裂を始めていた。


水城聡四郎は、登城するなり新井筑後守白石《あらいちくごのかみはくせき》に呼びだされた。

勘定吟味役の執務部屋である内座《ないざ》から、新井白石の控え室側用人《そばようにん》下部屋は近い。

聡四郎は、配下の勘定吟味改役《あらためやく》太田彦左衛門《おおたひこざえもん》を連れて、下部屋に入った。

「来たか。座れ」

待っていた新井白石が、下座を指さした。

「御用でございまするか」

聡四郎が訊いた。

新井白石によって、勘定吟味役へ推戴《すいたい》された聡四郎である。直接の上司ではな

かったが、対応はていねいであった。

「尾張徳川吉通さまがことを耳にしておるか」

前置きもなしに、新井白石が問うた。

「噂でよろしければ」

聡四郎は、そう答えるしかなかった。

紀伊国屋《きのくに》文左衛門《ぶんざえもん》の動きから、聡四郎は吉通の死、その裏に豪商が絡んでいることは推察していた。しかし、確証はなく、また頭脳明晰ながら視野の狭い新井白石に告げるには不安が大きかったので、聡四郎は隠すことにした。

「申してみよ」

「尾張権中納言《ごんのちゆうなごん》吉通さまは、御夕餉《ゆうげ》の魚に食傷《しよくしよう》され、お手当てのかいもなくご逝去なされたと聞いておりまする」

新井白石にうながされて、聡四郎は答えた。

「噂そのままか。それで満足しているのではなかろうな」

冷たい目で新井白石が聡四郎を見た。

「おっしゃっておられることが、わかりかねまする」

聡四郎は、とぼけた。

そう長いつきあいではないが、何度となく走狗《そうく》とされたことで聡四郎も新井白石とのつきあい方を学んでいた。

「吉通さまは、毒殺されたのだ」

聡四郎の煮えきらない態度が気に入らない新井白石は、文机《ふづくえ》をたたいて断言した。

「……………」

新井白石の思惑がわからない聡四郎は反応しなかった。

「水城、わかっておるのであろう。これがどれほどの大事であるか」

小柄な身体をぐっとのりだして、新井白石が迫った。

「大名の一人が毒を飼われたぐらいならば、儂《わし》もこれほど気にはせぬ。歴史を繙《ひもと》くまでもなく、どれほど多くの大名たちが、一族、家臣によって闇に葬られたかなどわかっておることだ。しかし、こたびの尾張吉通さまがことは、見すごすことはできぬ」

新井白石が、荒くなった息を整えるため、言葉をきった。

「これは家継さまにもかかわる天下の一大事ぞ」

「申しわけありませぬが、尾張吉通さまが毒殺されたにせよ、それがどうして上様にまで波及いたすのでございましょうか。わたくしにはわかりかねまする」

純粋な疑問であった。

家継が殺されかかったのならば、わかる。しかし、死んだのは、いや殺されたのは家継にとって敵に近い御三家尾張の当主なのだ。将軍家継のもとでぞんぶんに施政の腕を振るいたい新井白石にとって好都合なはずであった。

「ふん。やはりわかっていなかったか」

新井白石の顔にあざけりが浮かんだ。

「なにかと儂の意向を無視して、自《わが》ままに振るまうようになってきたゆえ、少しは先が見えるようになったかと思ったが、やはりそなたは棒振りが分相応《ぶんそうおう》」

「…………」

聡四郎は沈黙した。

「よいか。尾張家は将軍家に跡継ぎなきとき、その継嗣《けいし》を差しだすことが認められた特別な家柄。親藩《しんぱん》のなかでも、紀州家と並んで特別にあつかわれる。その尾張家の当主が家臣に殺された。これが単なる御家騒動ならば問題はない。なれど、今は八代さまのことがからんでおる」

家継の次を、新井白石が口にしたことに、聡四郎は驚いた。

「稀代《きたい》の名君家宣さまのお血を代々の将軍に継いでいく。これこそ肝要《かんよう》であることは論をまたぬが、施政者たる者は万一のことも考えて動かねばならぬ」

聡四郎の驚愕《きょうがく》に気づいた新井白石が、続けた。

「お血筋が続いていくかどうかは、天命」

新井白石は、家継に子供ができるかどうかを運の一言で片づけた。

「こればかりは人智《じんち》でどうにかなるものではない。もちろん、お血筋が残るようにあらゆる手だてを講じるのは当然だがの」

「はあ」

聡四郎は、相槌《あいづち》をうった。

「なれど、それは第二の義ぞ」

「なんとおっしゃるか」

聡四郎は耳を疑った。武家にとって家を残すことが、なにより重要である。それは武家の統領《とうりょう》たる将軍も同じであった。いや、むしろ、より求められていた。

将軍に次代を譲る世継ぎがいないことは、天下騒乱のもととなった。そのいい例が豊臣秀吉《とよとみひでよし》であった。織田信長《おだのぶなが》の一部将から天下人まで駆けあがった豊臣秀吉は、戦国の争乱を終わらせた傑物《けつぶつ》であったが、残念なことに子供に恵まれなかった。晩年ようやく世継ぎを得たが、その子の成長を見ることなくこの世を去った。争いは終わっていたが、まだ固まっていなかった豊臣の天下は、英雄の死を支えきれず、徳川家康によって奪われる結果となった。もし、豊臣家に家を支えるだけの血縁者があれば、関ヶ原の合戦は起こらず、天下は大坂を中心に続いたに違いなかった。それほど天下人には、すべてを譲る血筋が重要だった。

「大きな声を出すな。だから、そなたは人の上に立つ者ではないのだ。よいか、家臣が真に後世へ伝えなければならぬは、将軍の理ぞ。将軍が政にかけた思いこそ、残さねばならぬのだ」

そこまで言った新井白石が、急に声をひそめた。

「申しあげるも畏《おそ》れ多いことながら、もし、お血筋さまが暗愚《あんぐ》であられればなんとする」

今度こそ聡四郎は息をのんだ。

新井白石は言外に、家継が将軍にふさわしい才ではないと告げたにひとしかった。家宣の残した一粒種家継を将軍にするために、新井白石がどれほど暗躍したかは聡四郎でさえ知っている。家継が将軍の器でなくば、尾張吉通を七代にと家宣が死の床で残した言葉さえ、新井白石は握り潰したのだ。

そこまでして将軍に押しあげた家継を、新井白石はその才なしと切って捨てた。

「新井さま、それは……」

脇に控えていた太田彦左衛門が、思わず口を出したほどの衝撃であった。

「身分をわきまえよ。御目見得《おめみえ》もできぬ者が口をはさむな」

新井白石が、太田彦左衛門を叱った。

「申しわけございませぬ」

頭をさげて、太田彦左衛門がさがった。

「お世継ぎさまが、まちがった政をなされたとき、世の中は乱れ、先代さまの御遺徳さえも地に落ちてしまう。お名が汚れるのだ。それだけは、なんとしても防がなければならぬ。先代さまのご事跡《じせき》を護り、その高邁《こうまい》なるお心をつむいでこそ、真の忠臣」

新井白石が断言した。

「よいか、家宣さまのご施政を継承できるお方こそ、お世継ぎなのだ。血ではない、心こそがたいせつなのだ。わかるか。血に重きを置いたために、家綱さまはまちがえられた。選ぶべきではなかったのだ、弟君をな」

四代将軍家綱の弟とは、五代将軍綱吉のことである。世継ぎのなかった家綱のあとを受けた綱吉のおこなった生類憐《しょうるいあわれ》みの令などの失政は、いまだに幕府をさいなんでいた。

「天下にとって重要なのは、血の正統性ではなく、志よ。家宣さまの目指されたものを受け継ぐお方こそ、正しき後継者なのだ」

「尾張吉通さまこそ、そうであったと」

聡四郎が、訊いた。

鋭い目で新井白石が、聡四郎をにらんだ。

「紀州の吉宗に、清廉《せいれん》があるとでも申すのか」

「………………」

答えようもなく、聡四郎はふたたび沈黙するしかなかった。

「尾張吉通さまが、家宣さまのお考えを継ぐにふさわしいお方であったかどうかは、もうわからぬ。こればかりは、実際に大樹《たいじゅ》の座に就かれてみなければわからぬ。だが、尾張吉通さまこそ、選ばれるべきお方だったのかもしれぬのだ」

新井白石が、息を継いだ。

「尾張家には、ほかにも家康さまから数えて四代目にあたる公子さまが多数おられる。これ以上は言わずともわかろう」

最後まで命を口にせず、新井白石が聡四郎をうながした。

「行け」

「…………」

黙礼して聡四郎は、下部屋を後にした。

「太田どの、ちょっと」

聡四郎は太田彦左衛門を外へと誘った。御納戸口《おなんどぐち》御門を出て左に行けば、人気はなくなる。

「どう思われた」

足を止めて聡四郎は尋ねた。

「かんばしくございませぬな」

苦い顔で太田彦左衛門が答えた。

「新井さまは、妄執《もうしゅう》におちいられた」

太田彦左衛門の言葉に、聡四郎も黙ってうなずいた。

「家宣さまへの崇拝が、狂気にまで高じてしまわれた。今まではまだ家継さまへの思いもお持ちでしたが……」

「儒学を基礎とした正しき政への執念か」

「いえ」

小さく太田彦左衛門が否定した。

「もう新井さまのなかに、それはございますまい」

小さく太田彦左衛門が、ため息をついた。

「政の中心から外されることへの恐怖、それだけが新井さまを覆っておるように見えました」

太田彦左衛門の言葉に、聡四郎の背筋を寒いものが伝わっていった。

二

聡四郎は、定刻になるのを待って下城した。

「殿。お早いお下がりで」

江戸城大手門前広場には、多くの家臣たちが主《あるじ》の帰りを出迎えていた。そのなかの一人が、聡四郎に近づいてきた。

「玄馬《げんば》、少し立ち寄る先ができた」

足を止めず、聡四郎は歩きながら告げた。

「お供いたしてよろしいので」

大宮《おおみや》玄馬が問うた。

御家人《ごけにん》の三男であった大宮玄馬を、聡四郎が雇い入れ、侍身分の家士としていた。また、出迎えは不要としていた聡四郎も、何度か襲われたことで警固《けいご》を受け入れていた。

「かまわぬ」

聡四郎は、大宮玄馬に供を許した。

江戸城大手門前広場をまっすぐ東に進んで、常盤《ときわ》橋御門を通り、金座《きんざ》前を曲がり、一石《いっこく》橋をこえてふたたび東に折れれば、五丁（約五四五メートル）ほどで八丁堀《はっちょうぼり》に入る。

「ここは」

聡四郎の目指す先を知った、大宮玄馬が目をむいた。

町奉行所に勤める与力同心たちの屋敷が建ちならぶ八丁堀、そこでもっとも宏《こう》壮《そう》な屋敷の前に聡四郎は立った。

「紀伊国屋どのは、ご在宅か」

門前の若い使用人に、聡四郎は声をかけた。

「これは、お勘定吟味役の……」

使用人はすぐに聡四郎の顔を見わけた。かつて聡四郎は紀伊国屋文左衛門に招かれて、この屋敷を訪れたことがあった。

「あいにく主人は他行いたしておりまして」

申しわけなさそうに使用人が頭をさげた。

「そうか。それではいたしかたない。じゃまをした」

聡四郎はあっさり紀伊国屋文左衛門との面会をあきらめた。

「よろしいので」

背を向けた聡四郎に、大宮玄馬が訊いた。

「ああ。さっそくに連絡《つなぎ》が行く。すぐに向こうから顔を出してくれるだろう」

聡四郎は、屋敷への帰途をとった。

役付き旗本の朝は、どこも同じようなものだ。日が昇るにあわせて起き、朝餉を取った後、五つ（午前八時ごろ）には、登城する。

ただ、勘定方《かんじょうかた》だけが違った。幕府というより天下すべての金を動かしている勘定方は激務であり、少しでも刻《とき》をひねりだすために、他役よりも早く江戸城に登るのだ。

聡四郎も六つ半（午前七時ごろ）前には屋敷を出ることにしていた。

「そろそろ食事にしたほうがいいわよ」

毎朝の日課である真剣での素振りに熱中していた聡四郎に、若い女が言った。

「もうそんな刻限か」

振っていた太刀を、聡四郎は鞘《さや》に納めた。

「朝食の用意はととのっているから、はやくしなさい」

「かたじけない、紅《あかね》どの」

聡四郎は、礼を述べた。

女は江戸城お出入りの人入れ屋相模《さがみ》屋伝兵衛《でんひょうえ》の一人娘、紅である。勘定吟味役になったばかりで、右も左もわからなかった聡四郎を職探しの浪人者と勘違いした紅が、店に連れて帰って以来のつきあいであった。

庭の井戸で汗を流した聡四郎は、居室に戻った。中庭に面した書院には、すでに膳が用意されていた。

「四郎さま、お急ぎになられませぬと」

書院には聡四郎が子供のころから面倒を見てくれている、水城家の女中喜久《きく》と紅が待っていた。

旗本の家では、けっして家族と食事をともにすることはなかった。当主は一人居室で食べ、女たちはそのあと台所ですませるのが決まりであった。

「紅さまから、鮎《あゆ》の煮浸しをいただきました」

喜久が膳の上にある魚を示した。

「それは馳走《ちそう》だな」

喜んで聡四郎は箸を伸ばした。

泰平の世となり、功名《こうみょう》をあげて禄を増やすことができなくなって百年以上、物価の上昇についていけなかった旗本の内情はどこも苦しい。五百五十石取りとはいえ、水城の家も同様である。朝から魚が膳にのることなど、年に数回あるかないかであった。

「紅どの、本夕、相模屋どのにお目にかかりたいが、よいかな」

食事を終えた聡四郎が、問うた。

「そう。じゃ、夕餉をいっしょにすればいいわね」

登城支度の最後、聡四郎の袴の腰板を整えながら、紅が首肯《しゅこう》した。

「ごしゅったあぁつううう」

若党《わかとう》のあげる独特の声に送られて、聡四郎は屋敷を出た。

「殿、師はどうなされておいでなのでございましょう」

江戸城へと向かう途中で、大宮玄馬が訊いてきた。

「いずこに行かれたかは知らぬ。だが、おそらくは浅山鬼伝斎《あさやまきでんさい》との戦いに備えて、山にでも籠《こ》もっておられるのではないか」

師とは、聡四郎と大宮玄馬が学んだ一放《いっぽう》流入江《いりえ》道場の主、入江無手斎《むてさい》のことであった。

その入江無手斎が、剣の死合《しあい》で怪我をした。名もなき流派ながら、隠れた名手として知られた入江無手斎に傷を負わせたのは、一伝《いちでん》流二代目浅山一伝斎《いちでんさい》改め浅山鬼伝斎である。二人の間には数十年におよぶ因縁があり、その決着をつけるべく、江戸に出てきた浅山鬼伝斎と斬りあった入江無手斎は一敗地にまみれたのだ。

幸い命を失うまでにはいたらなかったが、傷の癒《い》えた入江無手斎は、己の力不足を悟って、後事を聡四郎に託し、道場から姿を消した。

「大丈夫でございましょうか」

大宮玄馬が不安そうな声を出した。

剣を学ぶ者にとって、師こそ最強であった。その師、入江無手斎が敗北した衝撃は、若い大宮玄馬の心に大きな影を落としていた。

「わからぬ。剣の戦いは、理詰めではない。かならず強い者が勝つとはかぎらぬ。巌《いわお》のようであった師でさえ、敗れることもあるのだ」

聡四郎は首を振った。

「だが、師がこのままで終わるような人でないことは、我らがもっとも知っていよう。かならずや師は、鬼伝斎を撃ち破られる」

力強く、聡四郎は告げた。

「なにせ、我らはまだ師の果てを見てはおらぬ。どこに天井があるかわからぬ力と技。一放流を極《きわ》めたその腕は無敵ぞ」

「はい」

納得した大宮玄馬がうなずいた。

「師が戻られるまでの間、道場を無事に護ることが、弟子である我らにできる唯一のことだ」

「承知」

弟弟子でもある大宮玄馬が、首肯した。

聡四郎と大宮玄馬が学ぶ一放流は、越前《えちぜん》の太守《たいしゅ》戦国大名朝倉《あさくら》家の武将であった富田越後守《とだえちごのかみ》が創始した富田流小太刀に源を発している。富田越後守の高弟、富田一放《いっぽう》が小太刀の間合いでの太刀打ちを考案したもので、全身の力を鍔元《つばもと》に集めて放つ一撃は、鎧《よろい》武者《むしゃ》をその兜《かぶと》ごと両断する。ただ、戦のない時代に狭い間合いでぶつかりあう一放流の稽古は荒すぎ、学ぶ者も少なく、入江道場もはやっているとは言いがたい状況であった。

「近いうちに、道場へ寄るぞ。皆の稽古を見てやらねばならぬ」

「お供つかまつりまする」

大宮玄馬が答えた。

聡四郎の身分では、大手門より先に家臣を連れて入ることは許されていない。

聡四郎は大宮玄馬と別れて、城中に入った。

江戸城大手門には、書院番士《しょいんばんし》と同心、甲賀組与力、そして徒目付《かちめつけ》が警固のために詰めていた。いや、徒目付は大手門を通過する者たちの非違《ひい》を見つめていた。

徒目付永渕啓輔《ながぶちけいすけ》は、書院番組同心たちの陰にまぎれるようにしながら、続々とやってくる役人たちを見ていた。

「水城……」

聡四郎の顔を見つけた永渕啓輔が、つぶやいた。

永渕啓輔は徒目付でありながら、そのじつかつての宰相柳沢美濃守吉保《やなぎさわみののかみよしやす》の手の者であった。

五代将軍綱吉の寵愛《ちょうあい》を後ろ盾に幕政を壟断《ろうだん》した柳沢吉保は、家宣が大樹の座に就くなり隠居したが、復権を目指して暗躍を続けていた。その一つに勘定奉行荻原近江守重秀《おぎわらおうみのかみしげひで》を使った幕府勘定方の支配があった。しかし、金を武器にした柳沢吉保の策に新井白石が気づき、阻止に出た。その先兵となったのが聡四郎であった。聡四郎は荻原近江守と江戸一の豪商紀伊国屋文左衛門の癒着《ゆちゃく》をあばき、柳沢吉保の計画をくじいた。それ以降、聡四郎は永渕啓輔からつけ狙われることとなった。

「変わったようすはないな」

「なにかございましたか」

永渕啓輔が漏らした独《ひと》り言に、書院番組同心の一人が反応した。当番中に大手門でなにかあれば、同心たちにも咎めがおよぶ。

「いや、なにもござらぬな、と申しただけでござる」

書院番組同心を安心させるように、永渕啓輔はほほえんだ。

「ご無礼つかまつった」

書院番組同心が、ほっとした顔をした。

徒目付も書院番組同心も御目見得のかなわない御家人である。同格であるが、その職責の差は、同心たちに敬語を使わせるだけの重さがあった。

「紀州権中納言さま、ご登城」

近づいてくる行列に気づいた書院番組同心が、声をあげる。

書院番組同心と甲賀組与力が、片膝を突いて頭をたれ、書院番士たちは、その場で黙礼《もくれい》した。

応じて駕籠《かご》の戸を開けた紀州家当主徳川権中納言吉宗が、無言でわずかに頭をさげる。

大手門を過ぎると、すぐに下乗となる。馬や駕籠で登城することが許されている大名、役人といえども、ここでおりなければならないきまりであるが、御三家のみ中之門までそのまま行くことができた。

吉宗ののった駕籠は、ゆっくりと江戸城玄関へと進んでいった。

「ご参勤の時期ではないぞ」

紀州家の行列が見えなくなったところで、書院番組同心の一人が口を開いた。

「上様将軍ご就任の儀も終えたからではないか。今年の春に急参勤されてから、いろいろ行事ごとがあったからな」

別の書院番組同心が答えた。

「なるほど。ご祝儀《しゅうぎ》登城でずれた参勤の日時を戻されるおつもりということか」

最初に疑問を口にした書院番組同心が、納得した。

正徳三年（一七一三）、幕府は新春早々から多事であった。

慣例である正月総登城を皮切りに、正月四日のお袴着《はかまぎ》、三月二十六日元服《げんぷく》、四月二日将軍宣下《せんげ》と重大な行事が続いた。

公《おおやけ》である将軍家の行事は、同時に徳川の一門にとっても重要な催しであった。参勤の時期など関係なく、御三家の当主たちは江戸に参集しなければならなかった。

「尾張公のご葬儀には列せられるのであろう」

「どうなるのであろうな。尾張公の御菩提《ごぼだい》は名古屋《なごや》であろ」

書院番組同心たちが、ささやきあっているのを書院番士が叱った。

「お役目中ぞ」

「申しわけございませぬ」

書院番組同心たちが詫びて、大手門はいつもの風景に戻った。

静かに大手門を離れると、永渕啓輔は、登城してくる役人、大名たちの流れに逆らうようにして城を出た。

永渕啓輔は、江戸城の堀を巡《めぐ》るようにして、江戸茅町《かやちょう》二丁目にある甲州《こうしゅう》二十二万八千七百六十五石柳沢家の中屋敷を訪れた。幕政から退いた柳沢吉保は、藩主の座を息子吉里《よしさと》に譲り、中屋敷にて隠居していた。

中屋敷の門を潜った永渕啓輔は、いつものように中庭にある四阿《あずまや》で待った。永渕啓輔が来たことは、用人をつうじて柳沢吉保に報《しら》される。

「まだまだ暑いな」

小半刻《こはんとき》（約三十分）ほどして、柳沢吉保が一人で現れた。中屋敷としては宏壮な敷地に蟬《せみ》の声が満ちていた。

「風流とは言えぬな、蟬というやつは。うるさいだけじゃ」

平伏する永渕啓輔を前に、柳沢吉保が腰をおろした。

「歳を取ると、暑さよりも蟬のやかましさがこたえるわ。暑気あたりでもいたしたのかの。もうひとつ気分がすぐれぬ。ところで、どうした永渕」

柳沢吉保が永渕啓輔に訊いた。

「おうかがいいたしたきことがございまする」

「申してみよ」

「尾張公のご葬儀は、どこでおこなわれることになりましょうや」

許しを得て、永渕啓輔が質問した。

「尾張どのか。国元であろ」

「今ひとつ。尾張五代はどなたがお継ぎになられましょうや」

永渕啓輔が重ねて問うた。

「まだ決まってはおらぬようじゃがな」

すでに幕政から去ったとはいえ、柳沢吉保の力は衰えていなかった。屋敷から一歩も出ることなく、柳沢吉保は尾張家の内情まで知っていた。

「尾張の跡継ぎと目されておるのは、まず吉通が息子の五郎太《ごろうた》、ついで吉通の兄弟通顕《みちあき》、通温《みちまさ》、通春《みちはる》。そして、吉通の叔父にあたる尾張二代光友《みつとも》が末子友著《ともあき》じゃ」

柳沢吉保が名前をあげた。

「ならば、正統の五郎太さまが世継ぎと」

「五郎太は、正徳元年（一七一一）生まれの三歳ぞ」

納得しかけた永渕啓輔に、柳沢吉保が教えた。

「三歳でございまするか。さすがに六十二万石の太守《たいしゅ》には無理でございましょう。となれば、跡継ぎは通顕さまか、家康さまのお血筋に近い友著さま」

徳川にとってなによりたいせつなのは、家康である。家康から数えて何代目にあたるかは、重要な問題であった。それから考えれば、通顕は玄孫《やしゃご》となり、曾孫《ひまご》の友著よりも遠かった。

「ふん」

柳沢吉保が鼻で笑った。

「尾張の世継ぎはな、五郎太になろう」

「三歳の幼君を選ぶと」

永渕啓輔は驚愕した。

「尾張が選ぶのではない。選ばざるをえなくされるのよ」

「御上が命じられるのでございますか」

柳沢吉保が口にしなかった内容を、永渕啓輔は的確に読みとった。

「尾張から五郎太へ相続を願う形にはさせるだろうがな。その実態は、強制よ。なにせ尾張には大きな弱みがあるからの。逆らえまい」

「吉通さまが死の真相」

「真相と言うほどのこともなかろうが。裏長屋の子供でも知っておるわ。吉通が家臣に殺されたことなどな。だが、それを表にすることはできぬ。家を潰すことになるでの。ならば御上の、いや御用部屋の命じたとおりにするしかあるまい」

あざけりの表情を柳沢吉保が浮かべた。

「三歳の子供に尾張藩主が務まりましょうか」

「務まるわけなどないわ。だが、それでよいのだ。五郎太に藩主をさせれば安心だからの」

「安心でございますか」

永渕啓輔が、首をかしげた。

「三歳では、将軍の座を欲しがるまい」

柳沢吉保が立ちあがった。

「尾張は潰《つい》えた。そろそろ幕府にも、いや、江戸の町にも揺さぶりをかけるとき。永渕よ、鬼伝斎に伝えよ。自ままにいたしてよいとな」

そう言うと、柳沢吉保は永渕啓輔を残して四阿を去っていった。

三

尾張徳川吉通の変死は、江戸中の噂となっていた。

「親方。尾張さまから御使者で」

相模屋伝兵衛のもとへ、職人頭の袖吉《そできち》が伝えにきた。

「尾張さまからか」

「へい。本日中に市ケ谷《いちがや》御門外の上屋敷まで来るようにとのお達しで」

袖吉が口上を述べた。

「わかった。ならばすぐに出る。おい、誰か裃《かみしも》を用意してくれ」

相模屋伝兵衛が、声をあげた。

幕府お出入りも許されている相模屋伝兵衛は、旗本格として名字帯刀を許されていた。幕府はもとより、御三家諸大名からの呼びだしとなれば、格にあわせて身形《みなり》を整えなければならなかった。

「あとを頼んだよ」

袖吉に留守を命じて、相模屋伝兵衛は店を出た。

相模屋のある元大坂町《もとおおさかちょう》から市ケ谷御門外までは、江戸城をはさんで反対になる。江戸城の堀をずっとまわっていくことになるので、かなり遠い。一里《り》半（約六キロ）近い道のりを相模屋伝兵衛は急ぎ足で、半刻（約一時間）少しでこなした。

「お呼びにより、参上いたしました」

相模屋伝兵衛を出迎えたのは、尾張藩留守居役《るすいやく》の井崎弁之進《いさきべんのしん》であった。井崎は留守居役として、幕府や諸役、大名たちとの交渉と出入り商人や職人たちへの対応もこなす切れ者と評判の男であった。

「おう。呼びだしてすまぬな」

上屋敷玄関脇の小部屋で、相模屋伝兵衛と井崎は対座した。

「人足を十人ほどと差配を一人出して欲しいのだ」

すぐに井崎が用件を切りだした。

「いつからどこへ出せば、よろしゅうございましょうか」

出入り先大名との折衝《せっしょう》はいつもこうである。代金のことは、話題にあがらないのが常であった。これは出入りという看板を使わせてもらう代わりである。大名から支払われる人足代金は、明暦《めいれき》の火事のころからあがっていなかった。

「明日、この上屋敷までよこしてくれ」

「一日かぎりでよろしゅうございましょうか」

「いや、十日ほどかかろう。国元まで出向いてもらいたい」

相模屋伝兵衛の問いに、井崎が答えた。

「ご当主さまのご遺体を運んでもらいたいのだ」

井崎が仕事の内容を告げた。

「ご遺体を……承知いたしました。でございましたら、本日から精進潔斎《しょうじんけっさい》をいたさせましょう。これにて失礼を」

相模屋伝兵衛は、急いで店へと戻った。

尾張藩に、藩主の遺体を運ぶ人がいないわけではなかった。さすがに御三家ともなれば譜代の中間《ちゅうげん》、小者《こもの》も多い。それを使わないのは不浄を忌《い》むからであった。

当主の死は、同時に新たな藩主の誕生でもある。つまりは凶事と慶事が重なるのだ。慶事には凶事以上に人手がいる。だが、忌みごとに触れた者は、慶事にかかわらせないのが慣習である。ために、このように外からの人を使うのであった。

相模屋伝兵衛から仕事を聞かされた袖吉が嫌な顔をした。

「この暑いのに、葬《そう》れんの手伝いでやすか。それも泊まりで名古屋まで」

日中ともなるとかげろうが立つほどの陽気である。死体はすぐに腐り、強烈に臭う。

「並代じゃ、受け手がござんせんよ」

「わかっているさ」

袖吉の言葉に、相模屋伝兵衛もうなずいた。

並代とは、人足の日当でもっとも安いもののことであった。

「上乗せはする」

相模屋伝兵衛が、しぶい顔をした。

尾張藩から支払われる金は、並代以下でしかない。差額は相模屋伝兵衛の負担になる。これも出入りという看板を得るための経費であった。

「酒手《さかて》は、いかがいたしやしょう」

仕事の初めには、親方から人足衆へ心づけが渡される。人入れ稼業とは、人を使うだけに出ていくものも多い。相模屋伝兵衛は世間が思うほど裕福ではなかった。

「心配しなくてもいい。それより人選に入ってくれ。相手は尾張さまだ。気のきいたやつを差配に持ってくることを忘れないでおくれ」

「へい」

袖吉が、首肯した。

店へと袖吉が出ていくのと入れ替わりに、紅が居間にやってきた。

「早いじゃねえか、どうかしたのか。水城さまと喧嘩《けんか》でも……」

「喧嘩なぞいたしてはおりませぬ。まったくわたくしをなんだと思っておられるのやら」

紅が頬をふくらませた。

「今日は帰りに寄るとのことでございまする」

「そうかい。それじゃ、夕餉は楽しみだな。膳がにぎやかになる。水城さまがお見えになるかどうかで、二品は違うからな」

相模屋伝兵衛が笑った。

「知りませぬ」

顔を赤くした紅が台所へと消えていった。

勘定方の下城時刻は、夕七つ（午後四時ごろ）以降となっている。勘定筋でありながら、儒学者新井白石の配下として、勘定奉行荻原近江守を排した聡四郎に仕事が回ってくることはなかった。することがない聡四郎は、夕七つの鐘を聞くなり、立ちあがった。

「お先に」

城中でもっとも忙しい内座である。まだ誰も帰り支度さえしていないが、聡四郎は誰にともなくあいさつをすると、太田彦左衛門を誘って内座を後にした。

「背中に冷たいまなざしが刺さりますな」

太田彦左衛門が、肩をすくめた。

「申しわけないことでござる」

聡四郎は小さく詫びた。

太田彦左衛門は長く勘定衆勝手方《かつてかた》を勤め、幕府の金の出入りのすべてを把握している練達《れんたつ》の役人であった。それが、聡四郎の下役になったばっかりに、かつての同僚たちから白眼視《はくがんし》される羽目になっていた。

「いや、水城さまが気にされることではございませぬ。これは、わたくしめが自ら求めたこと。おかげで娘婿の仇《かたき》をとれ申した。どうぞ、そのようなまねはなされずに」

恐縮する聡四郎に、太田彦左衛門が首を振った。金座常役だった太田彦左衛門の娘婿は、小判改鋳《かいちゅう》に反対して、荻原近江守によって命を奪われていた。

「娘も失い、跡を継がせる者もおりませぬ。太田の家は誰《たれ》ぞ親戚が続けて参るでしょう。伝える者をなくした老人でござる。明日死んだところで悔いませぬゆえ、どうぞお気遣いなく」

「かたじけない」

その覚悟に、聡四郎は頭がさがった。

太田彦左衛門と大手門前で別れた聡四郎は、待っていた大宮玄馬を連れて、相模屋を訪れた。

「おいでなさいやし」

戸障子を開けた聡四郎に、職人へ仕事を割り振っていた袖吉が気づいた。

「じゃまをする」

「お待ちかねでやんすよ」

袖吉が、店の奥に目をやった。

「そうか」

聡四郎は苦笑した。

「ずいぶん、遅くまでやっているな。明日の仕事の段取りか」

多くの人足たちが、まだ店にいることに聡四郎は驚いていた。

「段取りには違いやせんがね。厄《やく》仕事でさ」

袖吉が、ため息をついた。

「大名からの求めか」

相模屋伝兵衛と知りあって、いろいろなことを知った聡四郎は、仕事の中身を言い当てた。

「へえ。無理難題はいつもおえらいさまからで」

苦笑した袖吉が、聡四郎をうながした。

「こんなところで、あっし相手に油売っていたんじゃ、お嬢さんのご機嫌がかたむきやす。お通りになって」

「そうさせてもらおう」

すでに相模屋伝兵衛の居間には、人数分の膳が用意されていた。

「世話をかけまする」

頭をさげて、聡四郎は相模屋伝兵衛の右に座を取った。

いかに旗本格を与えられているとはいえ、相模屋伝兵衛は町人である。本来は、聡四郎が上座に着くべきであったが、年長者への礼儀として固辞《こじ》していた。

「冷めないうちに」

紅の勧めで、男たちは膳に箸を伸ばした。

お櫃《ひつ》と白湯《さゆ》の用意を整えて、紅は聡四郎の下手に腰をおろし、かいがいしく世話を始めた。

「魚のいいのがなくて」

夕餉には、こんにゃくを田楽《でんがく》にしたもの、豆腐、菜のごまあえが出された。魚河岸からそう離れてはいない元大坂町だが、残暑で持ちこまれる魚の鮮度はよくなく、紅は使わなかった。

「遅れやして」

袖吉が、ようやくやってきた。

「手間取ったな」

「へえ。権蔵《ごんぞう》の野郎が、ごねやがったもので」

相模屋伝兵衛の言葉に、袖吉が小さく頭をさげた。

「冬場ならまだしも、この暑さのなかでの棺桶運びは嫌だなんぞとぬかしやがりやして」

袖吉のぼやきを、紅がさえぎった。

「食事の最中だよ。わきまえな」

「こりゃあ、失礼を」

あわてて袖吉が、聡四郎に詫びた。

「いや。かまわぬ。葬式の人足もあつかっておられるのか」

聡四郎が興味を持った。

「これは、不浄なことをお耳に入れましたな。お聞き流しをと申したところで、すでにお耳に入った後。夕餉の話題にふさわしいとは思えませぬが、お答えだけ」

相模屋伝兵衛が、手にしていた箸と茶碗を膳に戻した。

「町屋の葬儀での棺桶人足は、うちの仕事じゃございませぬ。ただ、お出入りの大名家から求められた場合のみで」

裏長屋の葬式では、近所の男手が棺桶を寺まで担ぐのが普通であった。

「尾張さまか」

「よくご存じで。と言ったところで、これだけ世間さまに噂が流れていれば、当然でございましょうが」

聡四郎の問いに相模屋伝兵衛が笑った。

「お亡くなりになったお殿さまを、名古屋まで運ぶ人手を出せとのお達しでございまして」

「国元で葬儀をされるつもりか」

聡四郎は目を見張った。

江戸から名古屋までは東海道《とうかいどう》を使って、およそ八十六里（約三四四キロ）ある。

「この暑いさなかに十日もかけて遺体を運ぶというのか」

「参勤の行列ではござんせんから、宿を七つ（午前四時ごろ）発ちの六つ（午後六時ごろ）入りで一日十二里（約四八キロ）かせいで、七日でござんすよ」

袖吉が、訂正した。

「どんなに輿《こし》が揺れたところで、死んでる殿さまは文句一つ言われませんからねえ。それに参勤なら食事の支度をしなきゃいけませんが、それも要らないし、風呂にも入りたいと仰せられませんし」

「死人に口なしか」

聡四郎のつぶやきを、紅が聞き咎めた。

「みょうなことを言うわね」

「これ、紅」

あわてて相模屋伝兵衛が、娘を抑えにかかった。

「尾張の殿さまが、どんな死に方をしたか、あんたは知ってる。そうよね」

確認するように紅が言った。

「……答えられぬことを訊いてくれるな」

聡四郎は、確答しなかった。

「やっぱり」

紅は、聡四郎の逃げを許さなかった。

「それを知ってのうえで、死人に口なしと言った。つまり、尾張の殿さまが亡くなられたのは、毒殺にまちがいない。そうでしょう」

「よさないか。無礼がすぎるぞ」

相模屋伝兵衛が、娘をたしなめた。

「咎めずに。そのとおりなのでござれば」

聡四郎は相模屋伝兵衛に、顔を向けた。

「せんだって紀伊国屋文左衛門が、何度も拙者のもとを訪れていたことをお話しいたしたかと存じまする」

「はい。うかがわせていただきました」

膳を脇に寄せて、相模屋伝兵衛が聡四郎の目の前に膝を進めた。

「かの紀伊国屋文左衛門が、しつこく拙者に味方せよと申してまいりました。それだけではございませぬ。紀州家の行列を尾張のお旗持《はたも》ち組士《くみし》たちが襲うということまで、告げました」

お旗持ち組士とは、大坂冬の陣のおり、家康から徳川の名を冠した息子三人に贈られた陣旗を預けられた尾張家初代義直《よしなお》の家臣たちのことだ。

頼宣《よりのぶ》より少なかった陣旗の数、そこにこめられた家康の気持ちに憤慨《ふんがい》した義直が、いつか将軍の地位を手にしてみせると誓って作ったお旗持ち組衆。そのためだけに代を重ねる家臣たちは、七代将軍の座を尾張家のものとすべく暗躍したが、聡四郎によって防がれ、藩主吉通の怒りを買って放逐《ほうちく》された。そのお旗持ち組士たちを紀伊国屋文左衛門が利用して、紀州家の行列を襲撃させた。

「報されてなにもせぬわけには参りませぬ。六郷《ろくごう》の渡《わた》しで、お旗持ち組士を迎え撃ちましてござる」

戦いのいきさつを聡四郎は語った。

「また危ないことをしたわけね」

紅が聡四郎をにらみつけた。

「すまぬ」

聡四郎は、頭をさげるしかなかった。紅が怒っているのは、純粋に聡四郎のことを心配してのうえとわかっていた。

「陽動に引っかかってしまったとおっしゃりたいんでござんしょ」

助け船を出したのは、袖吉だった。

「ああ」

悔しそうな顔で、聡四郎は首肯した。

尾張徳川吉通の死に様を知ったとき、紀伊国屋文左衛門の弁舌に惑わされたことに、聡四郎は気づいた。

紀伊国屋文左衛門の目標は、紀州徳川吉宗ではなく、尾張徳川吉通だった。お旗持ち組士たちは、その隠れ蓑《みの》として使われたのだ。そして、聡四郎は浄瑠璃《じょうるり》の人形よろしく、踊らされた。

「その確認をしに来たってわけ」

あきれたような顔で、紅が言った。

「情けない話だ」

見抜かれた聡四郎が、力なく肩を落とした。

「まったく。少しはしっかりしたら。あんたはやったことを後悔してるの。紀州家の行列を守りに行かなければよかったと考えているの」

ため息をつきながら、紅が問うた。

「いや。それはない。紀州家は拙者が思うよりもはるかに強かった。拙者が加勢せずとも結果は同じであったろうが、それはこの目で紀州藩士たちのすさまじさを見たからこそ言えることだ。もし、行かなければ、今ごろもっと嫌な思いであったろう」

胸を張って、聡四郎は悔いていないと告げた。

「そうでしょう。だったら、くよくよ考えないの。過ぎてしまったことは取り返せない。これはたとえ将軍さまといえどもできないこと。覆水《ふくすい》は盆に返らない。でもね、こぼれた水は新しくくみなおせばいい。同じ水ではないけれど、盆を満たすことはできる」

紅が、やさしい顔で諭した。

「それに、尾張の殿さまが害されると知っていたとしても、あんたになにができた」

きびしく表情を変えて、紅がきりこんできた。

「なにもできなかっただろうな」

あらためて考えた聡四郎は、首肯した。

「勘定吟味役といったところで、幕府の小役人にすぎぬ。とても御三家筆頭、尾張徳川のご当主さまに会うことはできぬ。また、謀殺の噂があると藩邸に申したてたところで、なんの手証《てしょう》もない状態では信用されるどころか、乱心者あつかいされて放りだされるのがいいところだ」

尾張ほど巨大で権威に染まった藩が、聡四郎の言葉ぐらいで動くはずなどなかった。いや、たとえ家老職が聡四郎の言を信用したとしても、同じであった。藩は一つの大きな生きものなのだ。複雑に利害がからみ、数千もの藩士たち、数万をこえる領民の生活がかかっている。藩主の命はそれほど重要ではなかった。とても一部の考えなど反映されることはなかった。

「わかっているなら、考えるだけ無駄でしょう」

「かなわぬな、紅どのには」

紅に見透かされて、聡四郎は苦笑した。

「いい加減にしなさい」

遠慮のない紅を、相模屋伝兵衛が叱った。

「はい。申しわけありませぬ」

すなおに紅が、謝った。最初の出会いが影響しているのか、不思議なことに紅は父にていねいな言葉を使うが、聡四郎にははすっぱな口調であった。

「水城さまも甘えさせてくださっては、困りまする。紅が嫁へ行くおりのためになりませぬ」

相模屋伝兵衛が、聡四郎に苦い顔をして見せた。

「どうせ、貰《もら》うのは旦那。因果応報《いんがおうほう》でござんしょうに」

袖吉のつぶやきに紅が真っ赤になった。

「で、旦那はそれだけのためにお見えになったんで」

「いや。もう一つ聞いてもらいたいことがある」

聡四郎は、袖吉の言葉にうなずいた。

「新井白石どのに呼びだされて……」

城中であったことを聡四郎は語った。聡四郎が勘定吟味役になって以来、ずっと手助けしてくれた皆に隠しごとをするわけにはいかなかった。

「いけませんな」

聞き終わった相模屋伝兵衛が、表情を曇らせた。

「新井さまは、我欲にとらわれてしまわれたようでございますな」

「やはりそう見られるか」

聡四郎も浮かない顔をした。

「儒学にもとづいた政。それを口にはされておられまするが、それさえも権力へしがみつくためのいいわけになされておられる。新井さまが求めておられるのは……」

あとを濁した相模屋伝兵衛の言葉を、聡四郎が続けた。

「御用部屋に入り、執政衆となること。いや、筆頭として幕政を思うがままに、壟断したいのだ、あの御仁《ごじん》は」

「やれやれ。そんなんでは、こちとらたまったもんじゃございやせんね。庶民は誰が将軍さまになろうと気にしちゃいませんが、政に失敗して、諸色《しょしき》があがったり、お触れがきびしくなって生活が締めつけられては困りやさ」

袖吉がため息をついた。

「ですが、水城さま」

「なんでござる」

聡四郎は相模屋伝兵衛に顔を向けた。

「これで水城さまのお役は、しばらく安泰《あんたい》でございますな」

「……みようなことを言われる」

相模屋伝兵衛の言いたいことが、聡四郎にはわからなかった。

「増上寺《ぞうじょうじ》の一件以来、水城さまは新井さまにうとまれておられる」

「さようでござる」

聡四郎は首肯した。

少し前、新井白石に命じられて聡四郎は間部越前守の失策を探った。そして聡四郎は間部越前守と増上寺がかわした将軍菩提寺《ぼだいじ》選定にかかわる密約、その証《あかし》を手に入れた。密約は、七代将軍傅育《ふいく》を盾に幕府最高の権力を握った間部越前守を一気に追い落とすだけの内容を示していた。六代家宣の生死にかかわる密約を記した書付を、聡四郎はあってはならぬものとして独断で焼却し、新井白石には写ししか渡さなかった。

「あのおりにも、少し感じてはおりましたが、新井さまは、人を信用なさりませぬ。なんでも己で対処し、他人のやることはいっさい認められない」

「…………」

無言で聡四郎はうなずいた。

「それじゃあ、誰も味方してくれない」

紅があきれた。

「そうだ。新井さまにあるのは、敵と手下だけ。いや、道具だけ」

相模屋伝兵衛が、きびしく断じた。

「そして、新井さまの道具は、水城さま、あなたさまだけでございましょう」

「……ああ」

相模屋伝兵衛の指摘を、聡四郎は苦笑しながら認めた。

「屋敷を訪れたり、下部屋に伺候《しこう》する大名や旗本どもがおらぬわけではないようでございますが、それらは新井どのではなく、家継さまご進講の儒学者新井白石翁に頼みごとをしにきているだけで、けっして与《くみ》しているわけではござらぬ」

権力に人は群がる。六代将軍家宣の信任を受け、若年寄格《わかどしより》として幕政を動かしていたころ、新井白石の門前にはまさに市《いち》をなすほど人が集まった。しかし、家宣が死ぬなり、人は散っていった。家継の儒学師となったことでかろうじて人は戻ってきていたが、往時とはくらべものにならなかった。

「ならば新井さまにとって、水城さまは手放すことのできないお方となりましょう」

「なるほど。切れ味のいい鑿《のみ》は、誰も手放したくござんせんやね。たとえ、それで指先を傷つけることがあっても」

袖吉が、手を打った。

「一度反旗を翻したにひとしい水城さまに、尾張さまがことを探れと命じられる。これは、他に人がいないとあかされたも同然」

新井白石は、聡四郎を遠ざけた後、徒目付の若者を手の者としたが、あっさりと永渕啓輔によって葬り去られていた。

「おわかりでございましょう」

相模屋伝兵衛が、聡四郎に問いかけた。

「新井どのが権力の座に就くまででございますが、拙者はかの御仁の道具として護られる」

聡四郎は、答えた。

「ただし、新井さまが転ばれたとき、水城さまも一蓮托生《いちれんたくしょう》」

「わかっております。御役御免《おやくごめん》ですめば重畳《ちょうじょう》だと。なれど逃げるわけにはいきませぬ。武士は領民を、旗本は天下万民を護る。ひとしき治世があってこそ将軍は万民に慕われ、天下は安泰。これこそが、将軍への忠義」

聡四郎は、すでに覚悟を決めていた。

「馳走になった」

ていねいに頭をさげて、聡四郎が別れを告げた。紅がいそいそと見送りにたった。

「青いとしか言えないが、好ましいな」

「まったくで」

相模屋伝兵衛と袖吉が、顔を見あわせた。

四

一放流は、一撃必殺を旨《むね》としていた。戦場では一瞬が命取りになる。だからこそ、一閃《いっせん》に己のすべてをこめた。

「おうりゃあ」

気合い声が入江道場の壁に反射した。

「…………」

聡四郎は、無言でそれを流した。

相模屋伝兵衛と話した翌日、聡四郎は役所を休み、道場へ顔を出した。師入江無手斎の留守を預かる師範代としてであった。

かつて水城家の冷や飯食いであったころ、その境遇をあわれんだ入江無手斎によって、師範代に推《お》された聡四郎である。長兄の病死、次兄三兄の養子入りが重なって水城家の当主となった今でも、稽古を欠かしたことはなかった。

「とうりゃあ」

対峙《たいじ》していた弟弟子が、声をあげて踏みこんできた。

聡四郎は、冷静に間合いを読んでいた。重心を引き足の踵《かかと》に移し、少し背筋を伸ばしただけで、弟弟子の一撃は空《くう》を斬った。

軽い音がして、袋竹刀《ふくろしない》が道場の床を撃った。

割竹《わりだけ》を馬革で包んだ袋竹刀を軟弱として使わない流派が多いなか、一放流は早くから稽古に用いていた。下手をすれば死ぬこともある木刀と違い、当たってもせいぜい打ち身になるだけの袋竹刀は、怪我を気にすることなく稽古できる。鍔《つば》で敵の額を割るを極意とする一放流の間《あいだ》なき間合いを身につけるには、袋竹刀が最適であった。

「つっ」

渾身《こんしん》の力で床をたたいた弟弟子が、おもわず柄《つか》を離してしまった。袋竹刀が床に転がって音をたてた。

「一刀に全身の力をこめたことはよい。なれど、手の内をゆるめたことはいかぬ。竹刀を拾い、もう一度かかって参れ」

一歩さがって、弟弟子が体勢を整えるのを待つ間、聡四郎は道場の反対側に目をやった。そこでは大宮玄馬が、やはり弟弟子たちに稽古をつけていた。

「遅い。稲妻よりも疾《はや》く。これが一放流ぞ」

小柄な大宮玄馬は、重さのない者のように軽やかに動きまわって、弟弟子につけいる隙《すき》を与えなかった。

「右が留守ぞ」

すばやく、大宮玄馬の袋竹刀が弟弟子の右脇を撃った。

「ま、参った」

急所に喰らった弟弟子が、道場に膝を突いた。

「踏みこんだ後の守りが、甘い。たしかに一放流は一閃にかける。だが、それは二の矢を否定しているのではないぞ。二の矢に期待してはいかぬが、次の一手を念頭に置いた動きをせねば、真剣での勝負で生き残ることは難しい」

聡四郎とともに何度も死地を潜ってきた大宮玄馬の指導には重みがあった。

「それとな、竹刀はへその高さで止める修行を積まねばならぬ。竹刀ならば、床を撃つだけですむが、真剣では己の足を傷つけることになるぞ」

「はい。もう一手お願いいたしまする」

若い弟弟子が、袋竹刀を構えた。

「その意気ぞ」

大宮玄馬も袋竹刀を青眼《せいがん》に戻した。

そのあと一刻《いっとき》（約二時間）ほど指導を続けた聡四郎が、稽古の終わりを宣《せん》した。

「ここまでにいたそう」

集まっていた八人ほどの弟子たちが、姿勢をただして礼を述べた。

「ありがとうございました」

「うむ。師はしばらくお見えになれぬが、皆精進を続けるようにな」

聡四郎の言葉にうなずいた弟弟子たちが、道場の壁際へとさがっていった。

「お願いをいたしまする」

道場の中央で、大宮玄馬が頭をさげた。

「おう」

稽古を求める大宮玄馬に、聡四郎が応じた。

大宮玄馬は、入江道場はじまって以来の俊才と呼ばれていた。道場にかようようになって数年で切り紙《がみ》免許を与えられたほどである。しかし、免許皆伝《かいでん》にはいたらなかった。体軀《たいく》が小さい大宮玄馬の放つ斬撃《ざんげき》は軽いのだ。

戦場武者を鎧《よろい》ごと両断する重い一撃を目的とする一放流を学ぶ者にとって、それは致命傷であった。

「小太刀を学べ」

その代わり、大宮玄馬には聡四郎もおよばない疾さがあった。

才を惜しんだ入江無手斎によって、大宮玄馬は一放流の源となった富田流小太刀の修行を始めた。刃下に身を置くが心得の一放流は、小太刀につうじるものが多い。大宮玄馬との稽古で聡四郎も得るものが多かった。

「参れ」

聡四郎は袋竹刀を脇構《わきがま》えにした。

身体の中心に太刀を据える青眼は、守りに適した構えである。切っ先をかたむけるだけで、ほとんどの攻撃に応じることができた。しかし、こちらから撃って出るためには、上段にするか、脇に引くか、下段におろすかの一挙動が要る。ほんのわずかなことなのだが、実力の拮抗《きっこう》している相手と戦うときには、不利になりかねない。

ましてや大宮玄馬の太刀行きは、入江無手斎をして感嘆せしめたほど疾いのだ。

聡四郎はあえて守りを捨て、一撃にかけた。

稽古では、格下から動くのが礼儀である。

「………」

無言で大宮玄馬が、じりじりと間合いを詰めてきた。

聡四郎も応じるように、前へ出た。

待つことは退くにひとしい。敵の動きを待ち受けるのは、余裕があるように見えるが、そのじつ食いこまれているのだ。それと、動かずにいると筋が固まってしまい、出だしがすんなりといかなくなる。必殺の一閃を放つために、全身の力を溜めるとき以外は止まらないのが心得であった。

開始前は三間《げん》（約五・五メートル）あった間合いが、二間（約三・六メートル）を割っていた。

気合い声を出さずに、大宮玄馬が踏みこんできた。一本の矢のように迫ってきた袋竹刀の先を、聡四郎は身体をひねってかわした。

身体を回した勢いにのって、袋竹刀を出そうとした聡四郎は、あわてて後ろに跳んだ。

「くっ」

かわされたことで空を斬るはずの袋竹刀が、横薙《な》ぎに聡四郎の胴を襲った。

聡四郎は、動きだしていた袋竹刀を床にたたきつける勢いで落とした。一瞬、袋竹刀が絡み、すぐに離れた。鍔迫《ぜ》り合《あ》いにもちこまれるのを嫌った大宮玄馬が、間合いを開けた。

鍔迫り合いは、間合いのない立ちあいである。敵まで一尺（約三〇センチ）もないだけに、毛先ほどの隙が命取りになる。また、互いの得物《えもの》に体重をのせて押しあうことになるので、体格が大きくものを言う。六尺（約一八二センチ）近い聡四郎と鍔迫り合いになれば、五尺（約一五二センチ）少しの大宮玄馬に勝ち目はなかった。

「おおう」

二人の攻防を見ていた弟弟子たちの口から、感嘆の声が漏れた。

「やるな」

聡四郎は大宮玄馬の成長に目を見張った。最初の一閃は見せ太刀ではなかった。

一放流の重さはなかったが、急所を断つだけの鋭さがあった。それは、かすりもしなかった右腕にしびれたような感触が残っていることからもわかる。かわされることを見こしていない必殺の一撃にだけこめられる殺気であった。

「すべては修行につうじる、か」

入江無手斎が座右《ざゆう》の銘《めい》である。大宮玄馬が人を斬った苦い経験を、見事に昇《しょう》華《か》させたことを聡四郎は悟った。

「なれば、吾《われ》も見せてくれようぞ」

聡四郎が気をふくらませた。たちまち道場に殺気が満ちた。

「ひっ」

初年の弟弟子が、引きつった声をあげた。大宮玄馬も目つきをきびしくし、手にした袋竹刀を下段に変えた。

小太刀の真は、細かい打撃を何度もくりかえし、敵の隙を誘って内手首、脇、太股や首の血脈などの急所を断つことにある。上段から渾身《こんしん》の力をこめて落とすより、下段から小さく、鋭く跳ねることに長《た》けていた。

聡四郎は、袋竹刀を右肩に担ぐようにのせた。一放流雷閃《らいせん》の構えである。軽く膝を曲げ、腹を突きだすように背中を少しそらせた姿はけっして格好のよいものではないが、足の指先から肩まですべての力を集めて放つ一撃は、まさに一刀両断の勢いを持つ。

小太刀の疾さに対抗するにはこれしかないと、聡四郎は一放流の奥義《おうぎ》にかけた。

足先を震わせるようにして、まさに寸刻みで大宮玄馬が間合いを詰めてきた。聡四郎は、みずから動くことはなく、大宮玄馬が来るのを待った。

多くの剣は、二間を得意の間合いとする。一放流は一間（約一・八メートル）を必死の間合いとしていた。

大宮玄馬が二間の間合いを割った。聡四郎は、じっと大宮玄馬のつま先を見つめた。一刀をくりだすには、まず足先で地を蹴る。跳びこみ撃ちを主とする小太刀の出先をもっともよく知ることができた。

「ぬん」

一放流の間合いには遠いが、大宮玄馬が踏みこんだ。大きく右足を出し、道場の床を蹴った勢いで、下段の袋竹刀で聡四郎の下腹部を狙ってきた。

「えええええい」

半歩前に出て、聡四郎も肩にのせた袋竹刀を落とした。足先から腰、そして背中、肩と一気に伸ばされた筋によって作りだされた力がすさまじいまでの一閃となる。

まさに稲妻であった。

高い音をたてて、大宮玄馬の袋竹刀が折れた。

「参った」

一間ほど跳びすさって、大宮玄馬が片膝を突いた。

「紙一重であったな」

聡四郎は、刹那《せつな》の差でしかなかったことに気づいていた。

「ほううう」

緊張がようやく解けた弟弟子たちが、大きく息をついた。

「おぬし、見えたか」

「いや」

弟弟子たちが、ざわめき始めた。

折れた袋竹刀に、大宮玄馬が手を伸ばした。馬革を締めている糸をちぎると、なかから割竹を取りだした。

「三本とも……」

大宮玄馬が絶句した。袋竹刀は割竹三本を合わせて使っている。また、割竹は馬の革に包まれているので滅多なことでは折れることなどなかった。それが三本すべて破砕されていた。

「まさに一放流」

感じ入った声で、大宮玄馬が賛した。

「玄馬。おまえもな」

剣でもなんでも、壁を突きぬけたところに進歩がある。聡四郎は、大宮玄馬が一枚上の段階に達したことを感じた。

「さて、片づけようぞ」

一放流は先達後輩の関係なく、道場の雑用をおこなう。聡四郎も固く絞ったぞうきんで、汗に濡れた床を拭いた。

紀州五十五万石当主徳川権中納言吉宗は、わずかな供回りだけを連れて市ヶ谷の尾張家上屋敷を弔問に訪れた。

出迎えたのは、尾張藩付け家老の竹腰山城守《やましろのかみ》であった。付け家老とは、家康の子供たちが立藩するときに家老として与えられた譜代大名のことである。

「せっかくのお見えなれど、すでに先代の亡骸は国元へ出立いたしましてござる」

竹腰山城守の言うとおり、吉通の遺骸は輿にのせられて尾張へと運ばれていった。

「かけ違ったか。まことに残念である。吉通どのとは、あまり話をすることもなかったが、近しき家柄として、最後にお目にかかっておきたかったのだが」

「お心遣いに感謝申しあげまする」

吉宗の口上に、竹腰山城守が頭をさげた。

「直接お別れをいたすことはかなわなんだが、せめてお焼香をいたしたいが」

「かたじけなき仰せ。どうぞ、こちらへ」

竹腰山城守が、吉宗を上屋敷奥の間へと案内した。

尾張ほどの石高と格式を持つ藩の上屋敷ともなると、江戸城と同じく表《おもて》と奥《おく》にわけられていた。仏間は、その境に近いところにあった。

新仏の出た家らしく、仏間には線香の煙がたちこめていた。

「…………」

かなり長い間、吉宗は黙って仏壇に向かって瞑目《めいもく》した。

「南無阿弥陀仏《なむあみだぶつ》」

一言、念仏を唱えて、吉宗が目を開いた。

「ご回向《えこう》、ありがたく存じあげまする」

下座で控えていた竹腰山城守が、両手を畳に突いた。

「神君家康公を祖とする一門として、当然のことじゃ」

吉宗が、身体の位置を変えた。

「聞けば、吉通どのの跡を継がれるお方が決まっておらぬとか」

「いや、そのようなことは」

竹腰山城守が、あわてて首を振った。

供養に大勢引き連れていくことはないし、迎えるほうも数を誇示せずともよかった。二十畳をこえる広い仏間には、吉宗と竹腰山城守だけである。吉宗は遠慮なく竹腰山城守をにらみつけた。

「隠さずともよろしかろう。尾張と紀州は御上にとって格別な家柄。言わずとも知れていようが、よき意味ではないぞ」

冷えこむようなもの言いで、吉宗が口にした。

「承知いたしておりまする」

苦い顔をしながら、竹腰山城守が首肯した。

「いまだ尾張、紀州から将軍家へ血筋を返したことはないが、天下六十余州に三百ある諸侯のなかで、二家だけがその格を持つ。神君家康公がお定めぞ」

「はあ」

竹腰山城守が、はっきりしない応えを返した。

「将軍に人なきとき、尾張か紀州がふさわしき血筋を差しだす。そう家康公は仰せられた。これは嗣なきは断絶の法をひとしく適するためでもある。ここまではわかるな」

「………」

付け家老竹腰家は、尾張初代義直の異父兄を祖としている。御三家創設のいわれはよく知っていた。竹腰山城守は無言でうなずいた。

「つまり、将軍の座に就けるものは、三代将軍家光《いえみつ》公の直系か、御三家の当主にかぎられておるのだ。それを勝手に幕府がまげた。神である家康公のご遺志を無視したのだ。直系でさえない者が位を継いだ。それ以降、世の乱れが始まった」

吉宗が言っているのは、五代将軍綱吉のことである。

「こたびの七代継承については、やむをえまい。六代将軍家宣どのが子ゆえな。

だが八代継承のときに、四代家綱どのが御世《みよ》と同じことが起こるやもしれぬ。そのとき、またもや神君家康公のおぼしめしになき家に栄誉が行くようなことになっては、子孫として始祖に顔向けできぬ」

「失礼ながら、仰せられたきことがわかりかねまする」

長くなった吉宗の話を、竹腰山城守がさえぎった。

「これは、熱くなったようじゃ」

少し鼻白んだ吉宗が、苦笑した。

「儂はの、尾張に潰れてほしくないのじゃ」

藩が潰れると聞かされて、家老が黙っていられるはずはなかった。

「異《い》なことを」

「そう、気色《けしき》ばむな。最後まで言わせぬか」

「失礼をいたしました」

吉宗にたしなめられた竹腰山城守が、頭をさげた。

「吉通どのが急逝された今、尾張が存続の危機にあることはわかっておろう。跡継ぎを決めずして、藩主が死んだときは断絶。直系の息子がいても、幼児《おさなご》ならば転封のうえ減知《げんち》となるのが慣例。このままでは、尾張家は幕閣《ばっかく》どもの手出しを許すことになるは火を見るより明らか」

「そのようなことはございませぬ。尾張家は御三家でござる」

「本気で申しておるのか、山城」

竹腰山城守の強がりに、吉宗がきびしい声をあげた。

「うっ……」

叱りつけられた竹腰山城守が臆《おく》した。

「同族ゆえ、少しは力になれるかと思って参ったが、無駄だったようじゃ。帰る」

吉宗が立ちあがった。

「お、お待ちくださいませ。非礼の段は、平《ひら》に、平に」

尾張藩付け家老といえども、陪臣《ばいしん》でしかない。紀州家の当主を怒らせたとあっては、無事ではすまなかった。

「わかっておるはずだ。御上にとって真の敵は誰か。とくにお世継ぎのない当代さまを掲げる輩《やから》にとって、尾張と紀州は恐怖の的ぞ」

「はい」

竹腰山城守が、力なく同意した。

「間部越前守を筆頭とする家継さまが側近どもは、この機会を逃すまいと手ぐすねを引いておろう。よいか。五代選びに、尾張の存続がかかっているのだ」

声を和らげて、吉宗が語った。

「となりますれば、やはり友著さまになりましょうか。お歳も三十をこえておられるうえに、奥方さまは、正親町公通《おおぎまちきんみち》さまが姫。朝廷にも顔は利きましょう。なにより、六代将軍家宣さまのお声がかりで譜代大名の席に列せられた。ご当代家継さまともゆかりが深い」

具体的な名前を、竹腰山城守があげた。

「たわけ」

吉宗が、叱った。

「尾張を支える付け家老が、ここまで暗愚《あんぐ》だとは思わなかったわ」

「どういうことでございましょうか。いかに紀州権中納言さまとはいえ、お口になされてよいお言葉とは思えませぬぞ」

馬鹿にされた竹腰山城守が、怒りを見せた。

「おろかゆえ、そう申したのだ。よいか。御上が怖れているのは、御三家の当主が八代将軍の座に就くことぞ。それだけの資質を持つ御仁を、あの間部越前守が許すと思うか」

「……た、たしかに」

気づいた竹腰山城守が首肯した。

「それこそ、罠《わな》に自ら飛びこむようなものよ。すでに、吉通どのの変死で尾張家は窮地に立っておるということを忘れるな」

吉宗が、忠告した。

「なれば、尾張六十二万石の新しき当主は、五郎太君《ぎみ》に」

「となろうな。五郎太どのならば、四代藩主吉通どのが一粒種。しかも初代義直どのから続く直系。幼いが、それを申せば七代将軍家継どのも同様。家継どのを支える間部越前守どもは、まちがっても五郎太どのを認めぬとは口にできまい」

嚙んで含めるように、吉宗が教えた。

「かたじけなきことでございまする」

聞き終わった竹腰山城守が、礼を述べた。

「お話のついでと申せば失礼ながら、なぜ権中納言さまは、これほどまでに当家にお力添えをくださいまするのか」

竹腰山城守が疑問を呈した。

「聞かずば、安心できぬか」

「おそれながら」

ていねいに、竹腰山城守が腰をかがめた。

「気に入ったぞ。裏を見られぬような輩は、役にたたぬ」

吉宗が、笑った。

「教えてやろう。儂がそなたたちを助けるのはの、尾張がなくなれば、幕府の目は紀州だけに向くからじゃ。我が家は初代頼宣公以来、将軍家ににらまれておる。これ以上田舎へやられたくはないからの。集中より分散、軍学の初歩ぞ」

言い終えた吉宗は、尾張藩上屋敷を後にした。

「いかがでございましたか」

駕籠脇についた吉宗股肱《ここう》の臣《しん》、紀州玉込《たまこ》め役頭川村仁右衛門《かわむらじんえもん》が問うた。

「三歳の赤子よりは、ましじゃな」

駕籠の戸を開けることなく、吉宗が嘲笑《あざわら》った。

吉宗は竹腰山城守に代表される尾張家を、子供なみと評したのである。もちろん、五郎太が三歳であることにかけた痛烈な皮肉でもあった。

「さようでございましたか。重畳にございまする。これで紀州、いえ、権中納言さまはご安泰」

川村仁右衛門が、歓びを口にした。

「いや、このままではすむまい。尾張の後は紀州。美濃守の刃はこちらに向くであろう。虫に入られぬようにな」

氷のように冷たい声がした。

「承知つかまつりました」

歓びを一瞬にして消し、感情のない表情になって川村仁右衛門が受けた。

第二章　陽炎の座

一

八月に入っても暑さは続いていた。仕事を終えた江戸の町人たちは、夕涼みにと半裸に近い格好で大川《おおかわ》沿いにくりだしていた。

「かなわないね」

紀伊国屋文左衛門が、夕涼みの男たちを横目にぼやいた。

「吉原《よしわら》の女郎衆ならともかく、毛むくじゃらの男など見たくもない」

こざっぱりとした単衣《ひとえ》に紗《しゃ》の羽織を身につけた紀伊国屋文左衛門が首を振る。

「しかたございやせんよ。寒さは、何枚でも重ね着できやすが、暑さだけはどうしようも。さすがに皮まで脱ぐわけにはいきやせんから、衣服を取るしか手だてはございやせん」

供している番頭が、庶民たちの気持ちを代弁した。

「そんなことはわかっているよ」

手にした扇子で風を作りながら、紀伊国屋文左衛門が不快そうに顔をゆがめた。

「我慢がないことを言っているのだよ。夏は暑く冬は寒い。天地開闢《かいびゃく》以来変わってはいない。あいつらも生まれてから今までくりかえしてきたはず。だったら慣れなきゃいけないね。それに人はね、犬猫じゃないんだ。他人の目を気にしなければならないんだよ」

「はい」

番頭がうなずいた。

「辛抱《しんぼう》がないから、金が貯まらないのさ」

見捨てるように、紀伊国屋文左衛門が言った。

「徳川さまも同じ。家康さまがじっと辛抱を重ねられたからこそ、天下を手にされた。それが、跡を継いだ将軍たちが我慢できないから、屋台骨がぐらつき始めている」

紀伊国屋文左衛門が、右手に見える江戸城に目をやった。

「子供の天下人なんぞ、唐天竺《からてんじく》でも聞いたことさえない話じゃないか。わがままと意思の区別もつかない幼子に万民の命を預ける。泰平の今なればこそなんだろうけど、海の外の国がいつまでも黙って見ていてくれるわけなどないというにな」

「旦那」

周りを気にして、番頭が声をひそめる。

「生きていくのに精一杯で、誰も聞いちゃいないよ。さて、じゃ、私はここで曲がるよ。お呼びとあらば参上しないとね。おまえは店に戻るといい」

「へい」

首肯した番頭と別れて、紀伊国屋文左衛門が歩きだした。

紀伊国屋文左衛門は、神田《かんだ》川沿いに西へ進むと、林大学頭《はやしだいがくのかみ》の屋敷角を折れた。すぐに宏壮《こうそう》な加賀前田《かがまえだ》家百万石の上屋敷が見えてくる。そのてまえで左に曲がれば、本郷御弓町《ほんごうおゆみちよう》であった。

「ごめんくださいませ」

紀伊国屋文左衛門が訪《おとな》いを告げたのは、聡四郎の屋敷であった。

「これは紀伊国屋どの」

水城家の若党、佐之介《さのすけ》が出迎えた。

「殿はまだお戻りではないが」

「お約束いたしておりませぬが、待たせていただいてよろしゅうございますか」

「お入りなされよ」

佐之介に案内されて、紀伊国屋文左衛門は玄関脇の客間へとおされた。

旗本家の若党は、使いに出るときは両刀を差すが、普段は無腰で雑用をおこなう。紀伊国屋文左衛門の前からさがった佐之介は台所に顔を出した。

「お喜久どの。玄関脇の客間に茶をお願いします」

「おや、珍しい。お客さまですか。承知しました」

喜久が首肯した。

「わたくしが」

いつものように台所を手伝っていた紅が、引き受けた。

「お願いしますね」

喜久に頼まれて、紅は茶を焙《ほう》じる用意を始めた。

小さな素焼きの皿に茶の葉をのせ、ゆっくりとあぶる。すぐにこうばしい香りが台所に満ち始めた。

「茶か。聡四郎が戻ったのか」

匂いにつられたかのように、聡四郎の父、隠居の功之進《こうのしん》が台所に顔を出した。

「いえ。ご来客だそうでございまする」

「客だと。珍しいこともあるものだ」

新井白石の走狗の烙印《らくいん》を押され、勘定方で浮いている聡四郎のもとを訪れる者は少なかった。

「誰だ」

興味を持った功之進が、佐之介に問うた。

「紀伊国屋文左衛門どのでございまする」

功之進の質問に、佐之介が答えた。

「なんじゃと」

聞いた功之進の声が裏返った。

「あ、あの紀伊国屋文左衛門どのか」

「はあ」

佐之介の返答を聞くなり、功之進は走るようにして客間へと向かった。

「き、紀伊国屋どのか」

客間の襖を開けると、功之進が訊いた。

「さようでございますが……」

功之進のあまりの勢いに、さすがの紀伊国屋文左衛門も腰が引けていた。

「拙者、水城聡四郎の父、功之進でござる。お見知りおきを願いたい」

「これは、ご隠居さまでございましたか。お見それをいたしました。紀伊国屋文左衛門でございまする」

紀伊国屋文左衛門が畳に手を突いた。日《ひ》の本《もと》一の材木屋といえども身分は町人でしかない。隠居とはいえ、旗本相手には平伏するのが常識であった。

「手をあげてくだされ」

いっぽうの功之進は長く勘定方に勤務していたこともあって、金の威力をよく知っている。紀伊国屋文左衛門相手にていねいな口調であった。

「ご隠居さまにはお初にお目にかかりまする。水城さまにはなにかとお世話になっておりまする」

「なにを言われるか。息《そく》がご迷惑ばかりおかけしておりまする」

功之進は聡四郎と紀伊国屋文左衛門が、敵対していることを知っている。それがどれほどおそろしいことであるかを、功之進は十分理解していた。

「わざわざのお出かけでござるが、なんぞ聡四郎は……」

功之進が危惧《きぐ》を口にした。

「いえいえ。たいしたことではございませぬ。先日、水城さまが我が家にお見えくださりましたのですが、あいにく他行いたしておりましたので、本日はそのお詫びかたがた、ご用件をうかがいたく、やって参りました次第で」

紀伊国屋文左衛門がいきさつを告げた。

「聡四郎が、紀伊国屋どのを訪ねたと。あやつも少しは世間が見えるようになったか」

「はあ」

頬をゆるめる功之進に、紀伊国屋文左衛門はあいまいに笑った。

「失礼いたしまする」

そこへ、紅が襖を開けた。かつて紅の命を紀伊国屋文左衛門が狙ったことへの恨みなど、毛ほどもうかがわせない優雅な手つきで、茶を勧めた。

「これは、お気遣いをありがとうございまする」

「ご苦労」

喜色《きしょく》を浮かべる紀伊国屋文左衛門とは反対に、功之進は苦い顔をした。

「では、ごめんくださいませ」

紅は終始旗本の娘らしい行儀で、さがっていった。

「勘定吟味役という重職に就いてはおりまするが、聡四郎はなにぶんにも世間知らず。なにかと教えてやってくだされ」

功之進が頭をさげた。

幕府創設以来続いた水城の家を守るためには、なんにでもすがる。功之進も聡四郎とは違った考えながら、覚悟を決めていた。

「畏《おそ》れ多いことを。水城さまは、わたくしごときの手助けが要るようなお方ではございませぬ。まこと、わたくしに娘がおらぬことが悔しいぐらいで」

「そこまで言ってくださるか。縁を結んでくれようと……そうじゃ。紀伊国屋どの。願いがござる」

功之進が、身をのりだした。

「なんでございましょう。わたくしにできることならば、ご遠慮なくお申しつけくださりませ」

好々爺《こうこうや》然とした笑みを浮かべながら、紀伊国屋文左衛門が訊いた。

「聡四郎めに嫁を世話してはくださりませぬか」

「名誉なことでございまするが、その儀ばかりはご勘弁を。すでに水城さまには、ふさわしいお相手がおられましょう。とてもとてもわたくしめに口出しができるものではございませぬ」

あっさりと功之進の求めを、紀伊国屋文左衛門が断った。

「むうう。拙者は気にいらぬのでござる」

功之進がうなった。旗本格幕府お出入り人入れ屋相模屋伝兵衛の娘という身分は、水城家とつりあわないわけではないが、いずれは千石以上の身分にと願っている功之進にとって、聡四郎を引きあげるだけの実力を持たない縁者は不要であった。

「…………」

紀伊国屋文左衛門は、ほほえむだけでなにも返さなかった。

「お帰りい」

玄関から、佐之介の声が聞こえた。

「どうやらお戻りになられたようで」

「のようでござる。では、拙者はこれで。紀伊国屋どの、今後ともよしなに」

そそくさと功之進が去っていった。

「やれやれ」

ため息を紀伊国屋文左衛門がついたところへ、聡四郎が現れた。

「待たせたな」

「いえ。ご隠居さまがお相手くださいましたので」

聡四郎の詫びに、紀伊国屋文左衛門が笑った。

「父が……そうか。迷惑をかけた」

功之進がどのようなことを言ったかはわからないが、聡四郎は重ねて頭をさげた。

「いえいえ。なかなかに世事《せじ》になれたお方とお見受けいたしました」

紀伊国屋文左衛門が、聡四郎に気にするなと告げた。

「さて、あまり長居をいたすこともできませぬ。ぶしつけながら、先日お訪ねくださいましたおりのご用件をうかがわせていただきましょう」

しきりなおすように、紀伊国屋文左衛門が腰の据《す》わりを変えた。

「尾張吉通さまがことぞ」

聡四郎も気を張った。

聞いた紀伊国屋文左衛門が、口の端をゆがめた。

「なにをお訊きになりたいので」

「やはりおぬしか」

開きなおったような紀伊国屋文左衛門に、聡四郎が怒りを見せた。

「わたくしがやったわけではございませんよ。毒を盛ったのは、ご側室さまで」

「ごまかすな。命じたのはおぬしであろう」

「それも違いまするな。命じられたのは、とあるお方。実行されたのはお連の方さま。わたくしは、お二方の間の連絡《つなぎ》をやっただけ。いわば飛脚《ひきやく》で」

「言葉遊びをしているのではない」

聡四郎が怒鳴った。

「拙者が問うているのは、なぜ吉通さまを殺したかということだ」

「それは、知りませぬな」

紀伊国屋文左衛門が、そっぽを向いた。

「尾張さまを殺せと命じられたお方には、それだけの事情があり、お連の方さまには、寵愛《ちようあい》を受けていた殿さまに毒を与えねばならぬだけのわけがあった。それは、おのおののお方だけがわかること。わたくしめには関係のないことで」

「ではなぜ、二人のなかだちをした」

「わたくしは商人でございますよ。おこないますことすべてが、商いでございまする。儲《もう》けになるからこそ、やっただけで」

うそぶく紀伊国屋文左衛門に、聡四郎は我慢ができなくなった。

「人の生き死にまで商売にするというのか、きさまは」

「いけませぬか。なら、刀鍛冶《かじ》はどうするので。まさか、作った刀が人を斬ったからといって、鍛冶屋を捕まえるとでも」

聡四郎の怒気を、紀伊国屋文左衛門が笑った。

「鉄炮《てっぽう》を作る職人は、その弾が人を殺すことを承知しておりましょう。しかし、誰もそれを咎《とが》めませぬ。なのに、わたくしが尾張さまの死を知っていたからといって責められるのは道理にあわぬことでございますな」

「詭弁《きべん》を……」

「なにより、人を殺すことがいかぬというならお武家さまはどうなさるので。人を殺した者ほど立身出世をする。天下を取られた家康さまなど、水城さまのお言葉によれば極悪人」

「それは戦場でのこと。互いに命を賭けた戦いのうえではないか」

「失礼な。商人にとっては金儲けが戦場。金のやりとりは命のやりとり。お武家さまとどこが違いましょう。負ければすべてを失う。それは商人も同じでございますよ」

紀伊国屋文左衛門が、きびしい声で述べた。

「うっ」

聡四郎は反論できなかった。

「それに尾張さまもお悪うございましょう。ご側室に裏切られる。失礼ながらそれだけのお方だった。お側去《そばさ》らずの愛妾といえば、身内も同然。それも、数年来のお手つき。その間に刺客の心を変えられなんだこと、また見抜けなんだは、尾張さまが手落ち。そのようなお方が藩主をしておられるようでは、話になりますまい」

「なれど、殺されてよいわけではない」

言いつつも、聡四郎の語気は力を失いつつあった。

「お止《や》めなされませ。おわかりでございましょう」

落ちついた声で、紀伊国屋文左衛門が聡四郎を諭した。

「さて、わたくしはこれで帰らせていただきましょう」

紀伊国屋文左衛門が立ちあがった。

「水城さま。他人の生死を握る者は、いつ己の命を奪われるやもしれぬが定め。尾張さまはその心がまえがおできではなかった」

「…………」

「もっとも、尾張さまの命を欲しがったお方が、なにを目的とされているかは別のお話でございますがね」

聡四郎の返答を待たずして、紀伊国屋文左衛門は去っていった。

高輪《たかなわ》の大木戸が閉じられる寸前に、十人をこえる侍が江戸に入った。

身形《みなり》は旅のほこりに薄汚れているが、瞳にこもる光は疲れを知らぬごとく、炯々《けいけい》と輝いていた。

「大久保《おおくぼ》の下屋敷に入るまで、油断をするな」

一団の先頭を歩いていた男が、声をかけた。

「江戸は敵地ぞ。そして、同志以外の者はすべて敵だと思え。親も友も信じるな」

「おう」

侍たちが唱和した。

日が落ちてすぐ大久保戸山《とやま》にある尾張藩下屋敷に着いた一同を待っていたのは、悲痛な顔をした用人《ようにん》であった。

「大賀《おおが》どの。どうされた」

一団を率いていた男が、問うた。

「西方氏《にしかたうじ》。大変なことになった。伊豆崎どのたちが、やられた」

「なんと。誰に」

「わからぬが、木挽町《こびきちょう》の下屋敷には、安房守《あわのかみ》さまがおられる」

「安房守……通温さまか。ならば物頭《ものがしら》、多賀谷《たがや》市正《いちまさ》が一党よな」

大賀の話に、西方が顔をゆがめた。

「痛いな。木挽町に味方がおらぬとなれば、動きが読めなくなる」

そこで言葉をきった西方が、大賀の顔を見た。

「こちらもやるか」

「そうもいかぬ。あちらも警戒しておるゆえ、集まろうとせぬ。一人一人やっていたのでは、あまりに迂遠《うえん》。刻《とき》がかかりすぎる」

大賀が首を振った。

「枝葉を刈っている間に、根づかれてしまっては意味ないか」

新藩主の決定までそれほどの余裕はなかった。西方が、より一層きびしい表情になった。

「お縮め申しあげるか」

「他に手だてはなかろう」

西方の提案に、大賀もうなずいた。

「何人出せる」

「貴公が伴ってきた士を含めて、十八人」

「少ないな」

西方が、意外な顔をした。

「国元には、但馬守さまをお慕い申す者が大勢おるというに、江戸表を任されていた貴公は、何をしていたのだ」

「目立つことはできぬ。それに江戸は、五郎太さまを担ぐ者がほとんどでな」

目をそらして、大賀が言いわけを口にする。

「六十二万石を幼児に託す馬鹿どもが。やむをえぬな。数は心許《こころもと》ないが、断じておこなえば、鬼神《きじん》もこれを避くという。我らの決意を見せつけるためにも、明日にでも木挽町を襲うぞ」

よ」

「頼もしいかぎりである。では西方氏、今宵はゆっくりと休んで、英気を養われ

大賀に連れられて、西方たちはあてがわれた長屋へと入っていった。

しばらくして、闇になった江戸へ、下屋敷から人影が一つ走り出た。三つ葉《みつば》葵《あおい》を白抜きにした紺色のお仕着せ看板羽織に、白の下穿《ば》き、木刀一本だけを差した中間《ちゅうげん》は、まっすぐ大川《おおかわ》を目指した。用心深く、何度も背後を振り返りながら、中間は夕闇に覆われた町を走った。月初めの夜には、糸のように細い月しか明かりはないが、まるで見えているかのように、中間は足下を気にすることなく木挽町の尾張家下屋敷に入った。

「そうか。愚か者どもが乾坤一擲《けんこんいってき》に打ってくるか」

中間を迎えたのは尾張家物頭、多賀谷市正であった。物頭は戦場においては一手の軍勢を率いる尾張家でも上士《じょうし》になる。物頭を勤めあげたのち、中老《ちゅうろう》から家老職にのぼることもできた。

「よいおりである。藩内に巣くう賊どもを一掃《いっそう》するとしようか、末吉《すえきち》」

多賀谷が、膝を突いている中間に小粒《こつぶ》を握らせた。

「大久保の下屋敷に戻り、連中の見張りを続けよ。それと、下屋敷を訪れてきた

のが誰かも忘れずに見ておけよ」

「へい」

小粒をおしいただいた中間が、多賀谷の前をさがった。

木挽町を出た末吉は、大久保の下屋敷とは違った方向に駆けだし、お堀沿いを西に進んでいった。葵坂をすぎ、溜池《ためいけ》ごしに日吉山王《ひよしさんのう》神社を右手に見る赤坂田町《あかさかたまち》四丁目の角を左に入り、浄土寺《じょうどじ》に突きあたったところで右、続いて左折した中間は、小旗本の屋敷がたちならぶなかで、ひときわ大きな屋敷の潜り門に吸いこまれた。

尾張藩の下屋敷などにくらべると小さいが、三千坪をこえる敷地に立派な建物のそれは、竹腰山城守の上屋敷であった。

身分は陪臣に落とされていたが、任官することができ、代替わりのときには、将軍御目見得も許された。城中に席次はないが、江戸に上屋敷と下屋敷の土地を与えられ、直臣《じきしん》に近いあつかいを受けた。

「夜分にどうした」

末吉が来たことを報された竹腰山城守が、玄関まで出てきた。

「ご報告を申しあげまする」

土間に平伏したまま、末吉が大久保、木挽町の両下屋敷でのことを告げた。

「先が見えぬにもほどがあるわ」

竹腰山城守が嘆息《たんそく》した。

「末吉。いや、横目付山本岳斗《やまもとがくと》よ」

「はっ」

呼びかけられた中間が、返事をした。

横目付とは、藩士の非違《ひい》を見張る監察であった。目付《めつけ》の下僚《かりよう》ではあったが、なかには藩主や家老直属の者もいた。任の性質上、武芸につうじていることが求められ、忍術の達者な者も多かった。

「まさに、尾張家存亡の危機。横目付は、このような御家騒動を防ぐために百年の間、禄を給されてきた。よいか、これ以上御上につけいる隙を見せてはならぬ。但馬守さまにつく者も安房守さまにしたがう者も、いざとなれば排せよ。人知れずな」

「承って候《そうろう》」

末吉こと山本が地に頭をつけた。

二

翌朝、竹腰山城守と同じく尾張家付け家老で犬山《いぬやま》城主の成瀬隼人正《はやとのしょう》は、大老井伊掃部頭に呼びだされた。

「四つ（午前十時ごろ）、白書院《しろしょいん》西廊下にて待つように」

幕府から御三家になにか命じる場合、あらかじめ付け家老に話をとおしておくのが習慣であった。これは、とくに家康に選ばれて息子たちの家老職になった譜代大名への気遣いであった。また、実質、藩を扼《やく》している付け家老を最初に押さえることで、幕府の命に御三家が逆らうことのないようにする根回しでもあった。

そろって登城するために、竹腰山城守と成瀬隼人正は下馬札《げばふだ》前で落ちあった。

「なんでござろうかの」

成瀬隼人正が訊いた。

「おそらくお世継ぎのことでございましょうぞ」

竹腰山城守が推測を口にした。

ともに尾張家の付け家老で石高も三万石内外とほとんど変わらないが、家柄でまさる成瀬隼人正に竹腰山城守はていねいに答えた。

「四つのお呼びだしとあらば、慶事が常。こちらの願いどおりのお方で襲封《しゅうほう》が認められるのでござるな」

気楽なことを言う成瀬隼人正に、竹腰山城守は眉をひそめた。

「ならばよろしいのでござるがな」

たしかに幕府は、任官、増禄などの喜びごとは少しでも早く伝えると四つに、罷免《ひめん》や閉門《へいもん》など悪いことはできるだけ遅くと昼八つ（午後二時ごろ）に下しおくのを慣例としていた。

「こちらでお控えを」

御殿坊主に案内されて、白書院西廊下に座した竹腰山城守は、紀州徳川吉宗から聞かされた話を思いだしていた。尾張藩における権力争いでは代々の敵になる成瀬隼人正に、吉宗の来訪は報せたが、話の内容は告げていなかった。

「まだでござろうかな」

すでに約束の刻限からは、半刻《はんとき》（約一時間）近くが過ぎていた。幕府役人の往来が激しい白書院西廊下である。そこでじっと座っている二人は、役人たちの好奇の目にさらされていた。

「ご執政衆《しっせいしゅう》はお忙しいのでござろう」

竹腰山城守は、焦《じ》れる成瀬隼人正をなだめた。

やがて滑るような足音をさせて、御用部屋付き御殿坊主が二人の前に現れた。

「まもなくご大老さま、ご出座でございまする。隼人正さま、山城守さまには、平に平にてお待ちあそばされませ。かならず、お声あるまでお顔をあげられませぬように」

御殿坊主が懇切《こんせつ》ていねいに助言した。

身分は軽いが、殿中の雑事いっさいを担当する御殿坊主に嫌われては、しきたりの多い城中で粗相《そそう》をしかねない。竹腰山城守も成瀬隼人正も節季《せっき》ごとの付け届けは欠かさず、坊主の機嫌をとっていた。

「かたじけなきお報せ。たしかにお言葉を守りましょうぞ」

代表して成瀬隼人正が言い、竹腰山城守は無言で平伏した。

大老、老中には、加賀の前田や薩摩《さつま》の島津《しまづ》、徳川四天王の本多《ほんだ》、酒井《さかい》などの大名たちを呼び捨てにするだけの権威があった。

もとをただせば譜代名門とはいえ、陪臣の身分である付け家老にとっては、深く敬意を表さなければならない相手である。

御殿坊主がさがり、代わりに井伊掃部頭が足音も高くやってきた。

「待たせた。井伊掃部頭じゃ。隼人正、山城守、許す。面《おもて》を上げよ」

井伊掃部頭が尊大に命じた。

「ご大老さまにはご機嫌うるわしく……」

成瀬隼人正が、口上を述べはじめた。

「多用じゃ。無駄な礼儀は要らぬ」

あいさつを井伊掃部頭がさえぎった。

「呼びだした用件はわかっておろう。尾張家の跡継ぎについてじゃ」

「上様のお心をわずらわせ、心苦しきかぎりに存じまする」

「うむ。上様も格別の家柄である尾張家については、お心をくだいておられる。権中納言どのが急逝は、無念である。されど尾張は東海道、中山道《なかせんどう》の主要なる街道を押さえる要害の地。藩主を長く空席にするはもちろん、他家に代わらせるということもできぬ」

井伊掃部頭が長い前置きを終えた。

「お言葉のとおりでございまする。神君家康公は大坂豊臣《とよとみ》家の軍勢が江戸へ向かうを阻止するようにとのお考えから、尾張に義直さまを封《ほう》じられたと伝えられておりまする。尾張こそが西国《さいごく》への出城《でじろ》。なにとぞ、その重みをご勘案いただきますようにお願い申しあげまする」

成瀬隼人正が、平伏した。

「わかっておる。ところで、隼人正。誰を五代にするつもりかの」

井伊掃部頭の口調が、少しくだけた。執政衆がよく使う手段である。言葉遣いを変えることで公の話から世間話に切りかえるのだ。こうすれば命令ではない形で、井伊掃部頭の意図を聞かせることができた。

「尾張家といたしましては、やはり重責に耐えるだけの識見《しきけん》と強壮な身体と考えました結果、先々代綱誠《つななり》公のお血筋で、先代吉通公のご兄弟のなかから……」

「いかぬな、それでは」

成瀬隼人正のせりふを、井伊掃部頭がさえぎった。

「竹腰山城守、そちも同じか」

井伊掃部頭が竹腰山城守に顔を向けた。

「御上のお力も津々浦々に行きとどき、二心をいだく者など本邦におりませぬ。また、神君家康さまより、尾張の藩屏《はんぺい》たるべしと命じられた我ら付け家老もおりまする。尾張家が重きを置くべきは、お血筋かと存じまする」

竹腰山城守はわざと五郎太の名前を出さなかった。井伊掃部頭からもう一歩誘いを出させるためであった。ここで五郎太の名前を出し、すぐに井伊掃部頭に賛を贈られては成瀬隼人正の立つ瀬がなくなる。その恨みはまっすぐ竹腰山城守へ向けられることになるのだ。幼君を抱えた状態で、これ以上ややこしいことは勘弁してほしかった。

「ふむ。山城守の申すことこそ、上様のお心にかなおう。なにより、隼人正、山城守と忠臣がそろっておるのだ。藩政に不安が生じるはずなどないであろう。なれば、藩主は正統であればよい。心配するな。我らもけっして悪いようにはせぬ。もう一度訊く。隼人正、どなたを尾張の跡継ぎとして届ける心づもりぞ」

井伊掃部頭は、すぐに竹腰山城守の意図を読んだ。

「吉通が長子、五郎太こそ、上様への忠義に満ちておりまする」

そこまで持っていかれて気づかないほど成瀬隼人正も馬鹿ではなかった。

三歳の幼児に忠義も何もあったものではないが、すでに前例に沿ってしか動くことのできなくなった幕府にとって形式こそが重要であった。

「重畳《ちょうじょう》ぞ。では、吉日を選んで奥右筆《おくゆうひつ》まで願いをあげるように」

大きくうなずきながら、井伊掃部頭が勧めた。

「お指図、かたじけのうございまする」

成瀬隼人正が受け、竹腰山城守は無言で平伏した。

急ぎ足で去っていく井伊掃部頭を見送りながら、成瀬隼人正が苦い顔をした。

「山城守どのよ。貴殿はご存じだったのか」

「確たるものではございませんでしたが、噂話のような形で」

「一言、耳に入れていただきたかった」

「申しわけないことでござった。万一違っておればたいへんでござるゆえ、心に留めました」

成瀬隼人正の恨み言に、竹腰山城守は頭をさげた。

「まあ無事にすんだようでござるゆえ、もうよろしいが」

いつまでも西廊下に座っているわけにもいかなかった。成瀬隼人正が膝を立てた。

歩きながら、成瀬隼人正が相談を持ちかけてきた。

「礼をどのようにいたそうか」

「奥右筆方には、いつものように百両、五郎太君のお披露目をなしてくださる奏《そう》者番《しやばん》どのに二百両でよろしいのでは」

小声で竹腰山城守が応えた。

「ではござらぬ。ご大老さまへの音物《いんもつ》のことでござる」

御三家とはいえ、わざわざ大老が口を出してきたのは、金を要求してきているのである。

「千両ではすまぬでしょうなあ」

竹腰山城守もわかっていたが、わざと的外れなことを口にして、井伊掃部頭と前もって話しあっていたのではないと示したのだ。

「吉通さまが死にいっさい口を出さず、尾張藩へ傷をつけず終わらせてやるとの仰せ。潰されてもおかしくない状況で、これだけの厚遇。裏になにか思惑があろうと存ずるが、それでもありがたいこたびの処置。こちらも思いきった気持ちを返さねばなりますまい」

確認するように成瀬隼人正が告げた。

「いかほどとお考えか」

「まずは五千両。できれば一万両工面しておきたい」

竹腰山城守の問いに、成瀬隼人正が伝えた。

「一万両……」

あまりの金額に竹腰山城守は絶句した。

一万両は、竹腰山城守の領地三万石のほぼ一年の実収入にあたる。

「六十二万石を無傷にするためなら、安いと思われぬか」

「たしかに」

同意しながら、竹腰山城守は切迫した藩財政のどこから金をひねり出すか、考えていた。

「吉通さまの葬儀、菩提寺への寄進、五郎太君のご元服、ご襲封。初のお国入り。金がどれだけかかるか、考えもつきませぬわ」

竹腰山城守が嘆息した。

「それよりも、これ以上ことが起こらぬことを願いましょうぞ。次になにかあれば、さすがに無事ではすみませぬからな」

「いかにも」

二人は、下馬札の前で立ち止まった。

「守崎頼母はどうなっておりましょう」

思いだしたように成瀬隼人正が問うた。

「探させてはおりまするが」

竹腰山城守が首を振った。

お連の方と守崎頼母とだけで、余人を交えず過ごすことの多かった吉通である。家臣たちが吉通の異変を知ったときには、すでに手遅れであった。朝餉の用意を持って御座の間に入った近習《きんじゅう》によって発見された吉通は汚物まみれになって息絶えていたが、一緒にいるはずの守崎頼母とお連の方の姿は煙のように消えていた。

報せを受けて駆けつけた竹腰山城守は、ただちに箝口令《かんこうれい》を敷き、ひそかに藩士たちを江戸の町にはなって守崎頼母とお連の方の行方を追わせていた。

「なされようが、甘いのではござらぬか」

成瀬隼人正が、さきほどの意趣《いしゅ》返しとばかりに竹腰山城守を批判した。

「まさか天下に公表することなどできませぬ。また、下手人捜しを出入りの町方どもに命じるわけにもまいりますまい。ひそかに見つけだすことが肝要《かんよう》。吉通さまの死はあくまでも病死とせねばならぬのでございまする」

「うまく使えば、利となるやもしれぬ……でござるか」

成瀬隼人正が、竹腰山城守の真意を読んだ。

すでに死んでしまった者を悔やんでもしかたがないのである。当主というのは、生きているときも死んでからも、藩につくすが義務と竹腰山城守は考えていた。もっとも、それに反発する家臣もいたが、女に耽溺《たんでき》し、藩政を顧《かえり》みなかった吉通の人望は薄く、竹腰山城守の案は受け入れられていた。

「まさか、どなたかが匿《かくま》われておるのではないでしょうな」

藩主の座を欲しがった一門の誰かが、裏で糸を引いているのではないかと成瀬隼人正は暗に指摘した。

「いや。立ち寄りそうな場所を見張らせておるのでございますが、いっこうに姿を見せませぬ」

竹腰山城守が否定した。

尾張藩の目付衆も、溶けたように消えた二人にお手上げであった。

「抜かりはござらぬと思うが、江戸から逃がすことのなきように」

吉通変死の生き証人である守崎頼母が名のりをあげれば、病死とした尾張藩の立場はなくなる。

「わかっておりまする」

しっかりと竹腰山城守は請《う》けあい、二人は大手門前で別れた。

待っていた家臣たちに迎えられながら、竹腰山城守は違うことに思いをはせていた。

「五郎太君に決まった今、他のお方をかつぐ輩は障害にしかならぬ。藩百年のために、余分な枝葉も取り除いておくにしかず」

駕籠に入りながら、竹腰山城守はつぶやいた。

城中の出来事は、御殿坊主によって風よりも速く運ばれる。

井伊掃部頭が尾張家の付け家老を呼びだした一件も、昼すぎには勘定方の執務室である内座に聞こえていた。

「五郎太さまに決まったようじゃな」

「らしいが、尾張さまには、なんの傷もつかぬそうだの」

「やはり御三家さまは、格別のあつかいじゃな。外様大名なら改易、譜代衆でも半知減封はまちがいないというに」

普段は中食《ちゆうじき》の手間さえ惜しんで書類に向かっている勘定衆が、手を止めて話しこんでいた。

「お耳に入りましたか」

内座の片隅で手持ちぶさたにしている聡四郎のもとに、太田彦左衛門がやってきた。

「………」

聡四郎は無言でうなずいた。

「一同がざわめくのも当然でございましょう。なにもなしでおさまるとは、とうてい思えませんでしたので」

皆の思いを、太田彦左衛門が代弁した。

「そう考えて当然でござるな」

聡四郎も認めた。

「ご存じなのでございましょうや」

太田彦左衛門が声をひそめた。

「詳細はなにも。ただ、紀伊国屋がかかわっておるぐらいしか」

まんまとはめられたのだ。聡四郎は苦い顔をするしかなかった。

「紀伊国屋の狙いは、無尽蔵《むじんぞう》ともいわれる木曾《きそ》の山林」

「はたしてどうでしょうや。紀伊国屋文左衛門は一筋縄《ひとすじなわ》でいく男ではございませぬ。それにあやつも傀儡《くぐつ》でしかござらぬ」

「紀伊国屋文左衛門をあやつるほどの者がおると」

太田彦左衛門が驚きを見せた。

「幕閣の主要なお方でござろう」

聡四郎の脳裏には、何度か刃をかわしたことのある覆面の侍が浮かんでいた。あれほどの腕を持つ侍を遠慮なく刺客の闇に追いやれる。紀伊国屋文左衛門の背後にいる人物の底知れなさに、聡四郎は寒いものを感じた。

「いちおうの決着を見た形になりましたが、このままでは終わりますすまい」

あたりを気にしながら、太田彦左衛門が告げた。

「どういうことでござる」

「尾張さまのご家来衆のなかには、千載一遇と取られた方がおられましょう。この機を逃せば、二度と浮かびあがれぬとなれば……」

「五郎太さまを害すると」

三歳の幼児まで狙うとの話に、聡四郎は思わず立ちあがりかけた。

「水城さま。内座でございまする」

小声で太田彦左衛門がいさめた。

「なにより、この時期に若君のお命を縮めまいらせることはございますまい。今度こそ尾張は潰れまする。藩政を自在にするなら、若君を狙わず、後見《こうけん》という手もございましょう」

「後見……幼い五郎太さまを表に、己は裏で藩政をあやつるか。名より実か」

「はい」

太田彦左衛門が首肯した。

三

内座を出た聡四郎は、迎えにきた大宮玄馬を先に帰し、屋敷ではなく相模屋を目指した。

「おや、日を空けずにご来訪とは、お珍しいことで」

仕事帰りの袖吉と、店の前でかちあった。

「ちょうどいい。袖吉、ちょっとつきあってくれぬか」

「よござんすが、お屋敷にお報せにならなくてよろしいんでやすか。お嬢さんにあとで逆ねじを喰わされるなんて、あっしはごめんですぜ」

袖吉が笑った。

「大丈夫だ。玄馬を走らせた」

「なるほど。それで、そのお身形でやすか」

袢を着けず、小袖着流し姿の聡四郎に、袖吉が納得した。

「なら、どこにでもお供しやしょう」

道具箱を若い衆に預けて、袖吉が聡四郎の後に続いた。

日本橋小網町《にほんばしこあみちょう》に、聡四郎が部屋住みだったころからかよっていた煮売り屋があった。

「へえ。旦那がこんな店を知っていなさるとは」

椅子代わりの、ひっくり返した酒樽に腰掛けながら袖吉が感心した。

「ここでも贅沢《ぜいたく》だったのだ。なにせ、当主になるまで金に困っていたからな。あのころは、よくて一朱《しゅ》、ないときは銭数十枚しか持っていなかった」

煮売り屋なら、酒一杯と煮染《にし》め一皿で三十文《もん》、最後に飯を一膳食ったところで五十文もあればすんだ。浅草《あさくさ》や深川《ふかがわ》でちょっと飲めば、数百文はかかった。

その日暮らしの人足や、浪人者、貧乏御家人の次男以下では、この手の屋台に毛の生えたような店しか飲み食いできるところはなかった。

「酒と煮染めを二つ。あとで、飯と汁を二人前頼む」

注文をすませた聡四郎は、袖吉に向きなおった。

はなりやせんね」

「一つだけ、うかがわせていただきやしょう。お嬢さんを泣かせるようなまねに
「ああ」

「へい。承知しやした」

聡四郎の返事を聞いた袖吉が、なにも言わずに受けた。

「食ってくれ」

聡四郎も事情を話そうとはしなかった。

男二人の夕餉は、あっさりと終わった。

「どこへ行きやす」

煮売り屋を出た袖吉が指示を求めた。

「木挽町、尾張家下屋敷」

すでに日は落ちているが、人の往来がなかなか消えなかった。寝苦しいという
のもあるが、冬とは違い外で遊ぶことが辛くないからだ。

蛍売りや砂糖水売りなどが露店を出し、庶民は熱気が町から抜けて眠れるよう
になるまでを楽しむ。そんな人々の間を、聡四郎と袖吉は抜けていった。

小網町から湊《みなと》橋を渡り、霊岸島《れいがんじま》を横切って八丁堀を過ぎれば、鉄炮洲《てつぽうず》になる。

鉄炮洲から木挽町は近い。譜代大名たちの屋敷が軒を並べる鉄炮洲でひときわ大きい本願寺《ほんがんじ》を左に見ながら三の橋を渡れば、尾張家の下屋敷は目の前であった。

門限のある武家地だが、下屋敷の多いこのあたりは、日が暮れても人通りはある。町奉行所の手が入らないのをいいことに、博打場《ばくちば》を開いているところが多いからであった。

「ここらに来たことはあるか」

聡四郎が袖吉に訊いた。

「へへへ。築地《つきじ》の岡山《おかやま》さまにはちょいちょい」

袖吉が頭を掻いた。岡山さまとは備前《びぜん》の国主、池田《いけだ》家のことだ。家康の娘婿を始祖とする外様の大大名である。

「徳川の家に近い池田も、乱れているか」

聡四郎が嘆息《たんそく》した。

博打場は、土地の地回りか、流れの中間たちが結託してやっているかであった。ともに見て見ぬふりをさせるため、藩士たちを金で飼っていた。

「しかたございやせんやね。お武家さまは貧乏でやすから」

袖吉があっさりと言った。

「武士の矜持《きょうじ》も明日の米には勝てぬか」

「食わねど高楊枝《たかようじ》は、百年前のお話で」

聡四郎の嘆きに、袖吉が続けた。

尾張藩下屋敷角へたどり着いたところで、聡四郎は袖吉を路地奥に誘った。

「ここで待てばよろしいので」

「ああ。そう刻はかからぬと思う。明日にも尾張は御用部屋まで世継ぎ願いをあげるであろう。幼児を世継ぎとして届けるのだ、当然一門の後見人がついたことも付記しなければならぬ。誰が後見の座に就くか、今夜が山場だ」

聡四郎が答えた。

「後見は決まってないんで」

「いろいろしがらみがあるのだろう。直系が大きな要因だが、それだけではないからな」

実母の身分も序列に影響するが、長幼も大きな基準であった。

「なるほど。そうなると、またもや日陰になるお方が。それも出口の見えない暗闇のような」

袖吉が理解した。

「この下屋敷には一族の通温どのがおられる。もう一人の友著どのは大久保の下屋敷」

「わかりやしたぜ。どっちがどっちを襲うにしても、ここに動きがあるんでやすね」

「そうだ」

聡四郎はうなずいた。

通温が友著を狙うならば、腹心を大久保の下屋敷に向けて出すことになり、ぎゃくならば、ここを目指して人が来る。

「で、旦那はなにがしたいんで」

袖吉が、真剣な表情で尋ねた。

「尾張さまに介入されるおつもりだったら、お止めなせえ。よけいなお世話というやつでござんすよ」

まばたきもせずに、袖吉は聡四郎を見つめた。

「この場で争いをおさめたところで、かならずどこかで起こりやすよ。今度は旦那の手の届かないところかもしれやせん。そのときはどうなさる気でいらっしゃいやす」

「すまぬな」

聡四郎は頭をさげた。

「紅どのにも叱られたわ。もちろん、すべてにかかわれるなどとうぬぼれておるわけではない。だがな、知っていて見すごすことはできぬのだ。いましめになればいい。藩外に事情を知っている者がいるとわかれば、馬鹿をくりかえすことはなかろう」

御家騒動は、とどのつまり権力の奪いあいである。勝てば栄華《えいが》を誇り、負ければ冷や飯を喰わされる。しかし、これも藩が存続して初めて成りたつのであり、改易になれば誰もが路頭に迷うことになるのだ。幕府創始のころと違って、仕官が容易でない今、藩士たちも家を潰してまで戦おうとは考えていないはずであった。

「それとな、気になる相手もある」

「旦那の気を引く相手とは、どなたさんで」

おもしろそうに袖吉が質問した。

「紀州の太守、徳川権中納言吉宗さまだ」

「そりゃあ、また豪儀《ごうぎ》な」

名前を聞いた袖吉が、驚いた。聡四郎は紀州徳川吉宗との出会いを、相模屋伝兵衛たちに話していた。

「尾張の事情もよく見ておられる。おそらく今も、動きを探っておられるだろう」

「紀州さまと尾張さまの仲の悪さは、五歳の子供でさえ知ってやすからねえ」

「そう簡単ならいいのだがな。どうもあのお方は一筋縄ではいかぬ気がする」

聡四郎は中食を共にしたときの吉宗がすべてではないと感じていた。

「なにか得体の知れぬ……そうよな、まるではるか格上の相手と真剣勝負をしているような、そんな感覚だった」

入江無手斎と対峙するときとは、また違った感触であった。入江無手斎も底が知れないが、たとえて言うなら澄んだ泉なのだ。底が見えないほど深いが、どこまでも水は透明で清らかである。しかし、吉宗は深い井戸のように、底が暗くて見えなかった。

「勘定奉行荻原近江守、紀伊国屋文左衛門、金座の後藤《ごとう》と鬼でも逃げだすような連中を向こうに回した旦那さえ怖れさせるたあ、紀州の殿さまはとてつもねえお方でやすな」

「そうでもないと、八代の座は狙えまい」

不意に声が上から降ってきた。

「つっ」

あわてて上を見あげる袖吉と正反対に、聡四郎は落ちついていた。

「きさまか」

「やはりわかっていたか」

尾張家下屋敷塀ぎわの木、その枝から音もなく黒覆面が落ちてきた。殺気を放ってはいないとはいえ、人の身体からは気が漏れる。聡四郎は少し前に気づいていた。

「旦那」

袖吉が懐に手を入れ、匕首《あいくち》の柄を握った。

「よせ。おまえの勝てる相手ではない」

手を伸ばして聡四郎が、袖吉を押さえた。

「いい判断だ。今日はおまえたちの相手をしている暇はない」

黒覆面が笑った。聡四郎は黒覆面の正体を知らなかったが、その剣技のすさまじさと、誰かに使われている身であることはわかっていた。

「おまえも、尾張が気になるか」

「きさまの飼い主も、気にしているようだな」

聡四郎と黒覆面は互いの肚《はら》を探りあった。

「まあいい。どちらにせよ、きさまとはいずれ決着をつける」

軽々と黒覆面が塀の上に跳んだ。

「おまえの師匠はどうした。最近見ぬが」

聡四郎は浅山鬼伝斎の行方を問うた。鬼伝斎は入江無手斎と戦った後、まったく姿を見せなくなっていた。

「きさまの師こそどうした。道場にも帰っておらぬではないか。我が師に恐れをなして逃げだしたか」

黒覆面が嘲《あざけ》った。

「師をなめるな。鬼道《きどう》はけっして正道に勝てぬ」

「寝言を。剣の勝負は強い者が勝つ。これは真理ぞ。待ち人のようだ」

そこまで言った黒覆面の気配がふっと消えた。

「旦那」

袖吉が、聡四郎の袖を引いた。

「襲いに来たか。友著どのの家臣は、辛抱ができなかったようだ」

太刀の目釘《めくぎ》を確認して、聡四郎は路地から出ていった。

木挽町の尾張下屋敷門前に、大久保下屋敷にいる友著派の家臣のほとんどが集まっていた。

「開けろ。馬回り頭西方四郎五郎《しろうごろう》、急参府じゃ」

西方が潜り戸をたたいた。馬回り頭は五百石格、尾張家でも上士にあたる。

「へい」

眠そうな門番の声が応じ、きしみ音をたてて潜り戸が開けられた。

「行くぞ」

振り返った西方が、一同に声をかけた。無言で首肯した一同が、進みかけたとき、なかから藩士があふれ出てきた。

「謀反人《むほんにん》ども、待っていたぞ」

十数人の藩士の最後、ゆっくりと出てきたのは、物頭多賀谷であった。

「なにを言うか。きさまらこそ尾張の先を見ぬ不忠者《ふちゆうもの》のくせに」

ともに五郎太の側近から外された傍流同士の争いは、頭同士の舌戦から始まった。

「次の藩主は五郎太君とあいなった。なれど五郎太君は幼く、政に不慣れであらせられる。いずれ五郎太君があっぱれ名君とおなりあそばすまで、藩政すべてを預かられるは、お血筋も近い叔父の通温さまが当然であろう。よこしまな考えを捨てよ。されば悪いようにはせぬ」

多賀谷が西方にしたがう者へと声をかけた。

「たわけたことを申すな。先代吉通さまがお亡くなりになった今、尾張は御家創設以来最大の危難にある。このような事態に対処できるのは、やはり年長で経験豊かなお方ぞ。となれば友著さましかおられぬ。目を見開いてよく見よ。御家が傷ついてからでは遅いのだぞ」

西方が負けじと言い返した。たしかに延宝《えんぽう》六年（一六七八）生まれの友著と元《げん》禄《ろく》九年（一六九六）出生の通温では、十八歳もの開きがあった。若くして子をなすことの多い大名家においては、親子といっても不思議ではなかった。

「黙れ。通温さまがお住まいのここへ、夜襲をかけるような輩がなにを言うか」

「きさまこそ、考えよ。まだ二十歳にも満たぬ通温さまに六十二万石の後見人が務まると思うてか」

二人が怒鳴りあった。

「話してもわからぬようなれば、刀にもの言わすまで。皆、こやつらを生かして帰すな」

最初に多賀谷がきれた。

「殲滅《せんめつ》してくれるわ。参るぞ」

西方も応じた。

二十人をこえる家臣たちが、いっせいに太刀を抜いた。

そこへ聡四郎は、出ていった。

「双方ともお引きなされ。このような夜中に門前で争いごととは、おだやかではありませぬぞ」

命を賭けた戦いに向けて、気持ちを集中しようとしたところへ現れた闖入者《ちんにゅうしゃ》に、高まっていた殺気が霧散《むさん》した。

「誰だ」

「何者ぞ」

多賀谷と西方が誰何《すいか》した。

「通りすがりの者でござる」

さすがに名のることはできなかった。

「かかわりのない者が口出しをするな」

西方が聡四郎に命じた。

「よろしいのか。拙者が見たということは、世間に知れたも同じ。江戸での私闘は御法度《ごはっと》。御家に傷がつきますぞ」

激している尾張藩の連中をなだめるように、聡四郎は柔らかい口調で告げた。

「ならば、口を封じるまで」

西方の配下が、いきなり聡四郎に向かって駆けてきた。

「…………」

間合いが狭まるのを聡四郎は待った。

「死ねえ」

配下が太刀を振りかぶった。

真剣勝負に馴れていないと、恐怖から間合いは近く思える。届かぬ間合いで配下は太刀を落とした。

一歩も動かず聡四郎は、太刀が一尺（約三〇センチ）遠くを過ぎるのを見送った。

「あつうう」

勢いあまって、切っ先で己の足を傷つけた配下がうめいた。

「修行が足りぬ」

聡四郎は一歩踏みこんで、太刀の峰で配下の右肩を撃った。

「ぎゃっ」

鎖骨を割られた配下が、刀を落としてわめいた。

「きさま……」

配下を倒された西方が、怒りの目を聡四郎に向けた。

真剣の持つ威圧が、尾張藩士たちの頭に血をのぼらせた。

「うわあああ」

若い藩士が、激発した。一人が狂えば、集団もおかしくなる。いっせいに数人が先ほどまでの敵味方関係なく、聡四郎を襲った。

それぞれに道場では名の知れた者なのだろうが、命のやりとりの場で意味はなさなかった。聡四郎は、くりだされる撃をすべて見切った。

「人に真剣を向けた。武士は、その意味を知るべきだ」

周りを囲んだ藩士たちに、聡四郎は静かに語った。無造作《むぞうさ》に聡四郎は間合いを詰めた。

敵が近づくと太刀を上段に振りかぶってしまうという、道場稽古を重ねた者に見られがちな悪癖が藩士たちに出た。上段は必殺の一撃をくりだす前動作であると同時に、胴をがら空きにする守りなき構えでもあった。

聡四郎は腰を落としながら、身体を前傾させて、太刀を横に薙いだ。

「ぎゃっ」

薄く腹を斬られて三人の藩士が、悲鳴をあげた。

「き、斬られた」

「た、助けてくれ」

命の危機と錯覚した藩士たちが、恐慌《きようこう》に襲われた。こうなると統制は取れなくなる。

「落ちつけ、傷は浅い」

どれだけなだめようとも、無駄であった。

「では、御免」

太刀に拭いをかけながら、聡四郎はその場を離れた。

「よろしいんで」

路地から袖吉が現れて、聡四郎の隣に並んだ。

「もう斬りあうだけの気力は出ないだろう。それに、これから先の面倒までは見られぬ」

聡四郎は、太刀を鞘に戻した。

「そりゃあ、そうでしょうが」

振り返った袖吉は、藩士たちが二手に分かれていくのを見た。

「わかったんでしょうかねえ。あいつら」

ふたたび前に向きなおった袖吉が、背後からすさまじい殺気を浴びせられて凍りついた。

「ふざけているのか、水城」

殺気のもとは黒覆面、徒目付永渕啓輔であった。

「なぜ殺さなかった。仏心を出したなどと言うまいな」

背後を見た聡四郎に、永渕啓輔が訊いた。

「殺す意味がなかった。それだけだ」

淡々と聡四郎は告げた。

「なめているのか。剣士たるもの、刃を擬《ぎ》されて見逃すことはない」

「あの者たちは、剣士ではない。藩士ぞ」

「なにさまのつもりだ、水城」

聡四郎の答えが気に入らない永渕啓輔が、太刀の柄に手をかけた。

「おまえこそ、どうなのだ。誰かは知らぬが、命じられるままに動いている。それが剣士と言えるか」

「……つっ。きさまは違うと言うのか。新井白石の走狗が」

永渕啓輔が、一瞬詰まった後、反駁《はんばく》した。

「拙者は剣士ではない。旗本ぞ」

「旗本といえども、武士。そして武を担う者は剣士でなければなるまい」

聡四郎の言いぶんに、永渕啓輔が返した。

「剣士とは、武を極《きわ》める者。一撃に命を賭けられる者。旗本として家を継いでいかねばならぬ拙者は、剣士であってはならぬのだ」

きっぱりと、己に言い聞かせるように聡四郎は口にした。

「師たちの戦いを見て、心動かされぬとぬかすか」

「動く。はやるほどに心ときめく。なれど、生死の境を剣の下に置くは、主君を持つ侍として許されざることなり。忠義こそ、武士の本分《ほんぶん》」

聡四郎は心の揺れを隠さなかった。

「よくぞ申したの。水城、その覚悟、いずれ見せてもらうぞ」

そう告げると永渕啓輔は、背後の闇へと溶けていった。

しばらく動かなかった袖吉が、大きく息をついた。

「生きた心地がしやせんでしたぜ。ありゃあ、人じゃござんせんよ」

暑さのせいだけではない汗を、袖吉が拭った。

「あれも人ではないほど強いが、あれの師匠はさらに数枚上を行く」

「げっ。まるで化けもの」

「ああ」

何気ない顔をしていたが、聡四郎も脇の下にべったりと汗をかいていた。

「袖吉、どこかこの刻限でも開いている店はないか」

「なら、八丁堀に一軒、夜中までやっている煮売り屋がござんす。たしかに酒でも飲まなきゃ、眠れやせん」

聡四郎の提案に袖吉はのった。

「…………」

去っていく二人の背中を闇のなかから見送った尾張藩横目付山本岳斗が、竹腰山城守の屋敷へと走っていった。

八丁堀には、町方与力同心の屋敷が並んでいる。幕初は町奉行の役宅もあったが、今では奉行所の隣に移転していた。それでも、八丁堀はそのほとんどを町方が占めていた。

おかげで治安のよさは折り紙つきであった。日が暮れとともに店を閉める商家も、八丁堀では提灯《ちようちん》の灯りを頼りに遅くまで開けているところが多かった。

袖吉の口にした煮売り屋も、その一軒であった。

「親父、酒と肴《さかな》は何が残っている」

店に入った袖吉が問うた。

灯明《とうみよう》として安い魚油を使っているだけに店全体が生臭いが、文句を言うわけにはいかなかった。

「豆の醤油煮か、干鰯《ほしいわし》のあぶり」

愛想の悪い親父が答えた。

「両方二人前だ。酒もな」

聡四郎が、注文した。

ふちの欠けた丼で供された酒に、袖吉がとびついた。

「ああ、生き返りやしたぜ」

一気に半分ほど空けた袖吉が言った。

「それにしても旦那、肚据《はらす》わりなさったね」

袖吉が聡四郎の顔を見た。

「あの黒覆面に向かってのお言葉、さすがはお旗本と感心しやした」

無茶ばかりする聡四郎を見てきた袖吉である。聡四郎の変わりようを歓迎していた。

「いや、褒めるのはまだ早い。あやつが申していたとおり、拙者のなかでは剣士たりたいと思う心と、家を残さねばならぬという旗本としての義務がせめぎあっておるのだ」

残っていた酒を聡四郎は飲んだ。

「あやつと剣をまじえる。それに強烈にひかれているのもたしかなのだ」

「我慢できやすか」

不安そうに袖吉が訊いた。

「抑えねばならぬ。役目の前には些細《ささい》なことだとわりきらねばな」

そう語りながら、聡四郎は黒覆面といつかは雌雄《しゆう》を決することになると確信していた。

「お願《ねげ》えしやすよ。でなきゃ、家康さまのころから続いた相模屋の看板が続かねえことになっちまいやすんで」

「……なんのことだ」

「いや、こっちの話で」

袖吉がごまかした。

「申しにくいが、袖吉、もう一つ頼みがある」

「あの黒覆面の相手はご勘弁」

心底嫌そうに袖吉が手を振った。

「そうではない。人を探して欲しいのだ」

人入れ稼業の顔の広さを聡四郎はよく知っていた。

「どなたを」

「尾張藩の側役だった守崎頼母と、その妹お連の方だ」

聡四郎は、漏れ聞こえてきた尾張吉通を害したであろう者の名前をあげた。

「お武家さまでやすか」

袖吉が問うた。

「ああ。尾張藩主吉通さまを殺したやつだ」

「冗談……じゃなさそうで」

命じられた袖吉の顔がひきしまった。

「どんな連中かわかっておられるんで」

「いいや。顔もわからぬ」

「そんな無理をおっしゃってはいけやせんぜ。大名の見合いじゃあるめえし。お床入りで目の前に座るまで、お互い初見《しょけん》。そんなんじゃ探しようもございやせんぜ」

袖吉があきれた。

「女も男もめだつほどの美形だそうだ」

「それが一番の手がかりでやしょう。江戸は女が少ない。目につくほどの美人を隠しておくのは、蔵のなかにでも押しこめておかねえかぎり無理でやすからね」

「さすがだな」

目のつけどころの違いを聡四郎は知った。

「わかりやした。しばらくお日にちをいただけやすか。ちょいと雲をつかむようなお話なんで」

「そのあたりは、任せる。よろしく頼む」

「だから、それはよしてくだせえって。旦那に頭さげさせたってばれたら、お嬢さんに蹴りとばされますんで」

手を振って、袖吉が困った顔をした。

四

武士の表芸が武術から算術になって、多くの剣術道場がさま変わりをした。命のやりとりを教えるより、免許、切り紙などの許しを売るようになったのだ。

じっさいに真剣を抜いて争うことなど生涯をつうじてなくなったのである。剣が遣えるかどうかなど、他人の目からはまったくわからないことと、やっきになる者が減った。

その代わりに増えたのが、形だけの修行であった。何々流の免許、どこそこ道場の三羽がらすなどという肩書きに値打ちが出た。

こうして、道場の多くは生活《たつき》のために、武を教えるよりも門下生の機嫌をとることにやっきになった。

軽い音が響く道場で、主が弟子に稽古をつけていた。

「そう、その踏みこみでござる。おおっ。みごとな手首の返し。このぶんならば、免許皆伝も近《ちこ》うござるぞ」

歯の浮くような世辞を並べたてて、道場主が褒めた。

「えい、やあ」

持ちあげられた弟子が、いっそうの気合いを竹刀にこめて振った。

「見ておれぬわ」

道場入り口から、あきれた声がした。

「どなたか。聞き捨てならぬことを言われたは」

道場主が気色《けしき》ばんだ。

「いつの間にやら、剣術は踊りになったようじゃ」

あざけりを続けながら、浅山鬼伝斎が道場へ入ってきた。

浅山鬼伝斎は変わらず修験者《しゆげんじや》の格好であった。

「何者か。ここは神聖な道場なるぞ。きさまのような汚らわしい修験者が足を踏み入れてよいところではない」

褒められていた弟子が、竹刀を手にしたまま鬼伝斎に近づいた。

「道場破りをしてくれようと思ってきたが、暇潰しにもなりそうにないわ」

「無礼者。思いあがりもはなはだしい」

「待ちなされ」

跳びかかりそうな弟子を、師匠が抑えた。

「当道場では、他流試合を禁じておりまする。立ち去られよ」

道場主としては、金蔓《かねづる》の弟子に怪我をさせるわけにはいかなかった。

「他流試合ではない。死合《しあい》よ。命を賭けて剣の技を競う。戦国の世ではあたりまえだったことをしようというだけ。武士ならば、断ることはできぬはずじゃ」

「馬鹿なことを。狂っておるのか」

道場主が、唖然《あぜん》とした。

「師よ。このような無礼な輩、身体にわからせてやるしかございませぬ」

「木梨《きなし》氏」

道場主が止めるまもなく、木梨が跳びだした。

「くらええ」

大きな気合いをのせて、竹刀を振りおろした。

「ふん」

鬼伝斎は微動だにしなかった。木梨の竹刀は三寸（約九センチ）届かず、道場の床を撃った。

「えっ」

手ごたえのない両腕に目をやった木梨が、呆然とした。肘《ひじ》から先がなくなっていた。

抜く手も見せず、鬼伝斎が柴打《しばうち》を鞘走《さやばし》らせていた。柴打とは、修験者が護身用に持つ脇差《わきざし》ほどの直刀である。

盛大に血をあふれさせながら、木梨が大きな音をたてて道場の床に落ちた。斬られた衝撃で気死してしまったのだ。

「血、血だああ」

見ていた他の弟子が、悲鳴をあげた。

道場主が、いち早くたちなおった。

「木梨氏」

倒れた木梨に駆けよって、起こそうとした。

「息絶えておる」

道場主が、絶句した。

「ひ弱よな。このようなありさまで、武士と名のるは片腹《かたはら》痛いわ」

鬼伝斎が、あきれた。

「なにをやったか、わかっておるのか、きさま」

道場主が悲痛な声で言った。

「かかってきたこいつを斬った。やったことがわからぬほどもうろくはしておらぬ」

鬼伝斎が淡々と応えた。

「さあ、死人の世話は坊主の仕事。きさまのやるべきは、刀を手にすることであろ。弟子の敵討《かたきう》ちぐらいやってみせねば、顔向けができまい」

「おのれ」

上座に奔《はし》った道場主が、床の間に置かれていた太刀を手にした。

「許さぬ。許さぬぞ」

叫びながら、太刀を抜いた。

構えを見た鬼伝斎が、ほんの少しだけ目を大きくした。

「ほう。思ったよりもまともに修行しているようじゃな。念《ねん》流か」

鬼伝斎は道場の表にかけられている看板さえ、読んでいなかった。

「皆は逃げよ」

鬼伝斎に向かって気合いをぶつけながら、道場主が呆然としている弟子たちをうながした。

「無駄じゃ。そのていどの言葉で動けるようになるなら、最初から腰など抜かさぬわ」

あっさりと鬼伝斎が言い捨てた。

「見ばえばかり教え、覚悟をつけさせぬからこうなる。弟子を死なすは師の責任よ。悔いてももう遅いがな」

殺気をぶつけてくる道場主のことなど塵《ちり》ほども気にせず、鬼伝斎は動いた。

「ひっ」

「た、助けて」

鬼伝斎が柴打を振るうたびに、弟子たちの命が消えた。

「あああああ」

あまりの光景に、道場主は動けなかった。

「ぎゃっ」

最後の一人が、頭を割られて沈んだ。

「抵抗さえせぬとは。柴打に刃こぼれ一つないわ。本物の武士《もののふ》はもう死に絶えたと言うべきかの」

鬼伝斎が、柴打をだらりと右手にさげて、道場主に話しかけた。

「おのれは……」

頭に血がのぼりすぎると、ぎゃくに精神が冷めることがある。道場主は、最後の弟子が起こす末期《まつご》の痙攣《けいれん》を目にして、開きなおった。

道場破りに竹刀勝負で負けただけでも、町内に住むことはできなくなるのが剣術遣いの宿命である。それが目の前で弟子を全滅させられて、生きていくわけにはいかなかった。

死を覚悟した道場主は、落ちついた所作《しょさ》で太刀を青眼に構えた。

それを見て、鬼伝斎が笑った。

「覚めたようじゃの。なら、少しは楽しませてくれよう」

剣の戦いは、気の満ちる疾さの勝負でもある。人を一撃で倒すだけの力と気迫は、そう簡単にたまるものではなく、徐々に増していくのだ。

「あせるな。待ってくれよう。おまえの気が十分膨《ふく》らむまでな」

集中する振りさえせずに、鬼伝斎が告げた。

剣士として最大の侮辱に近い言葉であったが、道場主は反応しなかった。ただ、一心に剣先に気を集めていた。

鬼伝斎にどうやってもかなわないことを、道場主は十分知らされていた。だからこそ、一撃にすべてをこめようとしていた。

「そろそろよかろう」

鬼伝斎が、柴打を軽く持ちあげた。

「…………」

無言で道場主が、太刀を振りあげながら間合いを詰めた。三間（約五・五メートル）がたちまち二間（約三・六メートル）になった。

二間は太刀にとって必死の間合いであるが、脇差より少し刃渡りの短い柴打にとっては、遠い。

先手を取るように、道場主の太刀が上段から斬りおろされた。

その一撃を鬼伝斎は、かわすことなく柴打で受けた。一瞬、道場主の顔に喜色が浮かんだ。

「見せてもらおうか。念流の秘太刀そくい付けとやらを」

そう言って鬼伝斎が柴打を押したり引いたり、上にあげたり下におろしたりしたが、道場主の太刀が張りついたように離れず、動きが制限された。

樋口《ひぐち》念流の奥義、そくい付けであった。そくいとは上州《じょうしゅう》の方言で、飯粒で作った糊《のり》のことである。その名前のとおり剣と剣を糊で付けたようにあわせ、敵の動きを抑える技のことであった。

「なにもできまい」

道場主が、技を誇った。そくい付けの技は間合いの内で効果がある。あとは相手が疲れるか、焦れるかして隙が生まれるのを待てばいい。

「このていどか」

敵の間合いであるうえ、武器である柴打を抑えられたにひとしい鬼伝斎だったが、まったく動じていなかった。

「強がりを……」

有利を信じていた道場主の余裕は、目の前で潰《つい》えた。鬼伝斎があっさりと柴打を手元に引き戻した。

「ふん。切っ先にかかる力の方向を鍔で感じて、先読みするように動かす。種を明かせば、さしたることではないの」

鼻先で鬼伝斎が笑った。

「命のやりとりに、小手先の技など通用せぬ」

奥義を破られて、自失《じしつ》している道場主に鬼伝斎が近づいた。

「剣術遣いに向いていなかったな」

そう告げて鬼伝斎は、柴打を横薙ぎにした。

重い音をたてて、道場主の首が転がった。

血濡れた柴打に布をあててこすりながら、鬼伝斎は道場を後にした。

「もう二軒ほど潰しておくか」

鬼伝斎は修験者らしく真言《しんごん》を唱えながら、人混みのなかへとまぎれていった。

尾張徳川家は新しい当主として五郎太を選んだ。奥右筆をつうじて御用部屋に出された願いは、即日許可された。

「御目見得もまだであろうに」

話を知った外様大名たちは不審に満ちた目で、今回の騒動を見ていた。たとえ嫡子《ちゃくし》といえども将軍家に御目見得をすませていないと相続は許されないのが決まりである。それがあっさりとくつがえされたのだ。外様大名だけではなく、譜代大名たちもとまどいをあらわにした。

「ふん。馬鹿が。幕閣の権威が揺らいだことに気づいておらぬ。子供を当主にすることで、思うがままにあやつれるとでも考えたのだろうが、浅はかにすぎる。一つの事象がその他のものに与える影響を考えておらぬ。やはり家柄だけで、執政に登用するのは乱れのもとか」

次第を聞いて鼻先で笑ったのは、紀州家の当主吉宗であった。吉宗の前には山のように書付が積まれていた。なにもかも己の手に握らないと気がすまない吉宗は、屋敷で使用する炭や薪《まき》の量にいたる些細なことまで決裁していた。たしかに当主の手元にいっさいが集まることで、家臣たちの不正や手抜きは激減したが、政から迅速さは失われていた。

「殿にとっては、よろしきことでございましょう」

川村仁右衛門が、声を出した。

「そうだがの。幕閣への不満は、将軍への失望につながる。子供では無理と皆が思い始めたとき、儂の出番が来る。しかし、それまでにあまり傷をつけてはもらいたくないでな」

吉宗が笑った。

「根太《ねだ》が腐ったうえに、しろありに食い散らかされた家など、いくら大きくても要らぬであろう。建てなおしたほうが安くつくようではな。だが、建てなおしは許されぬ。神君家康公が辛苦《しんく》のはてにお作りになられたのだ。儂は家康さまの血を引く者として、幕府をもう一度昔日《せきじつ》の姿に戻すのが役目。私利私欲などない」

「御心、感服《かんぷく》つかまつりまする」

堂々と野望を口にする吉宗に、川村仁右衛門が平伏した。

「仁右衛門」

「はっ」

吉宗に呼ばれて、川村仁右衛門が応えた。

「どうなっている」

少し咎めるような口調で、吉宗が問うた。

「畏れいりましてございまする」

川村仁右衛門が、額を畳にすりつけた。

「御広敷伊賀者が、月光院の配慮で間部越前守の手についた。そうだな」

吉宗は、幕府の誇る隠密衆が間部越前守の配下となったことを知っていた。

「はっ」

主の圧迫に、川村仁右衛門が額に汗を浮かべた。

「お報せするほどのことでもないと愚案いたし、わたくしのもとで止めておりました」

「出過ぎたまねをするな」

大声で、吉宗が怒鳴った。

「申しわけございませぬ」

身体を揺すって、川村仁右衛門が恐縮を表現する。

「申せ」

「はい。まず江戸屋敷に二度伊賀者が侵入いたしました。しかし、二度とも庭に入られたところで迎え撃ち、退散させております。あと、国許に五人参りましたが、すべて闇に葬っておりまする」

川村仁右衛門が語った。

「ふむ。どこまで入られた」

「菩提寺まで……」

「たわけが。国境をこえられただけでも失態。それを城下深くの菩提寺まで達せられるとは、玉込め役はなにをしていた。万一、あのことを幕府に知られては、御三家といえども残ることはできぬのだぞ」

吉宗が、すさまじい顔で川村仁右衛門をにらんだ。

「申しわけございませぬ」

悲鳴のような詫びを川村仁右衛門が発した。

「よいか。二度は許さぬぞ」

「肝に銘じましてございまする」

吉宗の言葉に、川村仁右衛門が応えた。

「わかればよい」

先ほどまでの激情を忘れたように、吉宗がおだやかになった。

「帰国を前に、会っておきたい。人知れずな」

「金座でございまするか」

「うむ」

寵臣の打てば響く答えに、吉宗が満足そうにうなずいた。

「こちらに呼ぶことは難しゅうございまする。間部越前守の目が張りついておりますことはご存じでございましょう。その見張りをかいくぐることは、後藤庄《しょう》三郎《ざぶろう》には難しゅうございまする」

川村仁右衛門が首を振った。

「出向くか」

吉宗が、ささやくように言った。

「では、ただちにその旨を後藤家に伝えまする。ひそかにお迎えいたすようにと」

「うむ。任せる」

首肯しながらも、吉宗は寵臣から書付へと関心を移した。

第三章　因縁の連鎖

一

紀伊国屋ほどの店を預かる番頭ともなれば、その持つ力は商家の主をはるかにしのぐ。下座にいながら、その豪勢な座敷の主が誰であるかを無言の圧迫で示していた。

「いかがであろうかの。六兵衛《ろくひょうえ》」

沈黙に耐えられなくなった初老の侍が、口を開いた。

「あと少しで、我が殿は詰め衆から御側衆《おそばしゅう》にあがれる。御側衆になれば、若年寄、寺社奉行、奏者番などのお役目に転じることもたやすい」

いったん、初老の侍が言葉をきった。

詰め衆とは五万石までの譜代大名が最初に任じられる役職のことであった。役高はなく、役目と言っても御座の間近くに控えるだけだが、ここから側衆、若年寄と出世していくのが慣例であった。

「役付きになれば、なにかと費《つい》えもかかるが、それ以上に入ってもくる。実りのもっとよい領地への転封《てんぽう》や、うまくいけば加増されることもありえる。そうなれば、紀伊国屋にもなにかと便宜《べんぎ》を図ることもできよう。どうであろうかの。互いによい話だと思うが」

「…………」

問いかけられても、六兵衛は口を閉じたままであった。

「越前守さまからは、色よいご返事をいただいておる」

初老の侍が重ねた。

越前守とは、将軍家継の傅《も》り役で幕府を牛耳《ぎゅうじ》っている間部越前守のことであった。

「頼む」

軽く初老の侍が頭をさげたが、六兵衛は返答をしなかった。

「無礼であろう、商人風情が……」

初老の侍の右横に控えていた若い藩士が、いきどおった。

「よさぬか、三枝《さえぐさ》」

「しかし、ご家老。このような席を我らが用意してやったというのに」

据えられた膳にいっさい手をつけようともしない六兵衛に、三枝が怒った。

「それはそうであるが」

家老も三枝に同意を見せた。

「おふざけになられては困りますな」

ようやく開いた六兵衛の口から漏れたのは、不満であった。

「お金がないのでございましょう。ならばなぜこのような無駄遣いをなさります。値踏みをして申しわけないですが、本日の貸座敷代、料理の費用、しめて五両はかかっておりましょう。たった一回の会食にこの金額」

六兵衛が、家老に顔を向けた。

「五千両を貸せとおっしゃられる。たしかにそれからくらべれば、五両は微々たるものでございましょう。ですが、月一分《ぶ》のお約束でお貸ししたとき、五両は三日分の利息にあたりまする。あなたさまは、三日分のただ働きをなさったも同然」

きびしい言葉を六兵衛は重ねた。

「ただ働きをするようなお方に、お役目が務まるとは思えませぬ」

「な、なにを……」

家老が絶句した。

「金は商人の命。とてもあなたさま方に、お預けすることはかないませぬ」

ていねいに頭をさげて、六兵衛が席を立った。

「では失礼させていただきまする」

「待て、主《あるじ》紀伊国屋文左衛門どのに訊かずともよいのか。我が藩が申し出た条件は、破格のものだぞ。使用人が勝手なことをして、叱られはせぬか」

あわてて家老が止めた。

「失礼ながら、主はすでに隠居しておりまする。店にかかわる差配はすべて、わたくしども番頭衆に任せられておりますれば」

六兵衛は襖に手をかけた。

「それに、主は十万両以下のお話には顔さえ出しませぬので。失礼ながらたかが五千両。主の機嫌しだいでどうなりましょうや」

残したせりふは、六兵衛を止めようと立ちあがった三枝を凍りつかせるほど冷たいものであった。

天下の主は将軍であり、人の上に立つのは武士であった。それは徳川家康が天下を取ったときから変わらないはずであった。

なにも生みださない戦によって生きている武士たちに、泰平の世での居場所はなかった。戦国が終われば、刀ではなく金が武器となるのは当然の帰結であった。

今を生きぬくために要るものしか欲しない戦国と違い、明日の命に危難がなければ、人はそのための備蓄を求める。こうしてものが大量に消費されるようになると、需要と供給の天秤がかたむき、ものの値段が跳ねあがった。

物価上昇にあわせて、商人は儲けを増やし、職人の日当は高騰する。

しかし、先祖から受け継いだ禄高にすべてを頼る武士の収入は米価上昇分しか増えないのだ。それでいて、世間の贅沢《ぜいたく》には染まっていく。

武士の経済が逼迫《ひっぱく》するのに、ときはかからなかった。

「主の言われるとおりでござりますな」

料理屋を出た六兵衛が、つぶやいた。

「先祖の人殺しを自慢するような連中が、威張《いば》り散らしているようでは、先はない。国の衰退は避けられない。まさにそのとおりでございましょう」

「そうかな」

六兵衛の隣にしたがっていた浪人者が、口を開いた。

「そこまで武士はおろかではないであろう。でなければ徳川の世は百年を数えられまい」

「伊丹《いたみ》さま。御上が世のなかを治めてきたとお思いで」

まっすぐ前を見たまま、六兵衛が言った。

「違うのか」

「仕えるべき主家《しゆけ》も、禄も失った浪人のご身分となられても、伊丹さまはお武家でございますなあ」

あきれた表情で、六兵衛が首を振った。

「身分にあぐらをかいている武士がこの世を支えておるのではございませんよ。天下は、庶民の辛抱でもっているので」

六兵衛が、きっぱりと告げた。

「自らが耕作した米を食べることもできないのに働き続ける百姓、何日も寝ずに作りあげた品を献上という名目で持っていかれる職人、そして金を借りにきた奴にさえ頭をさげねばならぬ商人。その我慢のおかげで」

「きびしいことを言うな」

聞かされた伊丹が苦笑した。

「しかし、そのとおりかも知れぬな。拙者とてこうやって、金貸しどのの護衛をせずば、夕餉にもありつけぬ」

伊丹が、自虐の笑みを浮かべた。

「わかっておられるなら、お仕事をしてくださいよ」

「ああ。承知している」

くだけたような調子が、伊丹から消えた。六兵衛と伊丹の足が止まった。

「先に帰ってますよ。今日は他に狙われることもございませんでしょうし」

「しばらく待っていてくれれば、一緒に行けるぞ」

同行したほうがいいと伊丹が声をかけた。

「ときがもったいのうございますから。一日の売り上げに算盤をおくのは、番頭の責任であり、特権でございますからな。さて、今日はどのくらい儲けがあがったことやら」

楽しそうにさっさと歩きだした六兵衛を、声が呼び止めた。

「待て、紀伊国屋の番頭」

荒い息で追いかけてきたのは、三枝であった。

「商人の、しかも使用人の分際で、ご家老を、いや、我が藩をよくも愚弄《ぐろう》してくれたの」

「おやこれは、先ほどの」

わかっていながら、六兵衛が振り向いた。

「このまま帰しては口の軽い町人のこと、我が藩の名前をおとしめるような言動をおこなうに相違あるまい」

三枝が太刀の柄《つか》に手をかけた。

「無礼討ちにしてくれる」

月の光を反射して、太刀が鞘走《さやばし》った。

「金を借りられなかった腹いせでございますか。お武家さまもたちが悪くなられた。そういうのを居直り強盗と申すのでございますよ」

白刃を目にしても、六兵衛は平然としていた。

「武士を盗人あつかいするとは、許しがたし」

太刀を大仰《おおぎょう》に振りかぶって、三枝が続けた。

「詫びよ。詫びねば、斬る」

「どのような詫びをお求めで」

六兵衛があからさまな嘲笑を浮かべた。

「金なら貸しませせぬよ」

「おのれ」

「三文《さんもん》芝居はおやめなされ」

見ていて辛くなった伊丹が、割って入った。

「ご忠義のほどはわかり申した。なれど、無理は無理。刀で脅されたくらいで金を出すような男に、日の本一の豪商紀伊国屋の番頭が務まろうはずはござらぬ」

「何者か」

くたびれた着流し姿の伊丹に、三枝が問うた。

「紀伊国屋に雇われた者でござる」

「金で飼われた犬か」

三枝が、伊丹を馬鹿にした。

「金と禄、どちらも同じではござらぬかな」

挑発に伊丹はのらなかった。

「じゃ、お願いしましたよ。やれ、無駄にときを使った」

捨てぜりふを残して、六兵衛が背を向けた。

「待て、まだ話は……」

「終わったんだよ」

後を追おうとした三枝に、口調を変えた伊丹が近づいた。

「金がなくて潰れるならば、潰れればいいのさ。そんな家など、今ながらえたところで、すぐに寿命が来る」

「黙れ、浪々の者になにがわかる」

突っかかってくる三枝に、伊丹は太刀を居合い抜きに撃った。なかほどで手首をひるがえす。三枝の首筋に峰が食いこんだ。

「ぐっ」

一撃で、三枝が悶絶《もんぜつ》した。

「わかるさ。経験したことだからな」

転がった三枝の太刀を、溝に蹴りとばしながら伊丹がつぶやいた。

「さて、今日の分の金をもらいに行くとするか」

伊丹が歩きだした。

尾張家の相続は形式を整えるだけになった。まさか三歳の幼児に御礼言上《ごんじよう》ができるはずもなく、代理として後見役松平通顕が登城し、間部越前守の膝に抱かれた家継へと平伏した。

「……上様への忠義、しかとお誓い申しあげまする」

鷹揚《おうよう》にうなずいた家継が、間部越前守に手を引かれて、大広間を出ていき、一連の儀式は終了した。

「大隅守《おおすみのかみ》どの」

大広間から通顕が退出するのを待ち受けていた新井白石が声をかけた。

通顕は昨年、家宣に目通りをし、そのおり従四位下左近衛権少将《じゆしいのげさこんえごんのしようしよう》に任じられ、大隅守を名のりとしていた。

「筑後守どの。諸事お世話になり申した」

足を止めた通顕が、新井白石に軽く頭をさげた。

「いや、わたくしはなにもいたしておりませぬ。ともあれ、五郎太君のご襲封まことにおめでとうございまする」

「かたじけのうございまする」

大広間前の廊下で、儀礼の応酬をした二人は、どちらともなく歩きだした。

「御用でござるかな」

通顕の言葉遣いは、新井白石を同格の者としていた。寵愛をくれていた主君を失ったかつての権臣に対しては破格のあつかいであった。

「ちと立ち入ったことをうかがいまするが」

新井白石が声をひそめた。

「先代吉通さまに追《お》い腹《ばら》切った者はおりませなんだので」

「なにを言われるか。殉死《じゅんし》は天和《てんな》三年（一六八三）に禁じられておりましょう」

問われた通顕が、驚愕した。

殉死とは、主君の死にあわせて、家臣が切腹することである。目をかけてくれた主君の死出《しで》の旅路に供し、死後も仕える。忠義をつらぬく家臣としてもっとも名誉なことであった。

もちろん誰も彼もが殉死できたわけではなかった。死の床にある主君に願い出て許しを貰わねばならなかった。許可なくして切腹した場合は、勝手腹《かってばら》と呼ばれ、殉死あつかいにはならず、事情いかんによっては家が潰されることもあった。

殉死した家臣の家は特別にあつかわれたことから、子孫の繁栄を願って殉死をする者が続出した。算術腹、勘定腹などと言われたこの風習の弊害《へいがい》に気づいた幕府によって、天和三年、殉死全体が禁止されていた。

殉死禁令は武家諸法度《しよはつと》に加えられた。違反すれば、腹を切った者はもちろん、主家にも傷がつく。通顕があせったのも当然であった。

「おるわけなどございませぬ」

きっぱりと通顕が否定した。

「さようでござるか。いや、失敬をいたしました」

小さく詫びた新井白石は、わざと通顕から目をそらして言った。

「先の尾張公は、家臣どもの敬愛を受けておられなんだのでござるなあ」

「……ぶ、無礼な」

通顕が、一瞬、詰まった。

「藩主の死に伴う殉死は禁じられておりまするが、のちの追い腹、表に出ぬものがあるのは、誰もが知っておりますこと」

まっすぐ前を見たまま、新井白石が語った。

たしかに、主君の死去と同時、あるいはその直前直後に腹を切ることは禁じられたが、葬儀を終えたのちに、ひそかに後を追う行為は続いていた。いや、義務になっている。

逆に殉死しなかった者への風当たりは強く、役目を降ろされるのはあたりまえ、親戚友人づきあいを切られたり、ささいなことで禄を減らされたりした。

これは亡くなった主君のもとで権勢を誇った連中への、意趣《いしゅ》返しでもあった。

「あからさまにできぬことではございましょうが、いや、意外、意外。六十二万石に家臣は何千おられるかは存ぜぬが」

わざと皮肉げに口の端を新井白石は曲げた。

「わ、我が尾張藩に御上のさだめを破るような輩はおりませぬ。これ以上言われるならば、いかに筑後守どのとて、許しませぬぞ」

通顕が、新井白石の挑発にのった。

言い争いでも、剣の戦いでも同じだが、頭に血がのぼったほうの負けである。

二十二歳と若い通顕は、老獪《ろうかい》な新井白石の罠にはまった。

「吉通さまには、お側去らずと言われたお側役がおられたそうでござるな。たしか、守崎某とか。もとは京都の浪人であったのを引きあげてもらったと聞きましたが。その者はどうしておりましょう」

「守崎頼母は……」

言いかけて通顕が絶句した。

「死んでおりませぬか。やはり」

新井白石が、通顕の目を覗きこんでいた。

「あっ」

企みに気づいた通顕が、小さな声をあげた。

「筑後守どの。それを言われるなら、なぜあなたは生きておるのだ」

反撃の糸口を通顕が見つけた。

「浪々の身、それも明日の米に困るような貧から、寄合一千二百石若年寄格にまで引きあげてくださった家宣さまに殉じられてしかるべきではないのか」

通顕が口にした言葉は、幕臣の多くが思っていたことでもあった。家宣のもとで儒学者でしかなかった新井白石が振るった権勢は、まさに比類《ひるい》のないものだったのだ。それだけのものを与えるほど、家宣は新井白石を重用《ちようよう》していた。その恩寵《おんちよう》をうらやんでいた者は、家宣が死んだとき、新井白石が追い腹を切るものと信じていた。だが、新井白石は殉死するどころか、身を慎むことさえしなかった。

「遺命を受けた身でござれば、追い腹は不忠でござろう」

堂々と、新井白石は指弾に対した。

「家宣さまのお血筋を天晴《あつぱ》れ名君にすることこそ、我が忠義である。戦場での一《いち》番槍《ばんやり》、平時での治世の功にまさるともおとらぬ大仕事であり、上様より求められるものだ」

恥じいることなどないと新井白石は断じた。

「いや、お手を止めた。では、これにて御免」

まだ言い返したそうな通顕に、新井白石はさっさと別れを告げた。

「なんなのだ、あやつは」

新井白石の背中を見送った通顕が、嘆息した。

その足で下部屋に戻った新井白石は、腰を落ちつけるまもなく、内座へと顔を出した。

「水城はおるか」

ざわめいていた内座が、静かになった。

「新井さま」

聡四郎が応えるよりも早く、内座入り口近くに席を与えられていた勘定衆の一人が、新井白石に声をかけた。

「なんじゃ」

うるさそうに新井白石が勘定衆を見た。

百俵高の勘定衆と一千二百石の寄合旗本では格に大きな差がある。新井白石の対応はまちがってはいなかったが、下にいる者たちに要らぬ反発を生んだ。

「ここは勘定衆の詰め所でござる。勘定方でもない新井さまが、そう気安く足を踏み入れていただいては困りまする。内座には他見をはばかる書付が多うござるゆえ」

「先代の上様より、政務全般にかかわるべしと命じられた儂に見せられぬものがあると申すか」

勘定衆の正論に、新井白石がきびしい声で返した。

「それは先だってまでのお話でござろう。今は御用部屋にもお入りになれぬではございませぬか」

「黙れ。燕雀《えんじやく》の分際《ぶんざい》で無礼ぞ」

痛いところを突かれた新井白石が、怒鳴りつけた。

「水城どのに御用なれば、坊主を使われよ。それが慣例でござる」

雀あつかいされたことに腹を立てた別の勘定衆が告げた。

荒々しい声のやりとりに、一同の仕事の手が止まった。

「水城さま、止めに入られたほうがよろしいと存じまする」

太田彦左衛門が、聡四郎をうながした。

「新井さまが反発を受けられるのは自業自得でございまするが、その余波がこちらに向かってくるのは、遠慮いたしとうございまする」

慣例も先例も無視して、思うように政を動かそうとする新井白石の評判は悪い。とくに勘定方にきびしい断罪の刃を撃ちこんだ新井白石は、蛇蝎《だかつ》のごとく嫌われていた。その新井白石の引きによって勘定吟味役になった聡四郎に内座は冷たい。

「さようでござるな」

聡四郎はすばやく立ちあがると、早足で新井白石に近づいた。

「御用でございまするか」

言い争いをしている三人の中央に、聡四郎は風のように割りこんだ。

「えっ」

熟練の足運びはあまりに自然で、三人は、入られてようやく気づいた。

「ここでは御用のさまたげ。新井さま、よろしければ貴殿の下部屋へ参りましょうぞ」

「あ、ああ」

聡四郎にうながされて、新井白石が首肯する。

まだ言い足りない勘定衆が、さらに文句をつむごうとしたのを、抑えるように聡四郎が言葉を出した。

「皆の衆、お騒がせした。御免」

頭をさげた聡四郎に、気をのまれた勘定衆が黙った。

太田彦左衛門が、少し遅れて続いた。

「剣術の呼吸というものでございまするか。いや、おみごとなものでございまするな」

騒動の輪から、当事者をあっさりと抜けださせた手腕に、太田彦左衛門が感心した。

「要らぬことを」

新井白石が強がった。しかし、内座を出てしまってからでは、負け犬の遠吠えでしかなかった。

「用件をお聞かせ願いたい。ときを無駄になさる気ではございますまい」

聡四郎は、新井白石を下部屋に押しこむように入れた。

「そうだの」

大きく息を吸って、新井白石が落ちついた。

「水城、京へ上れ」

いきなりの命に、敬語も忘れて、聡四郎は訊いた。

「なんのために」

「尾張吉通を殺したのが、側用人守崎頼母だということは知っておるな」

先ほどとは別人のように、新井白石が冷静に問いかける。

「その名前ぐらいは……」

聡四郎は答えた。しかし、知っていることを語る気にはならなかった。

「うむ。話がそれたの。さきほど尾張の後見となった大隅守通顕どのと話をした。どうやら、吉通を殺した守崎頼母とお連の方はいまだに捕まっておらぬらしい」

「守りの厳重な上屋敷から煙のように消えたと言われますか。それは伊賀衆でも難しゅうございましょう」

太田彦左衛門が驚愕した。

「不思議だとは思わぬか」

新井白石が、聡四郎にふたたび質問を投げた。

「藩主を殺されたのだ。普通ならば、その場を去らせずに仇を討つ。そうであろう」

「はい」

迷うことなく、聡四郎は首肯した。赤穂《あこう》浪士を例に出すまでもなく、家臣は主君の恨みを晴らすのが忠義の最たるものであった。

「だが、尾張はあの二人を逃がしたにもかかわらず、表だって探しているようすさえない。となれば、なにか大きなわけがあるはずだ」

冷たい声で新井白石が告げた。

「おそらく尾張を揺るがすほどのことが裏にあるのであろう。水城、それを調べあげよ」

「どう使われるおつもりか」

気後れすることなく、聡四郎は詰問《きつもん》した。

「そなたが知らずともよいことだが、教えてくれよう。でなくば、裏切りかねぬからの」

殺気のこもった目で、新井白石が聡四郎をにらんだ。新井白石は増上寺の一件をまだ許してはいなかった。

「よいか。いまだ七代家継さまにはお世継ぎがおられぬ」

ようやく五歳になったばかりの家継である。子供どころか正室も決まっていなかった。

「あってはならぬことなれど、いま家継さまになにかあれば、どなたが将軍位を継ぐことになると思う」

「家光さまのお血筋は、もうございませぬ。とならば、御三家から出られるが必《ひっ》定《じょう》」

聡四郎が答えた。

「そうよ。では御三家の当主方を見れば、尾張は三歳の五郎太どの、紀州の吉宗さまが貞享《じょうきょう》元年（一六八四）生まれの三十歳、そして水戸の綱条《つなえだ》卿が明暦二年（一六五六）の誕生で五十八歳じゃ。さて、水城、このなかでふさわしいお方はどなただと考える」

新井白石が、難問を出した。

「そのようなこと、拙者ごときにわかるはずもございませぬ。人柄を存じあげてもおりませぬし、ご健勝《けんしょう》かどうかさえわかりませぬ」

さっさと聡四郎は、お手上げだと宣した。

「たわけめ。今の幕府になくてはならぬお方をと思案せよ」

師範が弟子に諭すように、新井白石が言った。

「正統なら尾張、歳ならば紀州、経験を取れば水戸と思っておるならば、そなたはやはり人の上に立つ柄ではない」

言い当てられた聡四郎は、鼻白《の》んだ。

「合わぬ人材を除けてみよ。まず、水戸どのがはずれよう。いかに藩主として長く就かれていたとはいえ、すでに六十にお近い。またお血筋の男子がおられぬ。今のお世継ぎは、支藩高松《たかまつ》家からの養子どのじゃ。八代を継がれたはよいが、たちまちにして九代選びをせねばならぬでは幕政が混乱するだけであろう」

「……たしかに」

「ならば紀州どのは、歳のころもよく、お血筋もおられる。まさによかれと思われるが、かの御仁には、不吉な影がつきまとっておる。知っておろう」

言われた聡四郎は首肯した。

紀州家の影とは、二代藩主光貞《みつさだ》、三代藩主綱教《つなのり》、四代藩主頼職《よりもと》の三人が、宝永二年（一七〇五）にまとまって亡くなったことである。

このおかげで紀州支藩三万石の藩主でしかなかった吉宗が、紀州五十五万石の主になれた。

「そんな輩に、正統なる徳川本家を継がせられようか」

「噂でございましょう」

聡四郎は、真実とはかぎるまいと口にした。認めることはできなかった。

「たわけが。噂がたつというだけで、資格はない。火のないところに煙はたたぬ。まあ、それは百歩譲ってよいとしても、噂を耳にした者どもは、吉宗どのをどう見る。疑念をまったく持たぬわけにはいくまい。真実と思いはせずとも、心のどこかに疑いが残ろう。将軍に天下の信がなければ、政はたちゆくまい。庶民たちは、幕府を頼っておればこそ、我らの出す触れにしたがい、年貢を納めるのだ。でなければ、庶民はおろか大名たちも言うことをきかなくなるぞ」

新井白石の言いぶんを、聡四郎は否定できなかった。

「さて、二人が外れた。残ったのはただ一人。そう、尾張の五郎太君だ。もし、家継さまに万一があるか、あるいはお世継ぎのお誕生がなかった場合、八代は尾張から出る。そのための御三家ゆえ、幕閣も反対すまい」

「…………」

無言で聡四郎は、新井白石の話を聞いた。

「もしも、五郎太君が江戸城にお入りになられたとしたら、どうなろう。尾張から供してきた家臣どもが、大きな顔で城中を闊歩《かつぽ》しよう。それだけならまだよい。

成瀬や竹腰などの付け家老は、本家に血筋を返した功で譜代大名に籍を戻し、そのまま執政衆に加わるであろう」

　新井白石は続けた。

「でございましょうなあ」

　皮肉げな笑いを太田彦左衛門が浮かべた。

　新井白石と間部越前守もそうであるし、柳沢吉保もまったく同じであった。傍系となった徳川の血筋に付けられた家臣が、主の本家継承にあわせて権力を握るのは、すでに慣例となった感があった。

　そして、先代の寵臣を追いだすのだ。

「たかが尾張の田舎藩をあつかっていたていどの見識で、幕政に手を出されては困るのだ。たった一つの失政が、天下万民を塗炭《とたん》の苦しみへと落とすことになりかねぬ。生類憐《しょうるいあわれ》みの令を見ればよくわかろう」

　破戒僧にあることないことを吹きこまれた綱吉が施行した天下の悪法は、その死後さっそく廃された。だが、その爪痕はいまだに大きく残っていた。

「その二の舞をせぬようにするのも、政を担う者の責務である」

「おそれいりますが、なにをおっしゃりたいのかわかりかねまする」

迂遠《うえん》な話に聡四郎が音《ね》をあげた。

「あいかわらず腹芸のできぬやつよな」

新井白石が嘲笑した。

「太田と申したの。教えてやれ」

教えるのも面倒だと、新井白石は太田彦左衛門に投げた。

「承りましてございまする。水城さま。新井さまは、五郎太君が将軍家を継がれることになったおりに、尾張の者どもが幕政に口出しできぬような枷《かせ》をさがせと仰せられておるので」

噛んで含めるような説明を聞いて、聡四郎は理解した。

「その枷に吉通さま謀殺を使おうと」

「そうじゃ。吉通が殺されなければならぬ理由、そして下手人を始末せぬわけ。それがわかれば、尾張の頭を押さえることができよう。それを調べよと命じておる」

あらためて新井白石が命じた。

「なぜに京なのでございまするか」

「守崎頼母とお連の方は、京の出ぞ」

新井白石が告げた。

二

勘定吟味役は、幕府の会計いっさいを監察する権を持つ。郡代《ぐんだい》、代官の治める幕領はもとより、遠国《おんごく》奉行の管轄地、大坂、駿河《するが》などの城代領も例外ではなかった。

「勘定吟味役水城聡四郎、山城伏見《やましろふしみ》の酒運上《うんじょう》、山崎《やまざき》の油運上の監察を命ず」

新井白石から話を聞かされた翌日、聡四郎は老中に呼びだされた。

「道中準備のため、三日間の休みを与える。道中の格は勘定奉行に準ずるが、諸《しょ》事倹約《じ》のおりから、供は下役の者一人、供侍一人、小者一人にせよ。荷物などは状況に応じ、宿場にて伝馬《てんま》を使用することを許す」

勘定奉行格としての道中となれば、泊まりはすべて本陣となる。万一参勤あるいは所用の大名道中とかちあっても、優先された。

「えらく豪儀《ごうぎ》なお話で」

道中に慣れた小者の手配を頼みにきた聡四郎に、袖吉が驚いた。

勘定奉行は、幕府三奉行の一つで、幕府の金銭の出納、幕領の訴訟、街道の整備などを任とする。代官と郡代を配下にしたがえ、その管轄地すべてを掌握する強大な権限を行使できた。

勘定吟味役は勘定奉行次席と称されることもあり、勘定奉行さえ告発できる。

聡四郎の普段からは思いもつかぬ重職であった。

「道中準備金として百両お下げ渡しくださったわ」

聡四郎も分不相応なまでの厚遇に、とまどっていた。

「それで、人を探しに」

「はい、道中の経験がないので、世慣れた者を世話していただきたい」

相模屋伝兵衛の確認に、聡四郎は首肯した。

「だったら親方、梅《うめ》の野郎はいかがで。たしか、あいつ駿河の生まれだと思いやしたが」

袖吉が思いついた名前を口にした。

「そうだなあ。あいつなら箱根《はこね》の関にもくわしいな」

「いけませぬ」

同意しかけた相模屋伝兵衛を止めたのは、紅であった。

「梅吉《うめきち》には、悪い癖があります」

「悪い癖……あっ、ああ」

紅の言葉に、一瞬考えた袖吉が、大きくうなずいた。

「女癖でやすな。そりゃあ、お嬢さんが止められるのは無理もないことで」

袖吉が納得した。

「どういうことだ」

わからない聡四郎が問うた。

「いえね、道中の宿場にはかならず遊廓《ゆうかく》があり、宿屋には飯盛《めしも》り女がいるということでさ」

「それがなぜ、梅吉とやらの欠点になるのだ」

まだ聡四郎はわかっていなかった。

「いえ。旦那は知らなくてけっこうで。親方、梅はいけやせんぜ」

「のようだな。旅を終えて無事に帰ってきた梅が、ここで怪我をすることになりそうだ」

相模屋伝兵衛も笑った。

「となると……誰に」

「袖吉、頼んだわよ」

「へっ。あっしですかい」

紅に指名されて、袖吉が驚いた。

「あんたなら、道中も知っているだろ」

「たしかに、駿河の普請に行ったこともありやすし」

「いまさら隠さなくてもいいだろう。袖吉、あんたの生まれは伊勢《いせ》。違ったかい」

紅が、あっさりと言った。

「ご存じでしたか」

「すまないな。娘が馬鹿を口にした」

ほんの少し苦い顔をした袖吉に、相模屋伝兵衛が頭をさげた。

「親方。そんなまねはよしてくださいよ」

あわてて袖吉が、手を振った。

「…………」

聡四郎は、己が口出しするべきではないと考え、黙って見ていた。

「回状《かいじょう》がまわって来たんでやすね」

あきらめの顔で、袖吉が相模屋伝兵衛に目をやった。

「ああ。といっても、もう七年も前のことだがな」

あっさりと相模屋伝兵衛が認めた。

「そんなに……あっしの正体を知っても、ずっと変わらずに……」

袖吉が啞然とした。

「水城さまを除け者《の》にして申しわけございませぬ。回状とは、人入れ屋に回覧される抜《ぬ》け人《にん》名簿のことで」

「抜け人名簿とは、なんのことでございましょうか」

初めて聞くものに、聡四郎は首をかしげた。

「雇い人、その不始末いっさいを記したもので。人殺しから、盗人、逃げだしにいたるまで、詳細に書かれてやす」

相模屋伝兵衛が、長火鉢の引き出しを開けて、束になった書付を出した。

「ここ十年のもので。ご覧になってくださいませ」

差し出された書付の一枚目だけを聡四郎は見た。

「甲州石和《いさわ》村太助《たすけ》、請け人同村権左《ごんざ》。甲州城下米問屋北屋《きた》にて米つき奉公年季中に店の金を二分盗んで逃走。身の丈五尺二寸（約一五八センチ）固太り、右耳に傷、髪薄く左首に痣《あざ》あり」

罪を犯して奉公先から逃げた雇い人のことがていねいに記されていた。

「人入れ屋は店の信用で商売をしておりまする。ご紹介申しあげた奉公人に何かあったときは、責任を負わねばなりませぬ。したがって、仕事を求めに来た者すべてを受け入れるわけにはいかないのでございまする。こうやって不始末をしでかした奉公人のことを報せあうことでお互いの身を守るようにしておりまする」

説明する相模屋伝兵衛に、聡四郎は書付を返した。

「袖吉が訊きにくそうゆえ、拙者が代わってうかがおう」

隣であきらめたような顔をして座っている袖吉を見ながら、聡四郎が問うた。

「その先は、おっしゃいますな」

相模屋伝兵衛が、聡四郎を制した。

「人入れ屋は信用を売る商売でございまする。と同時に、人を見抜く商売でもございまする。回状はたしかに重要な報せでございまするが、それだけに頼ることはできませぬ。わたくしが、なによりたいせつにいたしておりますのは、己の目でございます。回状よりも我が直感に重きを置きまする」

そこで言葉をきって、相模屋伝兵衛は袖吉に顔を向けた。

「紬吉の回状は、こいつが来て一年後に参りました。帆かけ、こちらの言葉で、逃げだすという意味なんでございますが、それをやったと記載されておりました。さらに奉公構《かま》い書きまでついておりました」

今度は聡四郎にもわかった。

奉公構いとは、不始末を起こした奉公人を他所《よそ》には勤められないようにすることである。幕府の出す御触書《おふれがき》のように守らなければ罪になるわけではないが、奉公構いを知っていて雇ったとなると、回状を出した店と喧嘩をすることになる。

「奉公構いとは、おだやかではないな」

武士でも町人でもそうだが、奉公先を奪われればまず生きていくことはできないだけに、雇う側はよほどのことでもないかぎり、構いを出すことはしなかった。

紬吉のことをよく知るだけに、聡四郎は首をかしげた。

「別に人を殺したわけじゃござんせんよ。もちろん女がらみでもありやせん」

紬吉が聡四郎の疑問を感じ取った。

「逃げだした。それだけで」

苦い顔で、紬吉が告げた。

「ごまかすのかい。お父さまや、あたしが知っていることを、水城さまには隠すつもり」

煮えきらない袖吉の態度に、怒ったのは紅だった。

「水城さまは、あんたを信頼してくれていないと言うんだね」

紅の怒りが高まった。

「……申しわけございませんでした」

叱られた袖吉が、聡四郎に詫びた。

「あっしは神人《じにん》だったんでやすよ。伊勢の神社、その匠頭《たくみがしら》の下で働く小工《こだくみ》の一人でやした」

袖吉が語りだした。

神人とは、神社に付属した民のことだ。神饌《しんせん》となる作物を作ったり、社《やしろ》を建てたり修繕したりする百姓や職人で、代々決まった技能を受け継いでいく家柄である。

「ご存じのとおり、神人はお武家さまといっしょで、生まれた家ですべてが決まりやす。宮司《ぐうじ》の家に生まれた者は宮司に、下働きの息子として生を受けた者は職人にもなれやせん。どんなに腕がたとうが、出世することはござんせん」

「………」

聡四郎は、袖吉が話しやすいように沈黙を守った。

「もうおわかりでやしょう。あっしは下働きの息子。ただ、やたらと鑿《のみ》のあつかいがうまかった。一千年の歴史を持つ職人連中より細工ができた。それがやっかみを受けたわけで。つまらないいじめをやらかされて、あっしが切れちまって。匠頭をぶん殴って、尻をまくっちまったと」

話し終えた袖吉が苦笑した。

「そうか」

聡四郎はいちおう首肯してみせた。しかし、袖吉の前身が今聞いたとおりだとは思っていなかった。身のこなし、肚の据わりようを見て、袖吉は武家の出、少なくとも剣術を学んだことがあると聡四郎は考えていた。

「どう見ても悪人には見えませせぬ。仕事をさせてみれば、ちょっとそこらの棟《とう》梁《りょう》あたりじゃ勝てないだけのことをしてのける。しばらくようすを見るかと雇い入れてみたら、けっこうな拾いものだったというわけでございまする」

相模屋伝兵衛が、締めくくった。

「袖吉なら、東海道を知っているし、役にたつと思うわよ。なにより、あたしの目にまちがいはないわ」

自分の手柄のように、紅が言った。

「水城の旦那を、初見のときに、仕事探しの浪人者と勘違いされたのは、どなたさまでしたっけねえ」

からかうように、袖吉が笑った。

「うっさいわね。要らないことを言う口は、どうしてくれようか」

紅が、真っ赤になった。

「しかし、袖吉どのを借りては困られよう」

職人頭がいなくなれば、相模屋の仕事がとどこおることぐらいは、聡四郎にも理解できた。

「大丈夫よ。袖吉一人ぐらいの穴、埋められないようでは幕府お出入りはできないから。それに奉公構いを出した連中も、幕府お役人の小者になった袖吉には手出しできないでしょうしね」

しっかりと袖吉のことを思いやった紅の一言で、聡四郎の供は決まった。

「あのことは、どうしやしょう。親方に代わりを出してもらいやしょうか」

袖吉が、守崎頼母とお連の方を探す役目に代理をたてようかと言った。

「ありがたい申し出だが、せっかくあの二人の出らしい京へ行くのだ。向こうでなにかつかんでからにしたほうが、無駄がなくていいだろう」

聡四郎は、紬吉の気遣いに感謝しながらも、首を振った。

城中のこといっさいは、右筆の手になる書付に記される。

柳沢吉保のもとに、飼っている右筆から毎日報告があげられていた。

「ほう。勘定吟味役が、都へあがるか」

束になった書付の一枚を読んだ柳沢吉保は、徒目付永渕啓輔と紀伊国屋文左衛門を呼びだした。

「水城が、京へ参りまするか。目的はなんでございましょう」

聞かされた永渕啓輔が、問うた。

「目のつけどころがよろしゅうございまするな。これは、水城さまがお考えではございますまい。あの御仁、そこまで頭がまわるようには思えませぬゆえ」

紀伊国屋文左衛門が、小さく首を振った。

「新井白石だろうな。届けられた話によると、水城聡四郎の京行きを許可したのは、間部越前守だそうだが」

「間部越前守さまが……ほう。おもしろいことになりそうでございますな」

意外な顔をした紀伊国屋文左衛門が、すぐにほほえんだ。

「阻害いたしましょうや」

永渕啓輔が、柳沢吉保にうかがいをたてた。

「馬鹿め。じゃまをするのではない。手助けしてやるのだ。尾張に目を向けさせ、その間に、我らは次の手を打つ」

柳沢吉保が永渕啓輔を叱った。

「さすがは、ご大老さま」

「わたくしごときが、出過ぎたことを」

紀伊国屋文左衛門と永渕啓輔が、互いの立場にそった返答をした。

「ならば、わたくしが参りましょう。あの御仁はなかなかに楽しませてくださいますから」

「隠居して身軽になったな。同じく身を退いた儂が、屋敷から出るにも面倒な思いをせねばならぬのとはずいぶんな違いよな」

柳沢吉保が、腰の軽い紀伊国屋文左衛門をうらやんだ。

「なにを仰せられますやら。体力はかなりなくなっております。ご大老さまのように、いつまでも壮年ではおられませぬ」

とんでもないと紀伊国屋文左衛門が、手を振った。

「歳をとった紀伊国屋を百里（約四〇〇キロ）から離れた京まで行かせるだけの魅力があるか、水城には。ふむ。儂も一度顔を見てみるかの」

「殿」

永渕啓輔が、驚愕の声をあげた。

目通りをと願う者はいくらでもいるが、柳沢吉保から求めて人と会うことなど、ここ数年ほとんどなかった。

「大声を出すな。呼びだす気はないわ。そっとな、遠目でよいからどのような面構えか見てみたいだけじゃ」

嫉妬《しっと》を見せた寵臣をさとすように、柳沢吉保がたしなめた。

「お許しくださいませ」

深く永渕啓輔が頭を垂れた。

「顔を見るだけでよろしいなら、いかがでございましょう、高輪大木戸前の茶店などは」

紀伊国屋文左衛門が提案した。

高輪の大木戸は、東海道の始まりである。町奉行所の管轄ではないが、ここまでを江戸としていた。

病気、悪天候、遭難、盗賊など、あらゆる災厄が起こるかも知れない旅は命がけになる。人々は旅立つ家族や知人の安全を祈り、しばしの別れを惜しむために高輪の大木戸まで見送りに来ることが習慣となっている。そして、その人々をあてにした茶店や料理屋が、品川には多く軒を並べていた。

「なるほど。それはよいな。水城だけでなく、見送りに来るかかわりのある者たちも知ることができるの」

柳沢吉保が、同意した。

「公用旅じゃ。見送りの宴を開くことはあるまい。初日の泊まりは、右筆部屋への届けによると、川崎《かわさき》となっておる」

「でございましたら、大木戸に四つ（午前十時ごろ）前にお出まし願えれば、けっこうかと存じますが」

聡四郎の旅程を示された紀伊国屋文左衛門が、言った。

「そうしよう。永渕」

「承知いたしております。拙者も京まで参りまする」

永渕啓輔が、首肯した。

「では、楽しみにしておるぞ」

もう興味を失ったように、柳沢吉保は聡四郎の旅程が記された書付を脇に置いて、二人に去れと命じた。

「ごめんくださりませ」

柳沢吉保の前から去った紀伊国屋文左衛門は、中屋敷門前で永渕啓輔と別れた。

あとを振り返らずに去っていく永渕啓輔を見送りながら、紀伊国屋文左衛門がつぶやいた。

「水城さまの京行き、ご手配なされたのは柳沢さまでしょうに。無駄足を踏ませて、ときを使わせ、その間に次の一手を打つ。それに気づかぬとは、新井白石も間部越前守も執政たるをえませんな。裏の裏を読めていない。己が浄瑠璃人形のように操られているだけと、気づいてさえいない。主なき城はもちませぬよ」

紀伊国屋文左衛門は、明暦の火事で天守閣を失った江戸城を見あげた。

永渕啓輔と紀伊国屋文左衛門を帰した後、柳沢吉保は久しぶりに奥へと足を運んだ。

「殿」

奥で柳沢吉保を迎えたのは、お連の方であった。

「落ちついたようじゃの」

永渕啓輔や紀伊国屋文左衛門に向ける冷たいものとはうってかわって、柳沢吉保は温かみのある目つきでお連の方を見た。

「お気遣い、ありがとうございまする」

お連の方が深く頭をさげた。

尾張徳川家当主吉通を毒殺した守崎頼母、お連の方兄妹は、柳沢吉保に匿われていた。江戸において柳沢家中屋敷、これほど安全な隠れ家はまたとなかった。

「いや、辛い思いをさせたな。意に染まぬ男に身を任せただけではなく、命まで奪わせたのだ。すまぬ。許せよ」

柳沢吉保が詫びた。

「おやめくださいませ。殿は、わたくしどもが敵討ちにお手をお貸しくださされたのでございまする。おかげさまで、ようやく鶴姫《つるひめ》さまのお恨みをはらすことが……」

涙を流しながら、お連の方が礼を述べた。

鶴姫とは、五代将軍綱吉の長女であった。延宝五年（一六七七）に生まれ、貞享二年（一六八五）九歳で紀州徳川家三代綱教に嫁《か》した。

すでに男子誕生をあきらめていた綱吉にとって、唯一の血筋であり、鶴姫が男子を産めば血が続くと期待をかけた娘であったが、宝永元年（一七〇四）紀州家江戸屋敷にて急死した。献上された饅頭《まんじゆう》を口にした鶴姫は、すぐに血を吐いて、手を施すまもなく絶息《ぜつそく》したのだ。六代将軍として鶴姫の婿紀州綱教を江戸城西の丸へ迎えようとした矢先のことであった。

「乳兄弟《ちきようだい》は、血を分けたにひとしいからの。敵討ちは当然じゃ」

うなずきながら、柳沢吉保が言った。

守崎頼母とお連の方は、鶴姫の乳人《めのと》の子供であった。格式のある武家では、子供が生まれると家臣筋から適当な女を選んで、傅育を任せる。これを乳人と言った。乳人は、傅育を任された子供の母親に準じたあつかいをされ、一族も重用されるのが常であった。特に乳人の子供は、乳兄弟と呼ばれ、じつの兄妹に近い待遇を受けた。

だけに、乳兄弟の主君への忠義は、くらべものがないほど厚い。

「鶴姫さまに毒を盛ったのは、尾張。紀州家の上屋敷から江戸城西の丸へお移りになられる寸前でございましたのに。あのような……なぜ、あのとき、わたくしが身代わりにならなんだのかと」

唇を噛んで、お連の方が悔やんだ。

男子のいない綱吉の跡を誰が継ぐかは、御三家にとって大きなことがらであった。とくに初代家康によって、紀州家と差をつけられた尾張にとって綱教が将軍となることだけは我慢ならなかった。お旗持ち衆という、恨みを役目にする組を作るほど、将軍への執着を持っていた尾張家は、綱教が綱吉の後継者となる条件の鶴姫を奪うことで、それを阻止したのであった。

「この身は、あのとき鶴姫さまのお供をして死んだのでございまする。なればこそ、憎き敵に身体を汚されても耐えることができました」

「尾張を断罪するだけの証拠《あかし》がなかったとはいえ、執政の地位にありながら、なにもできなかった儂を許せ。女の華《はな》を散らせ、そなたの兄も生涯日陰者《ひかげもの》として生きねばならなくしてしまった。すまぬ」

お連の方の手を握って、柳沢吉保がふたたび謝した。

「いいえ、いいえ。殿のご手配で、わたくしたちは尾張家に入りこめたのでございまする」

首を振って、お連の方が柳沢吉保の謝罪を不要だと告げた。柳沢吉保の手配で、守崎頼母とお連の方は京の浪人とその妹という身分を手にし、意を受けた紀伊国屋文左衛門によって尾張家へ推挙されたのであった。

「今後のことは心配せずともよい。きっと柳沢家が、そなたと兄を守る。安心してここにいるがよい。かたじけないぞ、お連。これで綱吉さまのご無念も霧散《むさん》したに違いない」

そう言って、柳沢吉保がなぐさめた。柳沢吉保にとって、小身《しょうしん》の身から大老格にまで引きあげてくれた綱吉とその血筋がなによりたいせつだった。

「ゆっくりするがよい」

やさしくお連の方を慰労して、奥から戻った柳沢吉保がつぶやいた。

「つぎは、簒奪者《さんだつしゃ》家継、おまえの番ぞ」

柳沢吉保の顔に憎しみの表情が浮かんだ。

不意の遠国出張を命じられても大丈夫なように、あるていどの旅装を用意しておくのは武士の心得ごとであった。

とくに勘定筋の家柄は、いつどこの幕府領へ派遣されてもすぐに動けるように準備している。水城の家も同じであった。

「へええ。手間がかからなくていいわね」

用意の手伝いにとやってきた紅が感心した翌日、一行は、高輪の大木戸にもっとも近い茶屋で水杯《みずさかずき》をかわした。

「縁起の悪い」

最初、がんとして拒否した紅だったが、慣習だと相模屋伝兵衛に言われてやむをえず参加していた。

「気をつけて行きなさいよ。お膝元でさえ危なっかしいんだから。怪我したり病気したりしないようにしなさい」

「おっ母さんみたいで」

紅の言葉を、袖吉がからかった。

「おだまり。いい。あんたはしっかりと見張っているのよ。この馬鹿が要らないことに手を出さないように」

真っ赤になった紅が、袖吉を怒鳴った。

「へいへい。ついでに、お嬢さんのなによりのご心配、宿場女にも手を出させやしませんよ」

なにを言われてもこたえていないようすの、袖吉が告げた。

大木戸脇の茶屋で、男女が痴話げんかのようなやりとりをして、目だたないはずはなかった。

同じ茶屋の奥、屏風《びょうぶ》でしきられた小座敷にいた、柳沢吉保と紀伊国屋文左衛門が苦笑していた。

「あれが、水城か」

柳沢吉保が、屏風の陰から覗いた。

「さようで。なかなかにおもしろうございましょう」

「となると、あの壮年の町人は相模屋伝兵衛だな。そして娘」

さすがに柳沢吉保はよく知っていた。

「少し目元に険《けん》があるが、なかなかの美形ではないか。儂が十歳若ければ側《そく》に召しだしたぞ」

「ご大老さまが欲しいのは、あの娘ではなく、親のほうでございましょう」

紀伊国屋文左衛門が笑った。

「江戸の人足を押さえているにひとしい相模屋伝兵衛の力は、小さな大名よりもございますから」

「そのとおりよ。なんなら吉里どのに勧めてみてもよいな。あの女なら、丈夫な子を産んでくれよう。行儀作法は、こちらでしつければすむ」

まじめな顔で、柳沢吉保が語った。

「舌を噛むだけでございますよ」

聞いた紀伊国屋文左衛門が、止めた。

「相模屋を潰すと脅しても無駄でございますよ。一人娘の命と店、親なら迷うことなどございませぬ」

「残すべきは家、血筋は二の次ではないか」

柳沢吉保が、紀伊国屋文左衛門に述べた。

「ご大老さまが、それをおっしゃいますか」

紀伊国屋文左衛門が、皮肉げな顔をした。

「将軍さまは、無事に続いておられまする。それに、ご当代さまになにかあったとしても、八代はどなたさまかがお継ぎになられましょう」

「たわけ。将軍家だけは違うのだ。家臣は将軍に仕えるため、忠義を尽くすためにある。だからこそ家を続けていかねばならぬ。そのために血筋は二の次ぞ。役にたてばよい。しかし、将軍家と天皇家は別なのだ。天下の上に立つことが決められたお方に、求められるのはその正統さよ。いかに徳川の血を引こうとも、直系から何代も離れてしまったのでは、親藩と差がなかろう。昨日まで、同格の大名であった者が、今日から将軍になったゆえ、あがめたてまつれと申したところで、納得できようはずもない。将軍にはな、皆が納得するだけの筋目《すじめ》がなければならぬ」

怒りを額に浮かべて、柳沢吉保が告げた。

「今の将軍など、傍系もよいところぞ。血をたださねば、幕府はもたぬ。そう遠くない先に、薩摩になるか、伊達《だて》になるか、あるいは朝廷かもしれぬが、取って代わられることになろう」

「考えの足りぬことを口にいたしました」

紀伊国屋文左衛門が、平伏した。

「二度とそのようなことを、その口から漏らすな」

「肝に銘じましてございまする」

「水城が出立するようでございまする」

柳沢吉保と紀伊国屋文左衛門のもめ事にかかわらず、聡四郎を見張っていた永渕啓輔が報せた。

「そうか。ならば、行け」

先ほどまでの激昂《げきこう》などなかったかのように、冷静な声で柳沢吉保が命じた。

「では、これにて。土産を楽しみにお待ちくださいませ」

こちらも叱られてなどいないように、あっさりと紀伊国屋文左衛門が立ちあがった。

「行って参りまする」

永渕啓輔が、深く礼をした。

「よいか、けっして手出しをするでないぞ。まだ、あやつには使い道がある」

座ったままで、柳沢吉保がきびしく言いつけた。

「……承知つかまつりましてございまする」

すでに茶店を出た紀伊国屋文左衛門の、背中を追うようにして永渕啓輔も足を踏みだした。

二人の姿が見えなくなるまで茶店に座っていた柳沢吉保の前に、立派な身形の侍がひざまずいた。

「ご隠居さま、お屋敷へお戻りになられましょうか」

「ああ。久しぶりの遠出はこたえたわ」

「では、御駕籠をこれへ」

藩士が、急ぎ足で声をかけに行った。

「しょせん、町人と小者でしかないの。大義大局が見えておらぬ。そろそろかもしれぬな。永渕は惜しくもないが、紀伊国屋の財は欲しいな。もっとも、そう簡単ではないだろうが」

冷めた茶に手を伸ばした柳沢吉保が、顔をしかめた。

「鬼伝斎の始末は、勝手につけてくれるだろう。ふん。正しきお血筋の御世に鬼は不要」

駕籠を引き連れた藩士が戻ってくるまで、柳沢吉保は独《ひと》りごちていた。

三

今日も二つの道場が潰れた。

訴えを受けて町奉行所も探索にのりだしたが、なにぶんにも人数が足りなすぎた。南北両奉行所をあわせても、与力五十騎、同心二百四十人しかいないのである。しかもこのうち探索にかかわる者はさらに少なく、定町廻《じょうまちまわ》りと臨時廻り、そして隠密《おんみつ》廻りをあわせても二十人には届かない。とても江戸の城下を網羅《もうら》することは不可能であった。

けっきょくは、道場が襲われたあと報せを受けた町方が出張《でば》るという、火が消えてから火消しが来るに近い状態であった。

「よくもここまでできるものだな」

凄惨な現場で、定町廻りが眉をひそめた。

「医者の診立《みた》てはどうだ」

定町廻りの助役として出役してきた臨時廻り同心が、死体の検死役に頼んだ町医者に訊いた。

「刀じゃなさそうでござるな」

殺された何人もの傷をあらためた医者が、手についた血を拭いながら言った。

「やっぱり同じ奴か」

「前のを見ておりませんからな、なんとも言えませんが。おそらく太刀よりも幅のある刃物でござろう。かなり重いと思われますぞ。傷口が弾けたようになっておりますし、なにより骨が切れるのではなくくだけておりますでな」

詳細を、医者が告げた。

「ご苦労さん」

医者を帰らせて、臨時廻り同心が定町廻り同心に話しかけた。

「筍《たけのこ》道場はまあいいとしても、名の知れたところもかなりやられているな。下手人は相当な遣い手だぞ」

「捕り方ではどうしようもありませせぬな」

定町廻りが、首をすくめた。

「いや、捕り方ならどうにかなる。由比正雪《ゆいしょうせつ》の一党で槍の名人丸橋忠弥《まるばしちゅうや》を捕らえた過去もある。刺股《さすまた》やはしご、六尺棒などをうまく使えば、剣術遣いの一人ぐらいはどうにでもなるが、姿さえ見えぬでは、どうしようもないわ」

長く定町廻りを務め、探索になれた老練の臨時廻り同心が嘆息した。

「道場に下《した》っ引《び》きを入れさせてくれれば……」

町奉行所の申し入れは、道場から拒否された。町奉行所の力を借りねば道場破りから身を守ることができないなどと噂になってはやっていけなくなるからである。

「頭が痛いわ」

同心たちが血の匂いに辟易《へきえき》しながらぼやいていたころ、入江無手斎はようやく道場へと帰ってきた。

「すまぬが、もう少し待ってくれ」

稽古に来ていた弟子たちに、まだ再開はできないと告げた入江無手斎は、一人道場に籠もった。

「鬼伝斎め、いまだに鬼畜の所行《しょぎょう》をやめぬか。いや、儂を誘っておるのよな。命のやりとりをしたいと」

入江無手斎にも鬼伝斎が、誰かの庇護《ひご》下にあることはわかっていた。でなければ、剣術にしか能のない鬼が江戸で生きていけるはずはなかった。

闇に住む刺客よりも、たちが悪いのだ。刺客は金のために人を殺すが、鬼伝斎は楽しみのために斬るのだ。いかに遣い手でも、こんな危ない男を雇うところはないし、弟子を取って教えることなどできようはずもなかった。

鬼伝斎を支えている者が誰かはわからないが、道場破りはその命であろうと入江無手斎は考えていた。

「儂が道場に帰ってきたことを知れば、黙ってはおるまい」

入江無手斎は、行動に出た。かつてのように、特定の場所に固まってことが起こっているのではなく、見当のつけようがないのだ。一日の躊躇《ちゅうちょ》は二桁の死人となる。

なにより、入江無手斎にとって大きな力であった幕府勘定吟味役水城聡四郎が江戸にいないのである。

入江無手斎は、かつて鬼伝斎が姿を見せた内藤新宿《ないとうしんじゆく》の辻に、墨で黒々と果たし状と書いた高札《こうさつ》を立てた。

「見たか」

「おうよ。あの鬼にたちむかう剣術遣いが出てきたぜ」

高札は一日にして、江戸中の話題をさらった。

「見て見ぬふりをするにかぎるさ」

町奉行所の与力同心たちも、果たし状という穏やかならぬ高札を、咎めようとはしなかった。

最初に反応したのは、名前を売りたいだけの剣客だった。

入江無手斎が庶民にもてはやされるのを見た名もなき剣客たちは、同じような高札をあちこちに立てたのだ。なかには、高札の前で演武してみせる者もいた。

「儂の腕を知って恐れをなしたか。道場破りもたいしたことないわ」

高札の前で、鬼伝斎が来ないことを嘲笑した剣客の得意は、その夜までもたなかった。人通りがなくなっては名前を売ることができないと、宿にしている長屋、あるいは廃寺などに帰った剣客たちが殺された。

そしてその首が、高札の前に置かれた。たちまち江戸中が蜂の巣をつついたような騒ぎになった。

放置できなくなった町奉行所によって、高札はすべて取り除かれた。入江無手斎のものも撤去された。

「けっこうでござる」

抜いた高札を持って現れた町方同心に、入江無手斎は文句をつけなかった。鬼伝斎に己が待っていることを報せられればよいのだ。

それからさらに二つの道場がやられた。それでも入江無手斎は、我慢し続けた。

三日後、ついに鬼伝斎から連絡が来た。

「これを修験者さまからお預かりしやした」

木訥《ぼくとつ》そうな町人が、入江無手斎のもとに手紙を届けた。

受けとった入江無手斎は、包んでいた油紙をはいで苦笑した。なかから果たし状が現れた。

指定された場所は、入江道場のある下駒込《しもこまごめ》村から江戸城をはさんでほぼ反対になる高輪の廃寺であった。日時は明日の夕刻七つ（午後四時ごろ）であった。

「明るいうちに始末をつけて、闇にまぎれて逃げるつもりか」

入江無手斎は、昼前に道場を出た。いかに下駒込村から高輪が遠いとはいえ、入江無手斎の足なら、二刻（約四時間）もかからない。今日出たのは、剣士として戦いの場をあらかじめ下見しておくのが心得であることと、己が敗れた後の始末を頼むためであった。

ぞんぶんに下見をした入江無手斎は、一度江戸の市中へ戻り、元大坂町の相模屋の戸をたたいた。

「…………」

訪ねてきた入江無手斎の話に、一瞬息をのんだ紅だったが、すぐに首肯した。

「承知いたしましてございまする。どうぞ、後のことはお憂いになられず、ぞんぶんに死合われませ」

床に紅は三つ指を突いた。

「もったいないの」

返事を聞いた入江無手斎が、ほほえんだ。

「なにがでございましょうか」

意味がわからず、紅が首をかしげる。

「いやさ、聡四郎めには過ぎたる嫁よな」

「まあ」

言われた紅が頰を染める。

「二年前にはどうなるかと思った聡四郎だが、兄の不幸があったとはいえ、家を継ぎ、重き役目にも就いた。あとは嫁と子供のことだけと考えていたが、それは要らぬお世話であったな。紅どの、おぬしは聡四郎には過ぎた女《おなご》だ。頼んだぞ、あの馬鹿を。あやつも玄馬も、家族のおらぬ儂にとって子供のようなもの。どれほど立派になろうとも気がかりなのだ」

しみじみと入江無手斎が語った。

「ですが、わたくしごとき町人の娘が、お歴々の家柄に……」

紅が小さく首を振った。

「些末《さまつ》なことではないか。相模屋の娘で不足だと聡四郎は言うまい。あやつはどうしようもない朴念仁《ぼくねんじん》だが、あれでも水城本家の当主ぞ。あやつが決めたことに反対できる者はおらぬ」

「そうなのでしょうか」

「それに形だけなら、どこぞの養女に入ることもできよう。相模屋の娘を養女にと頼まれて、断る旗本はあるまい」

江戸城お出入り旗本格の看板は、大きい。

「おぬしが気にしているのは、聡四郎であろう。あやつのことだ、女の心に気づいてはおるまいからの。無駄にときを費やそう。剣技は鍛えられても、色の道までは儂も教えられぬでな。心配無用。あやつのなかにおるのは、おぬしだけじゃ」

「…………」

名前のとおり、紅が真っ赤になった。

「さて、そろそろ行くか」

入江無手斎が、腰をあげた。

「場所をおうかがいいたしとう存じまする」

「助けは不要ぞ」

きびしい声で入江無手斎が、断った。

「いえ。明夜の夕餉を用意いたしてお待ちしておりまするが、お戻りが遅くなられますようならば、お迎えに参りたく」

言外に紅が、万一の備えであると告げた。

「ほんに過ぎたる女よな。高輪の廃寺天在寺《てんざいじ》じゃ」

背中を向けて、入江無手斎は答え、相模屋を出た。

金座支配後藤庄三郎は、夕暮れの浅草田圃を通り抜け、吉原の大門をくぐった。

「ごめんなさいよ」

後藤庄三郎が訪れたのは、吉原の遊女屋西田《にしだ》屋であった。

「これは、後藤さま。お待ちいたしておりました」

来るとの連絡を受けていた主の西田屋甚右衛門《じんえもん》が出迎えた。

「お世話になりますよ。で、どこの揚屋《あげや》を手配してくれたのかい」

西田屋にあがらず、後藤庄三郎が問うた。

「はい。後藤さまのたいせつなお客さまをお迎えするとのことでしたので、京町《きょうまち》一の揚屋、逢坂《おうさか》屋に座敷を用意させましてございまする」

「そうかい。じゃあ、私もそっちで待たせてもらうよ。敵娼《あいかた》は大丈夫かい。吉原は初見《しょけん》のお方だから、みょうな女を出さないようにね」

「ご懸念にはおよびませぬ。西田屋甚右衛門が目をお信じくださいませ」

「頼んだよ」

後藤庄三郎が、足を返した。

「おい。後藤さまを逢坂屋へ御案内しなさい」

西田屋甚右衛門が、忘八《ぼうはち》衆に命じた。

「へい」

忘八の一人が、急いで駆けだした。

江戸、いや日本一の遊廓吉原には独特のしきたりがたくさんあった。その一つが揚屋である。揚屋とは貸座敷のことであり、客は遊女屋ではなく、ここへ呼んで妓《おんな》と遊ぶのが決まりであった。

これは吉原が客と遊女をかりそめの夫婦と見なすことに由来していた。何人もの馴染み客を持つ遊女である。見世《みせ》にある遊女の部屋でことにおよぶとなれば、どうしても前の客の雰囲気が場についてしまう。それは、他の客の不快感を呼ぶ。吉原では、遊女という誰とでも身体をかわす女との印象を薄れさせるために、特定の客の色がつくことのない揚屋を設けたのであった。

大門を入ったすぐの江戸町《えどちょう》に遊女屋が多いのに対し、揚屋は仲之町《なかのちょう》通りを突きあたった京町に軒を並べていた。

逢坂屋はその中でもひときわ立派な造りと格式を誇っていた。

「お連れさまがお見えになられました」

逢坂屋の二階、吉原を貫く仲之町通りに面した最上の座敷で待っていた後藤庄三郎のもとへ、主が報せにきた。

「いま、おすすぎをなされておられまする」

主の言うおすすぎとは、ぬるま湯で客の足を洗うことである。砂埃の多い江戸では、少し歩いただけで、足が汚れた。

「行く」

後藤庄三郎は、急いで逢坂屋の玄関土間へと降りた。

「招きに感謝するぞ」

ちょうど足を洗い終えた客が、後藤庄三郎に気づいた。

「いえ。遠いところをご足労《そくろう》いただきまして、ありがたく存じまする」

金座支配の後藤庄三郎が、ふかく腰を曲げた。

「吉原は無縁の地だという。ここで世俗《せぞく》の身分は通用せぬそうだ」

「はい。でございまするので、お腰のものをお預けくださいませ」

逢坂屋の主が、刀を受けとろうと手を出した。

「いつもあるものがなくなるというのは、みょうな気分だの。のう、仁右衛門」

そう言って両刀を出したのは、紀州藩主徳川吉宗であった。

こぎれいな小袖に小倉《こくら》袴姿の吉宗は、その大きな体格と見事なまでの日焼けもあって、とても徳川御三家の当主には見えなかった。

「さようで」

短くうなずいたのは、紀州家玉込め役頭の川村仁右衛門であった。

川村仁右衛門も吉宗と同じ格好をしていた。吉宗にくらべると質素ながらも、ちょっとした身分の武家が隠れ遊びをしているように見える。

「では、二階へどうぞ」

逢坂屋の先導で、三人は座敷に入った。

「妓は後でとお聞きしておりまする。まずは、酒と料理を」

先ほどはなかった膳が、座敷には用意されていた。

「では、御用がございましたら、お声をおかけくださいませ」

襖をしっかりと閉めて、逢坂屋が去った。

「こちらから呼びだしておいて、このような場を設けさせたことを詫びるぞ」

最初に口を開いたのは吉宗であった。

「いえ、なにか内密の話をするなら吉原こそよかれと、ここを選ばせていただきました。お屋敷から遠くなりましたことを申しわけなく思いまする」

後藤庄三郎が、応じた。

吉原ほど、密談に適した場所はなかった。ここで話した内容が外に漏れること はないのだ。世間とまったくかかわりを持つことはない無縁の地に住む遊女、忘八、その他の衆は、吉原に敵対しないかぎり、将軍が誰になろうが、老中がなに をやらかそうが気にもとめないのである。

「初めて足を踏み入れたが、まさに別天地よな。夜だというに、あれだけ灯りを 惜しげもなく使い、音曲《おんぎょく》はとぎれることもない。目にした妓たちは、天女もか くやとばかりに美しく、まさにこの世ではないの」

感嘆を吉宗が口にした。

「和歌山にも遊廓はあるが、くらべものにならぬ」

庶子《しょし》であったがために、長く藩主の一族にあつかわれず、家臣の家で育てられ た吉宗は、和歌山城下の遊廓に何度か出入りしたことがあった。

「これも神君家康公のお墨付きのおかげか」

吉宗が苦笑した。

吉原の別名は御免色里《ごめんいろざと》であった。これは、西田屋甚右衛門の先祖庄司甚内《しょうじじんない》が、 直接家康から遊廓を開く許しを得たことによっていた。

家康のお墨付きは、絶大な効力を発揮する。町奉行所は吉原のなかを格別な地として、手出しを避け、やり得、やられ損がまかりとおっていた。

「御名は重うございますゆえ」

後藤庄三郎が同意した。

「それよ」

せりふに食いつくように、吉宗が話を変えた。

「金座はどうするつもりなのかの」

「はたして、なんのことでございましょうか」

吉宗の質問に、後藤庄三郎が首をかしげた。

「肚の探りあいは嫌いではないが、妓を待たせるのもおもしろくない。楽しみを前にお預けを喰らうのも苦手だでな」

庶民との交わりも深い吉宗は、くだけた口調である。しかし、その表情は締まっていた。

「庄三郎、いや、遠き血筋の者よ。そなたのなかに思いはないのか」

斬りこむような声で、吉宗が訊いた。

「…………」

後藤庄三郎が息をのんだ。

「な、なにをおっしゃっておられるのか、わかりかねまする」

「面倒なことは抜きにじゃと申したのを、聞いていなかったのか」

ごまかそうとする後藤庄三郎を、吉宗がきびしく断じた。

「余がそなたを呼びだした段階で、すべてを知られていると考えなかったのか」

続けながら、吉宗が落胆の色を見せた。

「後藤の一族にだけ伝わる秘事。紀州公はどこでそれを」

「訊かずともわかろう。金座後藤家の出自は近江《おうみ》。すべてはそこから始まった。徳川幕府も同じ」

吉宗は隠さずに告げた。

「紀州家は京大坂に屋敷を持ち、人を置いておる。玉込め役もな」

仁右衛門が続けた。

「玉込め役について、説明せずともよいな」

確認する仁右衛門に対し、後藤庄三郎は首肯した。

紀州家の玉込め役が、幕府における伊賀組であることを、後藤庄三郎は知っていた。

「戦時、藩主の鉄炮に弾をこめる。身分軽き者なれど、側近くにいることが許されることから、いつの間にか、隠密になったと」

後藤庄三郎が、思わず口にした。

「玉込め役は、我が家が駿河から紀州へ追いやられたのちに作られた。そう、秀《ひで》忠《ただ》が始祖頼宣公を妬《ねた》んでの転封《てんぽう》とはいえ、それを防げなかったことを教訓にしてな。よって、平時にこそ、その威力を発揮する。戦を始める前に勝敗を決する。それが玉込め役の任」

二代将軍秀忠に、吉宗は尊称をつけなかった。

「なぜに後藤の家をお調べに」

後藤庄三郎は開きなおった。

「みょうではないか。後藤の本家ではなく、分家をわざわざ江戸へ連れていき、本家よりも格上にした。そこに家康公の意図があることはわかる。ならば、それを知ることが、我が紀州にとってなにかの助けになるかもしれぬ」

「そのていどのことで……」

後藤庄三郎が絶句した。

「一つの利を手にするために、百の失敗は無駄ではあるまい。現に、金座支配後藤庄三郎より、儂のほうが優位になったではないか」

吉宗が、やわらかに笑った。

「参りましてございまする。紀州公」

ていねいに後藤庄三郎が手を突いた。

「たしかに、金座の後藤家は、家康公の血を引いておりまする」

後藤庄三郎の口から、真実が語られ始めた。

「証拠となる書付も、物品もいっさいございませぬ。お疑いのないようにお願いいたしまする」

最初に後藤庄三郎が断りを入れた。

「わかっておる。神君家康公は、そこまで不用心な方ではない」

疑うことなく、吉宗が認めた。

「またあったとしても、なにほどのことがある。伊達家の例もある。後世に残る証拠にと言って渡した書付さえ、反故《ほご》にされたのだぞ、家康さまは」

吉宗の言う書付とは、関ヶ原の合戦で家康が書いたものだ。味方してくれる見返りに、伊達政宗《まさむね》へ百万石を与えるとの内容であったが、戦の後履行を迫る政宗を家康はのらりくらりとかわし続け、ついに約束をなかったことにしてのけたのである。

「余とて何枚も書いたわ。後の証拠にせよと言ってな。だが、そんなもの振り回して見せたとしても、まったく気にもせぬ。紙切れに頼らねばならぬ弱さ、それはすでに負けたも同然。勝つ者に証拠など要るまい。のう、後藤庄三郎」

口の端をつりあげて、吉宗が笑いかけた。

「おそれいりましてございまする」

後藤庄三郎が、感心した。

「さて、紀州公。そのような昔話を持ちだされて、どうなさるおつもりで」

「余の天下取りに手を貸せ」

訊いた後藤庄三郎に、吉宗が即答した。

「八代さまになられると仰せられるか」

「そうじゃ。考えてもみよ、今の家継に天下はもちえまい。本人にその質なく、補佐たる家臣に人もなし。ただ己の欲望を満たすことしか考えておらぬ。このままでは万民は塗炭の苦しみを味わうのみぞ。神君家康公が江戸に幕府を開かれてじつに百十年。盤石《ばんじやく》であった幕府の箍《たが》がゆるんできた。ここでもう一度締め直しておかねば、そう遠くない先幕府は倒れる。将軍に才なく、尾張も幼い、水戸は激務に耐えるだけの身体ではない。儂が立つしかないではないか」

滔々《とうとう》と吉宗が語った。

「はあ」

はっきりとしない言葉で、後藤庄三郎が応えた。

「で、わたくしに、いえ、金座になにをせよと」

後藤庄三郎が、要求を問うた。

「決まっておろう。金座と言えば、金じゃ」

あっさりと吉宗が口にした。

「織田信長が武田勝頼《たけだかつより》に勝てたのは、数千におよぶ鉄炮を買うだけの金を持っていたからだ。豊臣秀吉が、信長の跡を継げたのは、持てる金を費やして十二分に撒《ま》いたからだ。金があれば人も歴史も動かせる」

「おっしゃるとおりでございまする。なかなか国の根本が金であるとおわかりでないお方が多いなか、見事なるご見識」

膝を打って、後藤庄三郎が褒めた。

「ですが、我が後藤家の持つ資産などたかが知れておりまする。それこそ紀伊国屋どののほうがはるかに金満でございましょう」

暗に後藤庄三郎は、金策を断った。

「すでに飼われている男に用はない。それに、後藤家の全財産を出してもらったところで、余の夢には足しにもならぬ」

後藤庄三郎の逃げ口上を、吉宗は一蹴《いっしゅう》した。

「ならばなにを……」

もう一度問いかけた後藤庄三郎が絶句した。

「そうじゃ。金座の仕事といえば、小判を作ること。余の渡す小判に刻印を入れてくれるだけでよい」

「刻印」

吉宗の目的がわかった、後藤庄三郎が息をのんだ。

「偽《にせ》小判を本物にしようと。無茶を言われるな。偽金《にせがね》作りは重罪でござる。人殺しなどとくらべものにならぬほどの」

後藤庄三郎が必死に抗弁した。

「おぬしに言われずとも、重々承知よ」

ちらと吉宗が、川村仁右衛門に目をやった。

無言で川村仁右衛門が、後藤庄三郎の背後に回った。

「ひっ」

意図に気づいた後藤庄三郎が、小さな悲鳴をあげた。

「後藤家が隠されたお血筋だという、それだけでこんな危ない話をしたと思っておるのか」

低く籠《こ》もった声で、吉宗が告げた。

「ひくっ」

前後から殺気を浴びせられた後藤庄三郎は、呼吸できなくなった。

「豊臣家が大坂城に蓄えていた金、伏見城に残されていた金。家康公は、そのすべてを明らかにされてはおられぬ」

「……………」

後藤庄三郎の顔から、色が抜け落ちた。

「戦国の世は終わりを告げかけていたが、いまだ天下には豊臣があり、前田、伊達、島津《しまづ》、毛利《もうり》、福島《ふくしま》、加藤《かとう》など徳川を倒すだけの力を持った大名たちがいた。徳川の天下は、家康公の人徳で成りたったもの。家康公が亡くなれば明日にでも崩壊しかねなかった」

吉宗が淡々と語り出した。

「豊臣家が次代に天下を継ぐことができなかったのは、後継者に恵まれなかったからだ。その点、家康公には多くの息子たちがいた。長男信康《のぶやす》を失ったとはいえ、水戸の頼房《よりふさ》まで入れると十人からの男子がいた。親子のなかで命を奪いあうこともある戦国とはいえ、もっとも信頼できるのは、己の血筋。後藤の娘に子ができたなら、そのままお認めになり、姫路《ひめじ》か、彦根《ひこね》か、松本《まつもと》にでも封じれば、よき盾となったはずだ。それを家康公はなさらなかった」

聞いていた後藤庄三郎が、音をたてて唾を飲んだ。

「家康公は、武で徳川を守る血筋ではなく、金で支える子孫を残された。天下が治まれば、刀槍ではなく、黄白《こうはく》が武器になると見抜いておられたのだ」

「……ご、ご存じなのでございますな」

震える声で後藤庄三郎が、確認した。

「ああ」

しっかりと吉宗が首肯した。

「天下の将軍が作った小判、大判。誰もそれを偽金だとは思わなかっただろうよ」

家康が天下を取り、維持するために表向きの小判とは別に、質の悪いものを鋳造していたと吉宗は断言し、金座支配後藤庄三郎がそれを認めた。

「同じことをせよと」

「そうよ。家康公も私腹を肥やされるためになさったことではない。余は、家康公を崇敬《すうけい》し、その子孫として誇りある政をおこないたいと考えておる。幕府に金がないのがいかぬのだ。五代綱吉が荻原近江守に命じた改鋳《かいちゅう》など、愚の骨頂。それを表沙汰《おもてざた》にするゆえ、天下の通貨から信が失われる。すり減った小判の刻印を打ち直すと称して、こっそり品位を落とせば金の価値は下がらず、幕府の信用も落ちなかった。そのことに執政の誰もが気づかなかった。それが問題なのだ。このような馬鹿どもに天下の舵取《かじと》りを任せては、徳川の御世はもたぬ」

吉宗が語り続けた。

「七代続いた幕府を、もう一度創始のころに戻さねばならぬ。でなければ、鎌倉《かまくら》、室町《むろまち》の二の舞になる。将軍ではなく、側近に実権が奪われ、そのつごうだけで血筋が動かされる。すでに今の幕府はそうなっておる。そして御三家の一つ、尾張も落ちた。このままでは家康公のお血筋は、ただの飾りになる。飾りには誰も権を認めぬ。庶民でさえな。それは世の乱れを生み、ふたたび、日の本は戦乱となろう」

吉宗が持論を展開した。

「力を貸せ。余が天下を握ったおりには、金座の格をあげてくれる。さすがにお血筋と明かして、大名の列に加えることはできぬ。家康公の深慮遠謀《しんりょえんぼう》を崩すことになるゆえな。だが、我が子孫が将軍であるかぎり、幕府はけっして後藤家をないがしろにせぬ。それを約す。もっとも、言葉だけの保証しかないが」

最初に約束は反故にするためにあると宣言しているのだ。言った吉宗も、聞いた後藤庄三郎も苦笑を浮かべた。

吉宗と川村仁右衛門が発していた殺気が霧散した。

「逃げることができぬようにしてからお口説きになる」

溜めていた息を、後藤庄三郎が一気に吐いた。

「お手上げでございますな。承知つかまつりました。わたくしは、いえ、金座は今後紀州公、いえ、次の将軍吉宗さまにしたがいまする」

後藤庄三郎が、誓約を述べた。

四

果たし合いの日は、朝から好天に恵まれた。

入江無手斎は、いつものように夜明けとともに起きだし、庭代わりの畑に出た。

「なすの出来がよいな。焼いて味噌でもつけるか」

四つほどなすをもいだ入江無手斎は、台所で飯の用意を始めた。普段とまったく同じであった。

朝餉の後、道場で長く瞑想《めいそう》した入江無手斎は、昼過ぎ、冷や飯に水をかけて三杯食うと道場を出た。

曲がり角にさしかかった入江無手斎が、振り返った。古びた百姓家《ひやくしようや》にしか見えない道場、入江無手斎はそこで弟子たちと過ごした日々を思った。

「剣士は落ちつく場所を持ってはいかぬのかもしれぬな」

脳裏に浮かんだ弟子たちの面影を振り払うように、入江無手斎は足を早めた。

高輪の廃寺天在寺と入江無手斎の道場は、江戸城を間にしてほぼ南北になる。

一刻半（約三時間）ほどの道のりであった。

「待たせたかな」

刻限よりほんの少し早かった入江無手斎は、傾いた本堂縁側に座っている浅山鬼伝斎に詫びを述べた。

「いや。誰しも死にたくはないからな」

浅山鬼伝斎は、入江無手斎を嘲笑した。

「死にぞこないのおまえに言われたくはないぞ」

入江無手斎も言い返した。

剣の戦いは、いきなり太刀を抜くことから始まるわけではなかった。互いに相手のことをうかがい、その気をくじく舌戦から入った。

「失望したぞ。紀州で戦ったときのおまえは、すさまじかったが、先日はまるで別人のようであったわ。道場を持ち腑《ふ》抜《ぬ》けたか、無手斎」

「剣の理《ことわり》から外れ、ただの人殺しになったおまえとは違う。護るべきものがあればこそ、人は強くなるのだ」

応じながら、入江無手斎は無造作に鬼伝斎へと近づいていった。

当初十間（約一八メートル）あった間合いが、五間（約九メートル）に縮んだ。

鬼伝斎は、縁側の上から降りようとせず、入江無手斎を見おろしていた。

高さは有利ではなかった。いや、ぎゃくに不利であった。上から斬りおろす太刀は、己の足がじゃまとなって届かないのに対し、下からの一撃は足から腰にあてることができる。少しでも心得のあるものは、階段での戦いでは必ず低い位置をとった。

場所を指定したうえに、先に来ていた浅山鬼伝斎が損な体勢を選んだことに、入江無手斎は不穏なものを感じた。

「どうした。臆《おく》したか」

五間の間合いで止まった入江無手斎を、浅山鬼伝斎が挑発した。

「ならば、おまえから来たらどうだ。そちらこそ怖いのであろ、一放流雷閃の太刀が。なにせ一度負けておるからの」

入江無手斎が言い返した。

「ただ渾身《こんしん》の力を放つだけ。あのような単純なものを、よくぞ奥義《おうぎ》などとしたものだ。泉下《せんか》で富田越後守が泣いているぞ」

「…………」

これ以上のやりとりは無駄と、浅山鬼伝斎との応酬を入江無手斎はやめた。

「やる気になったか」

ふくれあがった殺気を感じて、浅山鬼伝斎の表情が締まった。

雪駄《せった》を入江無手斎は脱いだ。最初から足袋《たび》は穿いていない。裸足の指先で、境内の土を削るように、足場を固めていった。

入江無手斎は、一撃必殺の位置で鬼伝斎を待ち受けると宣言したのだ。

一放流は、一撃必殺の剣であった。足の指から肩にいたるまで、そのすべてを刃にこめる。己の重さ、筋の放つ力を集中して、斬るのではなく割るに近い。

「…………」

無言で、入江無手斎が刃を上にした太刀を右肩に担いだ。

「ふふふ。そこでいいのだな」

浅山鬼伝斎が太刀を抜いた。左手だけで青眼に構える。

入江無手斎は、その剣先から目を離さなかった。浅山鬼伝斎の片手薙ぎが普通でないことは、身にしみて知っていた。

五間の間合いでも油断は禁物であった。

互いに動けない状態が続いた。実力が伯仲《はくちゅう》している者同士の戦いは、手の内を晒《さら》すことになるため、先に動いたほうが負けることが多い。

我慢しきれなくなったのは浅山鬼伝斎であった。柳沢吉保の命とはいえ、江戸市中を騒がせたのだ。裏の事情を知らない町奉行所からは、極悪人として手配されている。いや、寺社奉行、町奉行、火付盗賊改方《ひつけとうぞくあらためかた》の三手がかりになっていた。いつ捕り方が踏みこんでくるかわからない。

「………」

膝をたわませるなどの前兆もなく、浅山鬼伝斎が跳んだ。落ちてくる勢いを太刀に加えて、入江無手斎を一刀両断にするつもりであった。

雷閃に備え、足場を固めた入江無手斎から身軽さが失われていた。

かわせないことを瞬間に悟って、入江無手斎は迎え撃つことにした。片手薙ぎの利点、伸びてくる剣先に、入江無手斎は集中した。

「死ね」

浅山鬼伝斎が気合い代わりに呪詛《じゅそ》を吐いた。

「ぬん」

己の頭上一尺（約三〇センチ）まで切っ先が近づいたとき、入江無手斎は背中を丸めるようにして、雷閃を撃った。

傾いた秋の日差しのなかに、はっきりとした閃光が走った。

「ちっ」

軌道をずらされた浅山鬼伝斎が舌打ちをしながら、入江無手斎によって右に流れた切っ先を引き寄せた。そのまままっすぐに斬った一寸（約三センチ）食いこまれると見切った入江無手斎は、身体をひねってかわした。入江無手斎の下腹を傷つけることなく外れた浅山鬼伝斎の太刀は、落下の勢いをもってそのまま地面にたたきつけられるはずだった。

「おうりゃあ」

浅山鬼伝斎が叫んだ。左腕一本で太刀を止めただけでなく、浅山鬼伝斎は切っ先を返して斬りあげてきた。

「おうよ」

応じるように気合いを発して、入江無手斎は落としていた己の刀を同じように引きあげた。

両腕のぶん、入江無手斎がまさった。

ふたたび二振りの太刀が絡みあい、火花を散らした。

「おのれ」

抑えられた太刀を解放するために、浅山鬼伝斎が後ろにさがって間合いを空けた。

「やるじゃないか」

浅山鬼伝斎が笑った。

「………」

無言で雷閃の形に戻った入江無手斎だったが、背中に嫌な汗をかいていた。

わざと高いところにいたのは、独特の片手剣法に勢いを増すための位置取りだった。本堂の縁側を利用するために、廃寺を死合場所に選んだ。入江無手斎は浅山鬼伝斎の周到さに圧倒されていた。あと半間(約九一センチ)近づいていたら、浅山鬼伝斎の太刀の勢いは、雷閃を上回ったに違いなかった。鎧武者を両断する雷閃を片手で押しのける浅山鬼伝斎の膂力《りよりよく》に、入江無手斎は寒いものを覚えていた。

「化けものめ」

入江無手斎が思わずつぶやいた。

「紀伊の山中で、きさまにやられて以来、ずっとこのときを楽しみに生きてきた。この技もそのために生み出したのだ。一伝流にはない、片手薙ぎ。苦労したぞ」

笑いを浮かべながら、浅山鬼伝斎が間合いを近づけてきた。

「きさまが、道場を建て、弟子を取り、己より下の者としか対峙《たいじ》しなくなって、腕を腐らせている間も、儂は研鑽《けんさん》し続けたのだ」

武術すべてにおいて、格上の相手と戦うことは上達につながるが、格下との稽古で得るものは少ない。入江無手斎は、往年にくらべて己の腕が錆《さ》びついていることに気づいていた。なればこそ、長く道場を放置してまで山に籠もって勘を取り戻そうとしたのだ。

「生きた相手のおらぬ一人稽古でか。おまえには、誰もついてきてはくれぬからな」

浅山鬼伝斎のあざけりに、入江無手斎も嘲笑で返した。

「黙れ。儂にも弟子はおる」

「矛盾よな。きさま、儂に弟子としか試合っておらぬゆえ、下落したと申したではないか」

話しかけながら、入江無手斎は浅山鬼伝斎の片手薙ぎへの対処を考えていた。三寸（約九センチ）とはいえ、敵の太刀が長い間合いを持つのだ。腕が拮抗《きっこう》している相手との真剣勝負で、この差は命取りであった。

入江無手斎は無駄口をたたきながら、必死で対処を練った。

「きさまが伝えたことなど、剣の理ではなく、人を殺す術。教えるなどと抜かすな。片腹痛いわ」

「うるさい。理など、壮年の勢いを失った老人たちが権威をつけるためにひねくり回したただの言葉遊びではないか。剣をつきつめてみよ。争いのとき、より優位に戦えるために生み出された道具でしかない。とどのつまり、剣術とはどれだけうまく人を殺せるかに集約されるのだ」

浅山鬼伝斎が、入江無手斎の言葉に応じた。

入江無手斎は目をそらさず、感覚だけで間合いをはかった。間合いはおよそ四間（約七・三メートル）あった。

一間（約一・八メートル）の間合いなら無敵に近い一放流にとって、四間はあまりに大きすぎた。

「どうした。こえられぬ大河を前にした気分は」

わかっていないような顔をしながら、そのじつ浅山鬼伝斎は入江無手斎の目的を見抜いていた。

「剣よりも槍、槍よりも弓、そして弓よりも鉄炮。人はどうやって遠くから敵を倒せるかを思案し続けてきた。敵の攻撃が届かぬかなたからの一撃、まさに我が太刀は、究極」

自画自賛をしながら、浅山鬼伝斎が構えを変えた。

少し右肩が前に入った片手青眼から、右手を大きく開き、片羽を広げた鳥のような形になった。

「光栄に思うがいい。きさまのために編みだした一刀ぞ」

浅山鬼伝斎が、入江無手斎を誘った。

左手を垂らし、右手だけで支えた太刀を水平に伸ばしている。隙だらけに見える構えだったが、入江無手斎は戦慄《せんりつ》を隠せなかった。

広げた右手による片手薙ぎは、予備動作なしに必殺の一閃を生みだす。稲妻にたとえられる雷閃といえども、届かなければ、意味がなかった。

まさに一放流に対するための秘太刀であった。

「従容《しょうよう》と死につく気になったか、無手斎」

あざ笑う浅山鬼伝斎に、入江無手斎は言葉ではなく気合いで応えた。

「おうりゃああ」

大声をあげながら入江無手斎は奔った。一気に間合いが縮んだ。

「身を捨てたか」

浅山鬼伝斎が、勝ち誇ったように太刀を薙ぐ。

入江無手斎が雷閃の太刀を振り落とす前に、浅山鬼伝斎の横薙ぎが届いた。

「はははははは」

勝利の笑いを浮かべた浅山鬼伝斎の顔が凍った。入江無手斎の放った雷閃が、浅山鬼伝斎の首筋を裂いた。

「ば、馬鹿な……」

信じられないものを見たように、目を大きく見開いて浅山鬼伝斎が絶息した。

「片手雷閃、さすがに威力はないな」

浅山鬼伝斎に撃ちこんだ太刀の浅さを嘆いた入江無手斎が、顔をしかめた。

入江無手斎の右手に浅山鬼伝斎の一刀が食いこんでいた。入江無手斎は、柄から離した右腕で浅山鬼伝斎の一撃を受け止めたのだ。

入江無手斎の身体にちょうどの拍子であうように放たれた浅山鬼伝斎の横薙ぎは、迎えるように出された右手によってその威力を殺されていた。さらに入江無手斎は刃が皮を裂いた瞬間、腕を少しひねって、骨と刀の当たる角度をずらしたのだ。こうして、力をいなされた浅山鬼伝斎の一刀は、入江無手斎の右手を半分割ったところで止められた。

片手薙ぎで水平に撃った太刀を殺された浅山鬼伝斎は、隙だらけの正面を入江無手斎に晒す形になった。左手だけで身体の重みさえのせられなかった雷閃でも、こうなれば十分であった。

入江無手斎が、太刀を抜いた。首の血脈を断たれ、すでに死んでいる浅山鬼伝斎の身体から力なく血が流れた。

「鬼も雷には勝てなかったな」

顔をしかめて腕から浅山鬼伝斎の太刀を外した。

ゆっくりと浅山鬼伝斎の身体が崩れ、大きな音をたてて倒れた。

「さて、相模屋で夕餉を馳走になるとするか」

傷ついた右手を抱えるようにして、入江無手斎は振り返ることなく廃寺を後にした。

第四章　旅路の闇

一

聡四郎たちは、三日目の宿を小田原《おだわら》城下に取った。

譜代でも屈指の名門、大久保家が守る小田原城は、箱根の険《けん》をこえてきた西国《さいごく》大名の軍勢を足止めするようにと、十一万石にはすぎた規模を誇っていた。

「大きいな」

江戸を出て最初の城下町に、聡四郎は驚いていた。

「家数も二千ちょっとありますからねえ」

紅に命じられて、一行の旅差配をすることになった袖吉が、言った。

「江戸にはくらべもつきませぬが、なかなかに賑やかでございまするな」

大宮玄馬も繁華なようすに感心した。

「小田原は、明日箱根ごえをする上りの旅人、今日箱根を過ぎた江戸行きの連中が泊まりをとりやすからね。宿屋もたくさんありまさあね」

説明しながら、袖吉は勝手知ったようすで進んでいく。

「着きやしたぜ。ここが今夜の泊まり。本陣保田利右衛門《やすだりえもん》でござんす」

間口《まぐち》三間（約五・五メートル）の立派な門構えを持つ本陣前で、袖吉が足を止めた。

本陣は、ちょっとした宿場にある格式の高い宿屋であった。主は名字帯刀を許され、宿泊する大名たちに目通りすることもできた。空いているときは庶民でも利用できたが、見識が高く、客を客あつかいしない態度をすることもあり、よほどの物好きでもないかぎり、宿泊する者はそうそういなかった。

公用旅である聡四郎は、本陣宿に泊まることになる。

「勘定吟味役水城聡四郎以下三人、宿を頼みまする」

門をくぐって右、二段ほど掘り下げた井戸端でわらじを脱いで足をすすいだ袖吉が、玄関に声をかけた。

「ようこそのお見えでございまする」

本陣宿の主の仕事は来客へのあいさつだけといっていい。すぐに利右衛門が、玄関に出てきた。

「世話になる」

軽く礼を返した聡四郎は、奥に案内された。

小田原の本陣ほどになると、奥の間もいくつかあった。聡四郎はそのうちの一つ、十二畳の間に通された。

「お供の方々は、こちらに」

奥の間二の段に聡四郎を残して、大宮玄馬と袖吉は次の間へ腰をおろすことになった。

「すぐに茶のしたくを」

利右衛門がさがっていった。

「どうも慣れぬな」

一人残された聡四郎は、床の間の掛け軸に目をやったり、襖絵を見たりしたが、場違いな感じで落ちつかなかった。

「あっちの御簾《みす》付きに入れられなかっただけ、いいと思ってくださいよ」

苦笑しながら、袖吉と大宮玄馬が顔を出した。

聡四郎の部屋の正面には、総角《あげまき》のついた御簾でしきられた上段の間があった。さすがにそこには、布衣《ほい》格以上でなければ、泊まることができなかった。

「高すぎて、ぞっとしないな」

聡四郎が苦笑したところへ、主が茶を持ってきた。

本陣宿で一夜を過ごすには、泊まりと宿、二つの種類があった。泊まりは、食事の用意を本陣に任せ、宿は夜具を始め、食事から風呂桶まで客が持ちこむことであった。多くの家臣を引き連れる大名行列は行軍を模していたこともあり、藩主の毒殺などを危惧《きぐ》し、旅程いっさいの食事や風呂を自前で用意したので宿の形をとったが、聡四郎のような公用旅ではそうはいかなかった。

本陣の用意する夕餉は、三の膳つきの立派なものが主客である聡四郎に供され、大宮玄馬と袖吉には二の膳つきの一段低い食事が出された。

「気にしちゃいけませんよ」

袖吉が、聡四郎に注意した。食事の場も主従は違うのだ。聡四郎は奥の間で、主の利右衛門が給仕につき、大宮玄馬と袖吉は控えの間で給仕はつかなかった。しっかりと閉めきられた襖に目をやりながら、袖吉が小声で言った。

「ひどいものでやすね」

「そうか。拙者はこんなものだと思うが」

料理の内容にあきれた袖吉に対し、大宮玄馬は気にしていなかった。

「白い米ではないか。水城さまにお仕えするようになって、毎日拙者も白米を食せるようになったが、実家にいたころは、麦のほうが多かったからな。煮魚に蒸しものがついておるし、汁に具も入っている」

もと八十俵取りの貧乏御家人の息子だった大宮玄馬にしてみれば、十分な馳走なのだ。

「でやすかねえ。この蒸しもの、っていうか、名物の練りものなんでやしょうが、臭いですぜ」

江戸では、庶民のほうが食事には贅沢していた。身体が資本というのもあったが、なによりも明日の金を心配しなかったからだ。生きてさえいればどんな仕事でもできる庶民と、決められた俸給だけで働きに出ることのできない武家の差がそこにはあった。

食事を終えれば、旅ですることは風呂に入って寝るだけである。とくに明日は天下の険とたとえられる箱根山をこえるのだ。

聡四郎たちはさっさと床に就いた。

翌朝、本陣を早発ちした聡四郎たちは、一心に山道を上っていった。

「お元気なことで」

宿場外れで見送ったのは、紀伊国屋文左衛門であった。紀伊国屋文左衛門は、山駕籠《やまかご》を雇い入れていた。山駕籠とは、足の弱い女や老人をのせて山道を上り下りする駕籠のことで、小田原には専門の駕籠屋がいくつもあった。

「そろそろ、わたくしどもも参りましょうか」

紀伊国屋文左衛門が、茶店の奥で姿を隠していた永渕啓輔を誘った。

山駕籠は普通の駕籠と違い、駕籠かきが前後になるのではなく、左右に並んで運ぶ。これは上りになったところで、駕籠の重みが後棒《あとぼう》にだけかかるのを防ぎ、均等に支えるためであった。

横になって進む山駕籠は、街道の道幅の半分近くになる。馬などが来ればじゃまにならないように立ち止まって、先に行かせるのが習慣であった。

「いいのか、もう水城たちの背中は見えぬぞ」

のんびりしている紀伊国屋文左衛門に、永渕啓輔があせった。

「大丈夫でございますよ。ちょっとしたいたずらを仕掛けてございますゆえ、関所で追いつきますから」

ふくみ笑いをしながら、紀伊国屋文左衛門が答えた。

小田原から箱根の関所までは、四里と八丁（約一七キロ）しかないが、その途上は曲がりくねっているだけではなく、ところによっては膝が胸につくほどの急な坂になっていた。

「なかなかきついな」

足を休めることなく、聡四郎が言った。

「なに言っているんですかい、息も乱れてないくせに。まったく剣術遣いっていうのはどんな身体をしているんでやしょうねえ」

あきれている袖吉もうっすらと汗をかいているだけである。

「旦那も大宮さんも、侍やめてもすぐに人足で食えますぜ」

「褒めているのか、それは」

みょうな比喩に聡四郎は、どう返すべきかわからなかった。

「褒めているんでやすよ。旦那なら明日にでも五代目相模屋伝兵衛が務まりまさ。今でこそ、落ちついた親方然としてやすがね、若いころは血の気の多い人足を一人でとりまとめて、ぐうの音も出させなかった。あの親方の跡を継げるのは、旦那だけかもしれやせん」

「光栄な話だが、あいにく拙者は水城家の当主だ。養子に行くわけにはいかないさ。二年前なら喜んで貰ってもらったがな」

笑い話と知って、聡四郎も軽く受けた。

「そりゃあ、うれしいお話で」

たわいもないことを言いあっているうちに、聡四郎たちは関所に着いた。

小田原藩預かりの関所は、右を芦《あし》ノ湖《こ》と屛風山《びょうぶやま》にはさまれた狭隘《きょうあい》な地を利用して建てられていた。

「入《い》り鉄炮《でっぽう》に出女《でおんな》にはうるさいところでやすが、男にはなんということはございやせん。とくにお侍さんは、名のるだけで通してくれやす」

袖吉が、門前で立ち止まった聡四郎に告げた。

「そうか。しかし、堅固《けんご》なものだな、この関所は」

聡四郎は、関所をじっくりと観察した。

「あやしい連中が江戸に入るのを防ぎ、江戸で人質になっている大名の奥方たちを逃がさないためでござんすからねえ。人がくぐれないように格子《こうし》の目は狭くしてありますし、そう簡単に破れないよう太い木を使ってまさ」

「それでも関所破りはいるのだろう」

「めったに出やせんよ。捕まれば有無を言わさず磔《はりつけ》ですからねえ。よほど事情がなければ関所抜けなんぞしませんでしょう」

首を振って、袖吉が否定した。

「さあ、急がないと暗くなる前に沼津《ぬまづ》へ届きませんぜ」

袖吉にせかされた聡四郎が、関所へ足を踏み入れた。

門前には小田原藩の足軽《あしがる》が六尺棒を持って立っており、入った正面に平屋の建物が設けられていた。

「次の者」

建物の手前に立つ足軽が、次々と旅人たちをさばいていく。旅に適した秋は、行き来も多く、旅人は上り下りともにひっきりなしであった。

「お次の御仁」

聡四郎の番が来た。足軽は聡四郎の風体《ふうてい》を見て、言動をあらためた。

「かたじけない」

軽く頭をさげて、聡四郎たちは竹矢来で区切られた建物の敷地へと入った。

「お名前をお聞かせ願いたい」

板張りの建物に三人の小田原藩士が座っていた。中央が関所番頭、右に副《そえ》、左に書役《かきやく》の順であった。

「勘定吟味役水城聡四郎と供の者二人でござる」

身分からいえば、小田原藩士より聡四郎が格上になるが、幕府から委託されて関所を守っているのである。聡四郎は敬意を表していねいに答えた。

「勘定吟味役と仰せられたな」

「いかにも」

問いなおしに首肯した聡四郎は、関所の雰囲気が変わったことに気づいた。

「殿」

「旦那」

大宮玄馬と袖吉も不穏なものを感じて、声を出した。

「まこと勘定吟味役どのでございましょうな」

関所番頭の口調が硬くなった。

「ご身分を証すものをお持ちか」

求められて、聡四郎はとまどった。

町人ではなく武家に手形というものはなかった。

「そのようなものは持ちあわせておらぬが。なにか不審でもござるのか」

「昨夜、小田原の城下で訴人《そにん》がござった。幕府役人の名をかたる浪人者の一行が東海道筋に出没すると」

「なにを馬鹿なことを」

理由を聞かされて聡四郎は、啞然とした。

「幕府役人を名のり、その権威をもって無銭で飲食宿泊をくりかえし、さらに押し借りまでいたしておるとか。注意するようにとの報せがあったのでござる」

関所番頭が目で合図をした。たちまち聡四郎たちの周囲を足軽たちが取り囲んだ。

「無礼をいたすな。我らは幕府の公用旅であるぞ」

脇差の柄に手をかけながら、大宮玄馬が叫んだ。

「なれば証明をなされよ。身共《みども》らも御上よりこの関所をお預かりいたしておる責務上、疑いのある者をすんなり通すことはでき申さぬ」

関所番頭が負けじと大声で返した。

「旦那、きなくせえですぜ」

袖吉が小声で言った。

「報せがあったと言いやすが、まるであっしらを待っていたようじゃござんせんか」

「ああ。そうだな」

聡四郎も油断はしていなかった。

「ここで捕まったりしたら、どうなります」

「江戸へ報せが出るだろうな。拙者がまことに勘定吟味役かどうか。もちろんその場で身の証は立つゆえ、すぐに放たれるであろうが、おそらくそのまま旅を続けることはできまいな。幕府の役人が、関所番相手に恥をかかされたことになるからな。まずは江戸へ戻るように命じられて、よくて免職謹慎、悪ければ減禄のうえ、御目見得格剝奪《はくだつ》であろうな」

問われて答えた聡四郎も、ぞっとしていた。旗本にとって将軍に目見得する資格を失うことは死にも増す屈辱であった。

聡四郎にいいところから嫁をもらい、その引きで水城家を千石にと願っている父功之進がその処分を聞いたなら、憤死しかねない。

「旦那の証明がなされたとき、関所番たちが咎められるのではないんで」

重ねて袖吉が訊いた。

「役目にしたがっただけだ。おそらく関所番頭が役目を解かれるぐらいだろうよ」

「なるほど。だから、こんな強気なわけでやすね」

袖吉が納得した。

「しつこいようでやすが、ここで関所番たちをのしちまったときは、どうなるんで」

「どうにもならぬさ。そんな面目のたたないことを報告などするものか。たった三人に手玉に取られて逃げられましたでは、切腹ものだ」

聡四郎が笑った。袖吉の問いかけが、聡四郎の気持ちを落ちつかせてくれた。

「助かった」

いつのまにか、役目を失うことへの恐怖が聡四郎のなかに生まれていた。譲れないものを守るための便宜《べんぎ》として役目を利用していたはずの己が、地位に未練を持ちはじめていたことに聡四郎は気づいた。

「えへへへっ」

照れ笑いを袖吉が浮かべた。

「玄馬、殺すな」

「承知」

聡四郎の命に、大宮玄馬が首肯した。

「手向かいいたすか」

関所番頭が、うわずった声をあげた。

緊迫した雰囲気のなかに、のんびりとした声がかけられた。

「これはこれは、水城さまではございませんかな」

置かれた山駕籠から紀伊国屋文左衛門が身をのりだすようにしていた。

「紀伊国屋……」

聡四郎は、意外な人物の登場に驚いた。

「おや、ずいぶん剣呑《けんのん》なごようすでございまするが、なにかございましたか」

山駕籠から降りた紀伊国屋文左衛門が、誰にともなく訊いた。

「なにやつだ、おまえ」

殺気だった関所の足軽が、紀伊国屋文左衛門を怒鳴りつけた。不意に出てきて、
聡四郎と親しげに会話し始めた紀伊国屋文左衛門を仲間と見たのは当然であった。

「おや。名のりを忘れておりましたか」

わざとらしく紀伊国屋文左衛門が、頭をさげた。

「紀伊国屋文左衛門と申しまする。ここに菩提寺からの手形がございまする」

ゆっくりと懐に手を入れた紀伊国屋文左衛門が、油紙の包みを取りだした。

「き、紀伊国屋だと」

関所番頭が驚愕した。

武家が経済を失って久しく、どこの大名も内情は火の車である。小田原城主の大久保家もご多分に洩れず、借金に苦しんでいた。そして大久保家にもっとも多くの金を貸し付けているのが、紀伊国屋文左衛門であった。

「しばし待たれよ」

口調を変えて関所番頭が、足軽に命じた。

「城下に走り、中老《ちゅうろう》の西岡《にしおか》どのをお呼びして参れ。昨年まで江戸で留守居役《るすいやく》をされていたゆえ、紀伊国屋の顔をご存じのはずじゃ」

留守居役とは、江戸藩邸における渉外担当であった。幕府や役人、大名や旗本などとのつきあいはもちろん、商人たちとのかかわりも深かった。とくに財政逼《ひっ》迫《ぱく》の昨今、留守居役の仕事は、いかに幕府のお手伝いから逃げるかと、どうやって商人から金を借りるかになっていた。

「西岡さま。お懐かしいお名前でございますなあ」

なごやかに紀伊国屋文左衛門がほほえんだ。

「たしか、三年前でしたかな。少しばかりの金を融通させていただいたときにお世話になりました。お元気でおられますか」

「こちらで、お待ちあれ。どうしても半日はかかりましょうほどに」

関所番頭が、聡四郎と紀伊国屋文左衛門を建物のなかへ誘った。

敷物は出されなかったが、全員に白湯《さゆ》が供された。

「金の力はすごいな」

素知らぬ顔で白湯をすすっている紀伊国屋文左衛門に、聡四郎は皮肉を投げた。

「さようでございますな。金はすべてを支配いたしますので」

聡四郎の嫌味など、気にもせず紀伊国屋文左衛門が応えた。

二百六十ほどの大名があったが、このうち紀伊国屋文左衛門から金を借りていない家は二割ほどしかない。紀伊国屋文左衛門の機嫌を損じて、たちゆく藩はないといっていい。

「なぜ、ここに来た」

聡四郎は問うた。

「いえね。隠居をして身軽になりましたので、この世の名残に今一度、京の都を見ておきたいと思いまして」

「京だと」

聡四郎の眉がつりあがった。

「どこで知ったとは訊かぬ。目的はなんだ」

「ですから申しあげたとおりでございますよ。有名な清水《きよみず》の舞台や、伏見のお稲荷さまの赤鳥居、金に輝く鹿苑寺《ろくおんじ》。一度は見てみたいと思われませぬか」

いったん言葉をきった紀伊国屋文左衛門が、笑いを浮かべた。

「それに、なにやらおもしろいことが京であるとの噂も耳にいたしましたので」

「いけしゃあしゃあと……」

紀伊国屋文左衛門の態度に聡四郎も怒りを覚えた。

「よしなせえ、旦那。申しにくいですが、旦那じゃ相手になりやせんよ」

袖吉が止めた。

「やっとうのことなら、あれほど落ちついておられるのに、どうしてこう言いあいになると旦那は頭に血がのぼりますかねえ」

「……そうであったな」

二度目の助けを聡四郎は袖吉から受けた。

「いねえものだと思いなせえ。旦那と大宮さんとあっし。旅路は三人だけで」

「つれないことを申されますなあ。相模屋のお方」

紀伊国屋文左衛門が、口を出した。

言葉での応酬をくりかえしている聡四郎一行と紀伊国屋文左衛門を見ていた関所番頭の顔色が、徐々に白くなっていった。

騙《かた》りならば、関所内に閉じこめられ、周りを囲まれてここまで落ちついていることはまずない。そのことにようやく思いいたったようであった。

「水城どのとおっしゃったか」

関所番頭が、語りかけてきた。

「さようだが。御用か」

「……いや、なにもござらぬ」

まっすぐな聡四郎のまなざしを受けた関所番頭が沈黙した。

「予定が遅れまする」

大宮玄馬が、今日中に沼津に行けないことを悔やんだ。

「しかたあるまい。三島《みしま》泊まりでも困らぬさ。いつまでに京へ着かなければならないと期日があるわけではない」

落ちこむ大宮玄馬を、聡四郎はなだめた。

「そうでやすよ。旅など思うようにいくことのほうが珍しいんでやすからね。さすがに関所で止められるとは思ってもいやせんでしたが、大井《おおい》川の川止めや熱田《あつた》の船休みぐらいは覚悟してやしたから。一日や二日は、気にすることじゃござんせん」

袖吉も続けた。

ゆっくりと話をしている間に、目的の人物が着いた。

「紀伊国屋が来ておるだと」

建物に駆けこんできたのは、小田原藩中老西岡であった。

髪に白いものが目だつ初老の西岡は、薄暗いなかでも迷うことなく紀伊国屋文左衛門を見つけた。

「無沙汰しておる、紀伊国屋」

金を借りているとはいえ、身分は西岡が上である。口調は尊大であったが、その態度はまさにすり寄らんばかりであった。

「こちらこそ失礼を重ねておりまする。お元気そうでなによりでございますな、西岡さま」

あいさつを受けた紀伊国屋文左衛門も、臆することなく返した。

「西岡さま。まちがいございませぬか」

震える声で関所番頭が質問した。

「おぬしが知らぬのは無理のないことだが、この者は材木問屋紀伊国屋文左衛門に相違ない」

西岡がきびしく関所番頭をにらんだ。

「関所の者がなにかしでかしたのならば、こやつらに代わって拙者が詫びよう。許せ、紀伊国屋」

軽いながらも西岡が頭をさげた。

「いえいえ。わたくしにはなにも。ただ……」

言葉尻を濁した紀伊国屋文左衛門が、聡四郎を見た。

「こちらの御仁は」

ようやく聡四郎を認識した西岡が、尋ねた。

「こちらは、幕府勘定吟味役の水城聡四郎さまで。わたくしとは親しくおつきあいをいただいております」

答えたのは紀伊国屋文左衛門であった。

「御上の……その御仁がなぜここに留められておられるのだ」

ものものしい雰囲気を見て取った西岡の詰問《きつもん》に、関所番頭がいきさつを伝えた。

「た、たわけが……」

怒鳴り散らす西岡を聡四郎がなだめた。

「箱根の関所は江戸の守り。その番頭が疑わしきを調べるのは当然でござる。お咎めなさるな」

平謝りに謝る小田原藩士たちに見送られて、聡四郎たちは関所を出た。

「貰っておかれればよいものを」

山駕籠に乗りながら紀伊国屋文左衛門が言った。表沙汰になっては困ると西岡が包んだ金を、聡四郎は断った。そのことを紀伊国屋文左衛門は嘆いているのだ。

「金は湧いて出るものではございませんよ。それに出所はどこであれ、金は金。けっして汚くなることはございませぬ」

「遣う者によって金は変わると言いたいのか」

「頭のいいお方とお話しするのはなかなか楽しいものでございますな」

聡四郎のいらつきを、紀伊国屋文左衛門は軽くいなした。

「ですが察しの悪いお方としゃべるのは、気分を害するのでございますよ」

ふいに紀伊国屋文左衛門の声が低くなった。

「どういうことだ」

「水城さま。あなたが清廉潔白であろうとされるのは、勝手。なれど他人まで巻きこむのはいただけません」

紀伊国屋文左衛門が、聡四郎の瞳を見つめた。

「あそこで受けとってやれば、小田原のみなさま方も安心して送りだしてくださったでしょうに。お断りになるから、いつこの話を蒸し返されるかと、そう、水城さまがお役に就いているかぎり、不安にさいなまれることになりまする」

指弾するように紀伊国屋文左衛門が告げた。

「なっ」

思ってもみなかったことを聞かされて、聡四郎は絶句した。

「清濁《せいだく》あわせ呑めとまでは申しませぬが、少しは相手のことも考えておやりになりませぬと、独善になりますよ」

「それ以上は、許さねえぜ」

いつの間にか袖吉が、山駕籠の後ろに回っていた。

「生意気なことを言うんじゃないよ、下人の分際で」

紀伊国屋文左衛門も怒気《どき》のこもった声で言い返した。

「使われているだけの者に使う側のことはわかるまい。人の上に立つにはそれだけの度量が要るんだよ」

すっかり紀伊国屋文左衛門の態度が変わった。

「世のなかきれいごとだけですまないことぐらいはわかっているだろう。相模屋伝兵衛ほどの男に右腕と言われながら、そのていどかい。だったら、相模屋も知れたものだ」

「親方のことを悪く言うのは、よせ」

袖吉からまごうことなき殺気があふれた。

「なら馬鹿をするな」

紀伊国屋文左衛門の目標が聡四郎から袖吉に変わった。

「おまえたちは水城さまの立場をわかっているのだろう。まさに四面楚歌《しめんそか》ではないかい。勘定方では浮き、頼るべき新井白石にも憎まれている。この状態でよく御役御免にもならずもっているのが不思議なぐらいだ」

「うっ」

事実に対して、袖吉は反論できなかった。

「このまま勘定吟味役を経験したこともある小普請《こぶしん》旗本を一人作るつもりなら、

これもいいだろう。違うのだろ。少なくとも相模屋伝兵衛は一人娘を嫁にやろうとするほど、水城さまを買っている。なら、なぜもっと現実を教えないのだ。世間知らずをなんとかしないと、本当に殺されることになる」

「紀伊国屋、おめえ」

袖吉が絶句した。

「……いけませんね。久しぶりに気が熱くなったみたいで。ご無礼をいたしました。では、水城さま、お先に。急いでおくれ。日が暮れまでに三島に入れたら、酒手《さかて》をはずむよ」

息をのんだ袖吉を見て、紀伊国屋文左衛門が我に返った。

「おう。紀伊国屋の旦那が酒手をはずんでくださるとなれば、三島女郎を買いきれるぜ」

山駕籠が駆けだした。

「我らも急ごう。遅くなっては宿に困る」

聡四郎が、告げた。

三島にも本陣はあるが、この刻限ともなると、他の誰かが泊まっているかもしれなかった。たしかに格上の者が優先され、すでに本陣に入っている他の者を追いだすことはできたが、さすがにそれは気まずかった。

「……さいですね。いくらなんでも虱《しらみ》のわいているような木賃宿《きちんやど》とか、女郎と一緒でなきゃ寝られないような遊廓は勘弁してほしいでやすから」

先ほどまでのきびしい雰囲気を霧散させて、袖吉がおどけた。

箱根の関所から解放されたのは、昼を過ぎていた。箱根から三島までは、三里と二十八丁（約一五キロ）で、しかも下り坂である。それほどときがかからないように思えるが、下り坂ほど足を痛めるのだ。無理に走ったりしては、明日以降に影響が残る。

聡四郎たちは早足になりながらも、しっかりと足下に力を入れた。

二

三島の宿屋はたや伊兵衛《いひょうえ》に着いた紀伊国屋文左衛門を、不機嫌な永渕啓輔が待っていた。

「なにを企んでいる」

斬りこむように永渕啓輔が訊いた。

「お茶ぐらい飲ませていただきたいもので」

憤怒《ふんぬ》の表情をあらわにする永渕啓輔にも、紀伊国屋文左衛門は動じなかった。

「なぜ、水城に姿を見せた。ご大老さまのお考えと異なったことになってはどうするつもりだ」

「このていどで揺さぶられるようなお方ではございますまい」

「……無礼なことを」

永渕啓輔が怒鳴った。

「お静かに。野中の一軒家じゃございませんよ。三島で名のある宿屋とはいえ、襖一枚隣には他人さんがおられます」

紀伊国屋文左衛門が、たしなめた。

「くっ」

気勢《きせい》を削《そ》がれて、永渕啓輔が唇を噛んだ。

「ご大老さまは手出し無用と仰せられた。忘れたわけではなかろう」

「はい。ですからわたくしは手出しをしておりませぬ。口を出しただけで」

「屁理屈を抜かすな」

「永渕さま。美濃守さまはなにをお考えなのでございましょうなあ」

紀伊国屋文左衛門が声をひそめた。

「…………」

不意の問いかけに、永渕啓輔がとまどった。

「五代さまの忘れ形見と言われておりまするが、いわば押しつけられた妾《めかけ》の腹に子が入っていただけではございませぬか。考えてごらんなさい。いかに寵愛している家臣とはいえ、気に入っている女をやりますか。やりますまい。飽きたから、要らなくなったから下賜《かし》したわけでしょうが。それも恩着せがましく」

永渕啓輔は、相槌もうたなかった。

「いくら美人でも、主人の手がついた女。そうですかと、あなたは手が出せますか。昨日まで、その目の前に両手を突いて礼を尽くしていたのに」

武家だけではなく、商家や職人でもよく似た状況はあった。主の娘を嫁に貰うことである。それこそ、婚儀の前日まで主筋として崇《あが》めてきた女を、その晩から身体の下に組み敷くのだ。なかなか簡単に切りかえることはできない。

それこそ、その場で役にたたなかった男はいくらでもいた。

「ましてや、敬愛する主君の側室。しかも寵愛の度合いが深かったお方だ。綱吉さまを神とも慕っておられる美濃守さまに手出しができますか。我が身に置き換えてご覧なされ。永渕さまに美濃守さまのご側室が下げ渡されたとして、お抱きになれますか」

「できぬ」

一瞬考えることもなく、永渕啓輔が首を振った。

「でございましょう」

紀伊国屋文左衛門が茶をすすった。

「世に男の楽しみとして一盗《とう》二婢《ひ》三臈《ろう》とか申しまする。ご存じで」

「いや知らぬ」

素直に永渕啓輔が答えた。話はすでに紀伊国屋文左衛門の思惑のなかに入っていた。

「盗というのは、他人の妻を寝取ることをいい、女の楽しみ方ではこれが一番だと申しておるのでございますよ。ちなみに、二の婢は女中に手出しすること、三臈は上臈《じょうろう》、つまりおのれより身分が上の女を抱くことですがね」

「なにを言うか」

まじめな永渕啓輔が、語気を強く止めた。

「すみませぬ。余談になりましたな」

紀伊国屋文左衛門が笑って詫びた。

「話を戻しましょう。これはわたくしの推測でございますよ」

そこで紀伊国屋文左衛門が言葉をきった。じっと永渕啓輔の顔を見つめる。

「承知した」

「ひょっとしたら、五代将軍綱吉さまも美濃守さまも、お方さまがご懐妊なされておられるのを知っての上のことではなかったかと」

「馬鹿な。五代さまはお世継ぎに恵まれなかったのだぞ。なればこそ、六代の座を甥の家宣さまにお譲りになられたのだ。五代さまが、生類憐みの令まで出して御子孫の誕生を願われたことは、きさまもわかっておるであろうが」

話の内容に永渕啓輔が驚愕の声をあげた。

「お静かに。何度も申しあげますが、ここは江戸の我が家でもお屋敷でもございませぬ」

「さようであった。しかし、きさまの言うことがあまりに外れておるからだ」

叱られた永渕啓輔が、反論した。

「そうでしょうか。よくお考えくださいな」

「考えるまでもなかろう」

紀伊国屋文左衛門の問題提起を、永渕啓輔は蹴った。

「かたくなだけでは、いつまでも使い走りで終わりますよ。少し先を読むことを自らの考えでなさらなければ、水城さまに勝てませぬ」

「黙れ。一伝流が一放流に負けると言うか」

低い声ながら、永渕啓輔が怒気をあらわにした。

「失礼ながら、剣の勝負なら永渕さまが一枚上でしょう」

「ならなぜ、勝てぬと言うか」

「よって立つものが違いすぎましょう。あなたさまは美濃守さまへの従心《じゅうしん》。水城さまは護るべき者のため」

「それのどこが悪い。武士の根本は忠義。拙者は柳沢美濃守さまにこの身すべてを捧げた。まさに命も要らぬ。この思いが水城ごときの漠然《ばくぜん》としたものに負けるわけがない」

きっぱりと永渕啓輔が断言した。

「だから従心と申しあげたので。今の永渕さまは周囲が見えておられませぬ。さきほどの和子《わこ》さまのお話でもさようでございますが、そこにある裏を知らねば、本当にしなければならぬ動きができませぬ。美濃守さまの真の目的を理解し、それにそったことをする。そのためには、もっといろいろなことに目を向けねばならぬのではございませぬか。目隠ししたままで、両目の開いた水城さまと戦って勝つ自信はございませぬでしょう」

紀伊国屋文左衛門が諭した。

「命じられたことだけをする。それが武士だ」

反論する永渕啓輔に勢いはなかった。

「京に上るまで十分にときはございまする。今宵はこのあたりにして、明日からの旅に備えましょう」

旅の疲れを癒そうと、紀伊国屋文左衛門は先に夜具へとくるまった。

聡四郎たちが江戸を出たことは、数日で尾張藩に知られた。いや報された。情報は、御殿坊主をつうじて尾張藩の留守居役に届けられた。

水城聡四郎に変化があれば報せるようにと、日ごろから金で飼っている御殿坊主に命じてあったのだ。城中のどこにでも顔を出すことができる御殿坊主たちは、機密に触れることが多いわりに薄給である。金になるなら、どのようなことでもやってのけた。

「放っておけ」

成瀬隼人正は相手にするなと興奮する家臣をいさめた。

「勘定吟味役などといったところで、たかだか五百石余。今回の藩主交代では井伊掃部頭どのに貸しも作った。いつでも潰せる」

鼻先で笑った成瀬隼人正と違って、竹腰山城守はこだわった。

横目付山本岳斗から報された先夜の一件も竹腰山城守の焦りになっていた。

「尾張の傷を知っておる者が領内を通る。それも四代当主が急死した直後という状況でだ。見すごすわけにはいかぬ。それに井伊掃部頭は、五郎太君を当主にしたことを借りなどと思っているどころか、貸しだと考えておるだろうよ。改易転封されなかっただけいいとな」

竹腰山城守は苦い顔をした。

「七里《しちり》を走らせよ。城下に命じるのだ。領内でなくともよい。江戸に戻るまでに始末をつけよとな。旅の途中で死ぬ者は多い。不審を招かずともすむ」

「はっ」

家臣が平伏した。

七里とは、継飛脚《つぎびきやく》のことだ。東海道で七里（約二八キロ）ごとに詰め所を設け、書状を次から次へと受け渡して一昼夜休むことなく走り続ける。将軍の機嫌を取るために、尾張藩が設けたもので、江戸と尾張の間を三日で結んだ。

翌日、竹腰山城守の書状を持った七里が夜明け前の江戸を発った。

尾張藩の領地は、尾張一国、美濃《みの》十七郡、信濃《しなの》、三河《みかわ》、近江、摂津《せっつ》に一郡ずつの計六十一万九千五百石あった。広大な範囲もさることながら、尾張の特徴は、東海道と中山道、五街道のうち二つがその領地を貫いていることにあった。

これには京から江戸へ攻めようとした軍勢が、かならず領内を通ることもある。同じ御三家の紀州が、和歌山に押しこめられ、いざというときの役にほとんどたたない状態であったことにくらべて、徳川家における西への抑えとして、尾張家は重要な要害であった。

三万石の竹腰、三万五千石の成瀬の付け家老の他にも、一万石をこえる大名格の家臣が他に三家あり、その兵力は親藩譜代のなかでも図抜けていた。

だが、それがぎゃくに藩の意思統一を難しくしていた。

竹腰山城守の書状を前に、万石以上の年寄衆である石河《いしかわ》、志水《しみず》、渡辺《わたなべ》の三人が鳩首《きゅうしゅ》していた。

「このような書状が参ったが、どうするか」

最年長の石河が、口火を切った。

「幕府役人を手にかけるなど、表沙汰になれば無事ではすみませぬぞ」

もっとも若い志水が、恐れをなした。

「されど山城守どのが、言われるほどのことだ。よほどの事情があるのでござろう。無視してよいものとは思えませせぬが」

渡辺が慎重な意見を述べた。

「今の尾張は藩創設以来の危機にある。このことは、皆一致した認識だと考えるがよろしいか」

確認するように石河が言った。黙って渡辺、志水が首肯した。

「その状況下で、この事態をどうとらえるか。それによって対応は自《おの》ずから決まってこようと愚考つかまつる」

「石河どのは、どうなさるべきだとお考えか」

志水がすがるように訊いた。

「火中《かちゆう》の栗《くり》を拾うしかないと存ずる」

「たしかに、このまま見すごせる状況ではござらぬな」

静かに渡辺が同意した。

「念を入れねばなりますまい」

「念とは」

わからないと志水が問うた。

「二手くりだすのでござる」

「意味がわかりませぬが」

「なるほどな」

志水と石河が、違った反応を見せた。

「初手で始末できればよし。うまくいかなかった場合、あるいは目撃した者がいたとき、控えていた二手目を行かせるのでござるな」

「それは妙案」

感心したとばかりに、志水が膝をうった。

「では、一手目の者どもを用意せねばなりませぬな」

「なれど、藩士を使うわけにも参りますまい。万一身分が知れては、たいへんでござる」

「さようでござるな。ならば、木曾衆《きそしゅう》を使いましょうぞ。士分への昇格を餌にすれば喜んでしたがいましょうほどに」

「や、さすが石河どの。そのようにいたしましょう」

年寄たちの意見が、一致した。

東海道を京へ上る旅人の多くは、熱田から船で桑名《くわな》まで渡る。かなりときが稼げるのもあるが、なにより歩かなくていい。

「名古屋の城下に行くなら、宿場を出て右へ二里（約八キロ）ほどでやすが」

熱田明神にお参りをしたあと、袖吉が訊いた。

「船なら桑名まで海上十里（約四〇キロ）。風と波しだいでやすが、ほぼ半日で着きまさ。乗合でいいなら一人四十八文《もん》。一間借りきるなら安いところで七百文ほどで」

「随分値段が違うな」

「お互いの膝をつきあわせるほどに詰めこみますからねえ、乗合は。一間借りきるとどれだけ他に混んでいようとも、寝て過ごせますぜ」

「それにしても七百文は高すぎぬか」

あまりの差に聡四郎が驚いた。ちょっとした旅籠で一晩泊まって朝夕の食事をして、上等で三百文もしないことにくらべると高かった。

「ですが、陸路を行けば、ここから桑名まで一日泊まりを入れなきゃいけやせん。それを思えば、一間借りても安いもんで」

「そう考えればいいか」

説明に聡四郎は納得した。

「でどうしやす」

「名古屋の城下に行きたいとは思うが、今回の目的は京だ。そこでなにがあったかを調べてから戻ったほうが、二度手間にならずよいと思う」

聡四郎は名古屋の城下を避けると決めた。

「じゃ、一間借りきりでよござんすか」

「そうだな。こんな身体の大きいのが狭い乗合にいたのでは、周りの迷惑だろう。三人だからな。もっとも小さな一間でいい。手配してくれ」

「がってん」

首肯した袖吉が、立て場へと走った。

煙草を二服するほどの間で戻ってきた袖吉は、手に一枚の紙を持っていた。

「取れやしたよ。半刻（約一時間）先の乗合、その供の間《ともま》を借りきりで」

「ご苦労だな。どうやら乗りこむのは中食のあとになりそうだ。そのあたりでなにか腹に入れておくか」

宮《みや》の船着き場周辺には、船待ちをする旅人たちを呼びこむ飯屋や茶店が軒を並べていた。そこから紅のたすきをした女たちが出て、客の手を引っ張っては店に連れこんでいた。

「名物神前餅《しんぜんもち》はいかがで」

「お昼にとろろ汁を召しませ」

若い女中が、足早に船着き場へ急ぐ旅人の左手を抱えこんだ。

「乗り遅れるぜ。離してくんな。帰りにはきっとおめえの店に寄るからよ」

なだめるように旅人が言うが、女中は聞いていなかった。

「次の船は、満杯で。次の次の船も乗れやせん。うちでゆっくりしていっておくれなさい。船が空いたら、ご案内いたしますで」

「商売旅なんでな。そんな余裕はないんだよ」

旅人の抵抗は、女中にとってじゃまにならなかった。あっさりと旅人を店のなかへと引きずっていった。

「強いな。肘の急所をきめていたぞ」

そう大きくもない女中が、男の旅人をあっさりと連れていったことに、聡四郎は驚いていた。

「生きていくためでやすからね。必死なんでさ」

笑いながら、袖吉が説明した。

「ここにしやしょう。煮物でしょうが、いい匂いでさ。酒を飲むわけにいかないのが残念でやす」

袖吉の先導で三人は一軒の茶店に入った。

「どうだ」

聡四郎たちを見張っていた永渕啓輔のもとに、紀伊国屋文左衛門が戻ってきた。

「水城さまたちは、半刻ほどのちの船のようで。こっちはどうしますかね」

紀伊国屋が問うた。

「同じ船はつごうが悪いか。なら先に行こう」

「もう一杯で乗れませんよ」

歩きだした永渕啓輔を紀伊国屋文左衛門が止めた。

「なんのためにおまえがいるのだ。船を仕立てさせればすむことだろう。そのくらいの金、紀伊国屋にとってなにほどでもなかろう」

あっさりと永渕啓輔が、紀伊国屋文左衛門の手を払った。

「簡単におっしゃってくれますな。金は天から降ってはきませんよ」

ぼやきながら紀伊国屋文左衛門は、立て場へと向かった。

もっとも小さな船でさえ四十人乗りである。一艘《そう》借りきるには、四十人分で約二千文ですむかと言えば違った。乗合は四十八文だが、敷物の代金が別に要った。

「二貫《かん》百文ですか。はい、酒手こみで一両払いましょう」

紀伊国屋文左衛門が、顔をしかめながら支払った。小判一枚は四千文に相当する。一両あれば、東海道を京まで上れる金額であった。

「おや」

仕立てた船の船頭が来るのを立て場で待っていた紀伊国屋文左衛門は、異様な雰囲気の一団に気づいた。

「みょうですね」

紀伊国屋文左衛門は、船着き場で待っている永渕啓輔を呼びにいった。

やってきた永渕啓輔もすぐに異変を悟った。

「殺気立ってるぞ」

目をあわさずに、永渕啓輔が告げた。

「わたくしどもに向けられたものではございませんね」

興味のない振りをしながら、紀伊国屋文左衛門が語った。この立て場で今小判を見せたばかりである。旅人の懐を賊に見られたと考えるべきであった。しかし、それを紀伊国屋文左衛門は否定した。

殺気の方向くらいわからなければ、大金を持って東海道を行くことはできなかった。

「となると、あいつしかないな」

「でございましょうなあ。なにせここは尾張藩のお膝元でございますから」

永渕啓輔と紀伊国屋文左衛門が、顔を見あわせた。

「どうなさいます」

紀伊国屋文左衛門が、問うた。

「どうもせぬさ。ここで海の藻屑になるのも、あいつの運命《さだめ》だ。美濃守さまから手出しをするなとは言われたが、守れとは命じられていない」

すっと永渕啓輔が背中を向けた。そのまま立て場を出ていった。

「たしかに。では、どうなるのか、楽しみに見物させていただくとしましょうか」

紀伊国屋文左衛門もあとに続いた。

三

かつては日が落ちても客が集まれば渡し船は出たが、由比正雪の乱以降夕七つ(午後四時ごろ)を過ぎて船を出すことは禁じられていた。だけに、旅人たちは、争って船を求めた。

「もう一人ぐらいなんとかなるだろう」

「金は倍出すから」

昼に近くなると、旅人たちの気もたってくる。乗れなければ、陸路を行くか、一夜、宮で明かすかになる。それは一日の旅籠代金につながった。

「立て場じゃ話にならねえ。船着き場に行って、直接船頭と話をつける」

旅慣れた一人が、きびすを返した。

表向きは立て場で船の予約をし、金を払うのだが、どこにでも抜け道はあった。船着き場で船頭と代金の交渉をすることが黙認されていた。

もともとは客の持っている荷物の料金交渉から発生したものだったが、今では常態になっていた。船頭にしても立て場に斡旋《あっせん》代を抜かれず、そのまま全額懐に入るほうがいいに決まっている。慣れた船頭になると、わざと船の傷《いた》み具合を立て場に訴えて、定員を減らし、その差を自分のものにしていた。

立て場もわかっていながら、船頭の機嫌を悪くして船を出さないと言われては困るので、よほどでないかぎり、黙認していた。

「本当に今日は駄目なんだよ。明日の一番船を回すから、あきらめな」

立て場で番頭が叫ぶが、旅人たちは振り返らなかった。

そのとき船着き場に停泊していたのは、聡四郎たちが乗った船だけだった。

「おおい、船頭。倍付けだ。乗せてくれ」

最初の旅人が叫んだ。

「三倍出すぞ」

別の旅人が上乗せした。

「残念じゃけど、この船は買い切りじゃで。次の船に乗ってつかあさい」

船頭が首を振った。

「そんなことを言うなよ。胴《どう》の間《ま》もまだ座れるじゃないか」

旅人が指をさして訴える。

供の間で昼寝をしていた袖吉が、その声に反応した。供の間は定員が十四人である。そこに三人なら十二分な余裕があった。

「そう言えば、そうだ」

日除けにかけている笠の隙間から、船のなかを袖吉がうかがった。

「ちっ、気がつかなかったぜ」

袖吉の舌打ちを、聡四郎が聞き咎めた。

「どうかしたか」

「旦那。申しわけねえ。どうやらはめられたようで」

起きあがろうとした袖吉が、よろめいた。

船が岸から離れていた。

「しまった」

袖吉が臍《ほぞ》を嚙んだ。

「この船のことか。それならば気づいている」

唇を嚙み破らんばかりにしている袖吉に、聡四郎が淡々と告げた。

「尾張どのが領内だ。黙って通してくれるはずはなかろう」

聡四郎の言葉に大宮玄馬もうなずいた。

無言で二人が柄袋《つかぶくろ》を外した。柄袋とは、雨水がしみこみ、刀身が錆《さ》びるのを防ぐために柄から鍔下《つばした》まで覆う布だが、これをつけていると刀を抜くことはできなかった。

「どこだと思う」

襲撃の時期を聡四郎は、袖吉に問うた。

「逃がさないようにするには、少なくとも岸から一里（約四キロ）は離れないといけやせん。旦那、水練《すいれん》のほうは」

「まったくだ。水に入ったことさえない」

袖吉の問いかけに、聡四郎が苦笑した。

「拙者も同じじで」

大宮玄馬も泳げないと言った。

「江戸のお侍でやすからねえ」

袖吉が嘆息した。

水練に見せかけて堀の深さや幅をはかるのを防ぐため、江戸城の堀で泳ぐことは禁じられていた。また夏場とはいえ、ふんどし一つの姿になることを武家は恥と考えていたこともあって、江戸の旗本のほとんどは泳ぐことができなかった。

「背水の陣でござんすね。はああ、あわれなことで」

大きく袖吉が息をついた。

「必死になった旦那たちの相手をするなんて、あっしならなにがあってもごめんですぜ」

好天に恵まれた海を滑るように船は西へと進んでいき、小半刻《こはんとき》（約三十分）ほどで岸から一里少し離れた。

「そろそろのようでございますな」

船内に殺気が満ち始めたのを、大宮玄馬が伝えた。船の帆がたたまれた。ゆっくりと船足がゆるみ始めた。

もともと参勤交代などで大名が乗るときに、家臣たちが座する場であった供の間は、船の中央付近で、周囲を乗合が詰めこまれる胴の間で囲まれていた。

胴の間で思い思いにくつろいでいた旅人たちが、いっせいに立ちあがった。荷物に隠していた長脇差《ながどす》や船具に偽装していた得物《えもの》を取りだした。

「船頭も数に入れていいんでやすかねえ」

町人にも旅の最中だけ許される刀、道中差《どうちゅうざし》を抜きながら袖吉が笑った。これだけの人数に囲まれて、笑みを浮かべるだけの余裕がある袖吉に、聡四郎は感嘆した。

「人数外だろう。顔を背《そむ》けて、こちらを見ないようにしているからな」

ちらと船尾に目をやって、聡四郎が告げた。

「じゃあ、全部で十六人でやすか。面倒なことで」

「気にすべきは、あの長い鉤《かぎ》を持っている四人だな」

船が港に着いたときなどに使う六尺棒の先に鉤をつけたものを聡四郎は警戒した。戦いの場において得物の長さは、勝敗の大きな要因であった。

「あいつらの相手は、拙者と玄馬でする。袖吉は他の連中を頼む」

槍とやりあった経験のない袖吉には、難しいと聡四郎は判断した。

「へい」

そこで見栄を張るような馬鹿を、袖吉はしなかった。

「玄馬」

脇差を手にした大宮玄馬に、聡四郎は声をかけた。

「ご懸念にはおよびませぬ。富田流小太刀には槍や長刀を相手にする技もございまする」

自信ありげに大宮玄馬が応えた。

大宮玄馬が得意とする小太刀の間合いは一間（約一・八メートル）もないのだ。六尺棒の間合いは、倍以上ある。六尺棒は一歩も踏みださずして届くが、大宮玄馬は数歩進まないと敵に刃を当てることさえできない。

つまり一間の間、敵の支配下にある間合いを通過しなければならない。それを大宮玄馬は、苦もないことだと断言した。

「気をつけよ」

聡四郎は、そう言うに留めた。大宮玄馬もさげ、己一人で四人の鉤棒と対峙するだけの自信はなかった。

「我らを御上御用の旅と知っての狼藉《ろうぜき》であろうな」

いちおう聡四郎は訊いた。

「…………」

せまり来る男たちは、無言で武器を抜きはなった。

「問答無用か。ならば、こちらも遠慮せぬ」

供の間の広さはおよそ八畳ほどである。そして、供の間と胴の間は、二尺（約六〇センチ）ほどの高さの腰板で区切られていた。

最初の一撃は、聡四郎の右手にいた鉤棒であった。

「おうりゃあ」

先端を光らせて、鉤が水平に聡四郎を襲った。

聡四郎は待ち受けなかった。一歩右に踏みだして、腰を落としざま、居合い抜きに太刀を斬りあげた。

乾いた音をたてて、鉤棒が先端一尺（約三〇センチ）を失った。

「ただの棒か。鉄芯でも忍ばせてあるかと危惧したがな」

軽い手応えに、聡四郎が笑った。乾いた木の棒でさえ、太刀で斬るのは難しい。ましてや、海の空気に湿らされたものともなると、生木《なまき》なみにねばる。それを聡四郎はあっさりと斬った。

「りゃあ」

鋭い気合い声を放って、大宮玄馬が突っこんだ。

鉤棒は、突く、刺す、引き裂くと強力な武器になるが、刃先が鉤状になっているだけに、間合いが限定された。手元に潜りこまれると、取り回しにくいぶんあつかいが難しかった。

「ちっ」

急いで男が鉤棒を大宮玄馬目がけてたたきつけた。それを大宮玄馬が、身体をひねってかわした。外された鉤棒が、供の間の床板に食いこんだ。

「くそっ」

あせった男が鉤棒を抜こうとしたが、その余裕を大宮玄馬は与えなかった。走った勢いで腰板を跳びこえて、大宮玄馬が脇差を振った。

「ぎゃああ」

鉤棒を握っていた両腕を、斬り裂かれて男が絶叫した。

大宮玄馬はわざと敵のど真んなかに身を置いた。

「うめえ」

袖吉が感心した。こうなると、仲間に当たることを懸念して、長い柄の鉤棒は遣えなかった。多人数を相手にするときの基本でもあった。

「それじゃ、あっしは後ろを」

続いて袖吉が鉤棒持ちのいない艫《とも》へと走った。

聡四郎は、供の間から動かなかった。

全体を把握するには、胴の間より一段高い供の間から見るべきであったからだ。

「……おう」

腰板を跳びこえて、男たちが続けざまに供の間へと侵入してきた。残った鉤棒持ち二人も聡四郎に目標を据えてきた。

「きあああ」

奇声を発して左手の男が、聡四郎の気を引こうとした。

聡四郎は目さえ向けなかった。殺気が強くならなかったことから、陽動と見抜いたのだ。そして、後ろに回った男が、長脇差を振りあげて無言で斬りかかってきた。

青眼の構えを下段にした聡四郎は、右足を軸に身体を回した。その勢いを太刀にのせて横に薙《な》いだ。

「ぎゃっ」

踏みだした左膝を割られて、男が転がった。

残心《ざんしん》の構えを取るまもなく、聡四郎は横っ飛びにその場を逃げた。聡四郎の背中があったところを鉤棒が通過した。

袖吉が一人の男の肩に道中差で切りつけるのを目の端に入れながら、聡四郎は左に身体を回転させた。背後を袖吉に任せたのだ。

「さて、正体も問わぬ。事情も訊かぬ。ただし、手向かいせぬ者は見逃してくれる。さもなくば、遠慮はせぬ」

きっぱりと聡四郎は告げた。

かつて川崎の渡しで見せた情けをここでかける気はなかった。逃げだす場所のない船の上でのみょうな仏心は、己だけでなく大宮玄馬や袖吉の命まで危うくしかねないと聡四郎はわかっていた。

「驕慢《きょうまん》な」

商人風の身形をした男が、長脇差を青眼に構えた。

「武士の口調ではないか。ふん、武家が商人の姿をして幕府役人を襲う。それだけで、きさまらのやっていることが、正しくないとわかるではないか」

聡四郎は挑発した。いくら腕の差があっても多人数に囲まれ、息をあわされれば勝つことは難しい。敵をあおって怒らせれば、歩調が乱れる。そうなれば、何人いようとも、けっきょくは一対一の戦いになる。

「黙れ。弱い犬ほどよく吠えるというぞ」

職人風の男が、ぎゃくに聡四郎を嘲笑った。

「おまえたちと同じく、拙者も走狗に過ぎぬ。侍とは犬と呼ばれてあたりまえなのだ」

聡四郎は、笑い返した。

剣の試合でもそうだが、対峙しているときに口を開くのは力を漏らすにひとしい。しゃべった聡四郎を隙と見たのか、左の旅人が長脇差を突きだした。

「遠いわ」

微動だにせず、聡四郎は長脇差が届かないと見切った。長脇差は聡四郎の三寸（約九センチ）手前で止まっていた。

突き技は、足首から腰、腕の筋などを極限まで引き伸ばしてくりだす。だけに、頂点で止まった一撃は、これ以上一寸たりとても伸びないのだ。

「ひっ」

あわてて腰と腕を引き戻し、聡四郎の反撃に備えようとした男だったが、待ってやるほど聡四郎はやさしくなかった。

「道場稽古のようにはいかないのが、真剣の戦いぞ」

追いすがるように、左足を踏みだして、聡四郎は太刀を水平に振った。

真剣は重く、勢いにのせれば、切っ先が思ったよりも伸びる。

「なんと」

必死でさがった男に、情け容赦なく聡四郎の太刀が食いこんだ。

「なんで……」

肝臓を裂かれて、男が絶息した。

「疾《はや》い」

商人風の男が、思わず口にした。

「そうか。吾が師は、こんなものではないぞ」

世間話でもするように、聡四郎が語った。

話しながら聡四郎は、袖吉と大宮玄馬を見ていた。袖吉も大宮玄馬も止まることなく動きまわって、敵を翻弄《ほんろう》し続けていた。すでに二人の足下には三人ずつが床に伏していた。聡四郎の倒した三人とあわせて、九人が戦力から外れていた。

「まだやるか。なら、もう止めぬぞ」

聡四郎はゆったりした雰囲気を捨てた。一気に間合いを詰める。

「ひっ」

商人風の男が迫ってくる聡四郎に、急いで太刀を振りかぶった。身体にしみついた道場稽古の習慣であった。初めて竹刀を握った日からずっとくりかえしてきた、上段からの振りおろし。敵を見る余裕がなくなったとき、剣術の経験があるほど出てしまう癖であった。

「胴ががら空きだ」

青眼という守りを崩し、隙だらけになった胴へ、聡四郎は下段の一撃をくらわせた。

「ま、参った……」

試合ならそれで聡四郎の太刀は止まったはずだったが、殺しあいでは意味がなかった。

己の胴に白刃が入っていくさまを見ていた商人風の男の目が、ひっくり返った。斬られたとわかった衝撃に、脳が耐えきれなかったのだ。

商人風の男は、悲鳴もなく死んだ。

「そんな馬鹿な。数で圧倒していたはずだ」

職人の姿をした男が、絶句した。

「数に頼った。それが負けを呼んだのだ」

太刀に血振りをくれながら、聡四郎が述べた。

「剣の戦いは、突き詰めれば個の争い。覚悟を決めたほうが勝つ。己が危ないまねをしなくとも、誰かがやってくれる。あるいは、あいつがかかっている隙に背後から、などと考えたときに負けは始まっているのだ」

弟弟子に稽古をつけるように、聡四郎が教えた。

「しかし、もう教訓を生かすことはない」

聡四郎がふたたび奔《はし》った。

「うわあ」

逃げ腰になっていた男たちが、算を乱した。

「船頭。岸へ岸へ」

職人の姿をした男が叫んだ。

「へっ、へい」

帆を張ろうとした船頭が、崩れた。その背中に矢が突きたっていた。

「なにっ」

一瞬、聡四郎もなにがあったかわからなかった。

「旦那」

「殿」

敵と対峙していた二人が、聡四郎のもとに駆けつけた。

盾になるように聡四郎の前後を囲む。

「あそこを」

大宮玄馬が、艫《とも》の先を指さした。

「あれは小早《こはや》か」

聡四郎たちの船より半丁（約五五メートル）ほど向こうに小舟が二艘浮いていた。

「三つ葉葵の幟《のぼり》」

風の向きで見えなかった幟が、ひるがえった。白地に黒で三つ葉葵が染められていた。

「尾張藩熱田奉行所の者だ。神妙にいたせ」

小早の舳先《へさき》に立った藩士が、大声で怒鳴った。聞いたとたん襲撃者たちが、啞然として動かなくなった。

「旦那。みょうなことになりやしたね」

警戒を解かず、袖吉が言った。

「ああ。尾張藩の表《おもて》が出てくるとは、意外だったな」

聡四郎も驚いていた。

「宮の立て場から、船が一艘乗っ取られたとの訴えがあった。お調べをいたす。刀を捨てよ。さもなくば撃つっ」

小早には弓の他に鉄炮まで用意されていた。

「どうしやす。ずどんと撃って海に投げちまえば、跡形もなくあっしらを消せますぜ」

袖吉が緊張した。

「小早のほうが、背が低い。弓なら当てられても、鉄炮では無理だ。矢にだけ注意していればいい。しばらくようすを見よう」

そう言った聡四郎は、太刀を右手にさげた。鞘には納めず、そのままの体勢で、小早に声をかけた。

「幕府勘定吟味役、水城聡四郎である。公用の旅程中、狼藉者に襲われ、やむをえず討ち果たした。貴公の名前をお訊きしたい」

「なんとご公儀のお方か。拙者、熱田奉行所与力八千穂源太《やちほげんた》と申す。他の者は同じく奉行所の同心どもでござる」

小早の先端に立っていた与力が名のった。

「狼藉者ども。大人しく縛《ばく》につけ」

小早から鉤棒が伸ばされ、船縁に打ちこまれた。鉤棒をたぐって小早が、船に接舷した。小早を操っていた小者が、猿《ましら》のように鉤棒を伝って船に渡ってきた。

その小者が船から垂らした縄ばしごを登って八千穂たちが乗りこんできた。

「どう思いやす」

袖吉が、疑いのまなざしで八千穂たちを見た。

「信用はできんな。尾張藩とはいろいろありすぎたしな。それにあまりに登場の機が、ちょうどにすぎる」

聡四郎も警戒を解いていなかった。

「鉄炮を背負ってまする」

最後に縄ばしごを使って上がってきた同心の背中には、火縄銃がくくりつけられていた。

「火もついてますぜ」

めざとく袖吉が、火縄から出る煙を見つけた。あとは火口《ほくち》を開ければ、いつでも発射できる状態であった。

「まずは、刀をお引きめされ」

聡四郎から離れたところで立ち止まった八千穂が、命じた。

「先に曲者《くせもの》どもの得物を取りあげるべきと愚考するが」

聡四郎は、先に刀を納める気がないことを言った。

「ご身分はお聞きいたしましたが、ここは尾張藩の領内。おしたがい願えねば、いささか面倒なことになりかねませぬ」

八千穂も強硬な姿勢を崩さなかった。

「殿」

緊迫した声で、大宮玄馬が注意をうながした。見ると小早に残っていた同心が矢をつがえていた。

「あたるものではない。これだけの距離があれば、弓というのは狙われているとわかっていて避けられぬほど速いわけではない」

ぎゃくに聡四郎は太刀を青眼に戻した。

「八千穂どのと言われたか。あの弓矢はいかなる意味か。幕府役人への脅しか。それとも身分は偽りで、きさまらもこの賊の仲間か」

聡四郎が咎めだてた。

「くっ」

痛いところをつかれて、八千穂がうめいた。

「こりゃあ、来ますぜ」

いつでも動けるようにと、袖吉が身体の力を抜いた。

火縄銃を同心が構える。船上にふたたび緊張が満ちた。

「おおおい。大丈夫か」

そこへ、大声が割りこんできた。

船の上にいた人々の目がいっせいに、声のほうへ向いた。小早とは反対側に一艘の荷船が近づいていた。

「こっちは桑名の伊勢《いせ》屋が廻船《かいせん》だが、どうしたい。見れば熱田の渡し船のようだが。こんなところで漂泊なんぞして。舵《かじ》でも折れたか」

荷船の船頭が船を艫に寄せてきた。

「我らは熱田奉行所の者だ。この船は、詮議のことがあるゆえ留めておる。かかわらず、さっさと行け」

八千穂が、近づくなと命じた。

「へえ。それはおそれいりやした。おい。船を戻すぞ」

船頭が舵取りに、進路変更を告げた。

「船頭さんよ。伊勢屋と言えば、あの津《つ》の湊《みなと》に本店のある廻船問屋の伊勢屋さんかい」

それを見た袖吉が、口を開いた。

「おうよ。この船は、その伊勢屋の桑名湊の持ち船だ」

船頭が答えた。桑名は親藩松平《まつだいら》家の城下で、熱田の宮から出た渡しの着く湊である。宝永七年（一七一〇）備後福山《びんごふくやま》から移封《いほう》してきたばかりの松平家は、家康の血筋であった。家康の娘亀姫《かめ》が奥平信昌《おくだいらのぶまさ》のもとに嫁して産んだ子供が、松平の姓を許されて始祖となった。

家康から直接名前をつけられるほど可愛がられた家系は、老中などの役職に就くことはなかったが、幕府でも特別の家柄としてあつかわれていた。現当主忠雅《ただまさ》も伊勢桑名に転封になったあと、親藩として幕政の相談にあずかるべしと溜間《たまりのま》詰《づめ》を命じられ、侍従《じじゅう》に進んでいた。また、この五月には、家継将軍宣下の御礼の使者として京へ上り、天皇へ拝謁《はいえつ》するという功績をなしていた。

いかに御三家の尾張といえども、無理押しのできる相手ではなかった。

「懐かしいな。その訛《なま》り。おいらも伊勢の出よ。今は江戸で勘定吟味役を務める水城家の小者をさせていただいている」

袖吉が、さりげなく身分を告げた。

「そりゃあ、出世じゃのう。ということは、そちらのお方がお勘定吟味役さまか。……へっ」

聡四郎に目を向けた船頭が驚愕の声を漏らした。聡四郎の手にある血刀に気づいたのであった。

「そ、それは」

船頭が口ごもった。

「賊が襲い来たので、返り討ちにいたしたのだ。その詮議に尾張藩熱田奉行所与力八千穂どのが出向いてこられたところだ」

袖吉の意図を悟った聡四郎が、相手の名前も伝えた。

「くっ」

八千穂の顔がゆがんだ。これで闇から闇へ始末することはできなくなった。さすがに荷船まで襲って皆殺しにすることは不可能であった。

「御用中ゆえ、このまま足止めされるのも不都合なのだが。伊勢屋の船よ、どこまで行くのか」

「熱田の宮まで酒を運んで参りやす」

聡四郎の問いに船頭が答えた。

「ちょうどいいや。旦那、あちらに乗せてもらいやしょう。公用旅で遅れるわけには参りやせん。なにより、この船の船頭は、さきほど賊に殺されてしまいやした。動かすにしても、熱田から人を連れてこないといけません。待っていれば、このまま船のなかで夜明かしになりかねません」

名案とばかりに、袖吉が告げた。

「かまわぬかな」

聡四郎が船頭に尋ねた。

「こちらは構いやせんが……」

船頭が八千穂を気にする。

「よろしいな。なにかご疑問があれば、江戸本郷御弓町、水城聡四郎までお訪ね願いたい」

「いや、人殺しがあったのでござる。このままというわけには」

止めようとした八千穂を、聡四郎はさえぎった。

「御用中であるぞ」

抑えつけるように聡四郎が口にした。

「ぐっ」

八千穂が唇を噛んだ。

「ではな」

太刀に拭いをかけてから、鞘に戻して、聡四郎は船縁の高さが近い荷船へと移った。大宮玄馬と袖吉も続いた。

「では、ごめんなすって」

船頭が八千穂に頭をさげて、船を出した。

遠ざかっていく荷船を見送りながら、八千穂が苦い顔をした。

「情けなきことだ。十六人もいて、三人を傷つけることさえできぬとはな。勇猛《ゆうもう》果敢《かかん》、味方にした者が天下を取るとまでうたわれた木曾衆も落ちたな」

「おのれ、無礼な……」

生き残っていた襲撃者の一人、職人体《てい》の男が憤慨した。

「石河どのがご厚意も無駄になったか。尾張藩士として侍身分になることは、夢となったな」

八千穂が追い打ちをかけた。あきらかなやつあたりであった。

木曾衆は壬申《じんしん》の乱までさかのぼる歴史を持つ。大海人皇子《おおあまのおうじ》の挙兵に応じ、騎馬をそろえて参集し、瀬田《せた》で大友《おおとも》皇子の軍勢を破ったことに始まり、源義仲《みなもとのよしなか》の平家《へいけ》討伐の原動力ともなった。耕作地の少ない木曾の山中に住んでいることから、忍や雇われ兵として出稼ぎしなければ生きていけず、代々武を受け継いできた。不幸なことに、その独特の形態から一つの勢力として徳川に組みこまれず、郷士《ごうし》として半農半士のあつかいしか受けられなかった。

歴史の変動に手を貸しながら、利を手にできなかった木曾衆にとって、士分となることは悲願であった。

「船を熱田へ戻せ。死体は衣服をはいで、海に捨てろ。証を残すことはできぬ」

八千穂の命で、仲間たちが海に投げこまれていくのを、木曾衆たちの生き残りは歯噛みしながら見送った。

「もう一度だけ、機会はあるようだな。幸いなことに、勘定吟味役どもは、熱田から陸路で桑名へ向かうようだ」

小さくなった荷船を指さして、八千穂が木曾衆に語った。

日暮れ前に宮に戻った聡四郎たちは、夜旅をかけた。名古屋の城下までは二里（約八キロ）しかない。黒々とした名古屋城の影を横目に見ながら、三人はさらに足を延ばした。

あと少しで尾張藩領を出るというところで、聡四郎たちは木曾衆の第二陣の襲撃を受けた。

木曾衆たちが、得意の馬を駆って聡四郎たちを追ってきた。

「領内だと思って派手なことを」

月に槍の穂先を輝かせながら迫ってくる木曾衆に、聡四郎があきれた。

「まったくで」

袖吉が懐から匕首《あいくち》を出した。

「殿。後ろに」

かばうように、大宮玄馬が前に出た。

「無用ぞ。玄馬、背中を頼む」

小太刀で高さのある馬上槍《ばじようやり》と戦うのは至難である。聡四郎は太刀を抜くと、馬に乗った木曾衆が駆けてきた。槍を手もとにたぐりこみ、力をためて突きだした。

大宮玄馬を制した。

最短で迫る槍の穂先を、聡四郎は肩にかついだ太刀で迎え撃った。

鎧兜を身につけた武者が走りまわる戦場で生まれた一放流である。槍とのやりとりも技のうちであった。

乾いた音をたてて、槍の穂先が飛んだ。

「任せたぞ、玄馬」

勢いのまま後ろへと抜けていく木曾衆の後始末を大宮玄馬に委《ゆだ》ねた聡四郎は、二騎目に向けて足下を固めた。

太刀の峰を右肩に置き、腰を落とす。一放流必殺雷閃の構えであった。

「があああああ」

戦場往来の胴間声《どうまごえ》を張りあげて二人目の木曾衆が、馬上で太刀を上段にあげた。五間（約九メートル）の間合いなど、騎馬から見れば一呼吸である。まばたきする間で、馬が二間の間合いに入った。

「おうりゃああ」

全身の力を放出するかのように、聡四郎は叫んだ。

重い手応えが聡四郎の腕をしびれさせ、騎乗の木曾衆が落馬した。

「ぬん」

聡四郎は、残心に入ることなく、返す刀を斬りあげた。

「ぎゃっ」

続いて聡四郎の左を抜けようとした三騎目の木曾衆の右足を、一刀がしたたかに斬った。

地に落ちて激痛にうめく木曾衆に、袖吉が止《とど》めを刺した。振り返った聡四郎は、大宮玄馬の小太刀を受け、最初の槍遣いが鮮血に染まって空をつかむのを見た。

「三人だけのようだな」

耳を澄ました聡四郎は、他に音も殺気もないことを確認した。

「尾張藩の藩士にしては身形が貧しいようで」

すでにこときれている木曾衆たちを見おろして、袖吉が言った。

「ああ。だが、馬は見事なものばかりだ」

聡四郎は、主を失い歩みを止めた馬たちに目をやった。

「どちらにせよ、先を急いだほうがよいでしょう。ここは尾張藩の領内。敵はいくらでも補充がききまする」

「そうだな」

大宮玄馬のうながしに応じて、聡四郎は歩きはじめた。

翌早朝、白々明けに桑名へ入った聡四郎たちを、湊のすぐ側、廻船問屋伊勢屋の前で待っていた人物がいた。

「お早いお着きで」

「そうか、おまえの店か。紀伊国屋」

聡四郎は昨日のからくりに思いあたった。

「今のところは、礼を言っておこう。助かった、紀伊国屋」

助けられたことに対して、聡四郎はすなおに礼を述べた。

「いえいえ。要らぬおせっかいだったようでございます。船頭から聞きました。鉄炮に狙われても動じておられなかったと」

感心した声で紀伊国屋文左衛門が告げた。

「よく船の上で襲撃されるとわかったな」

「そこは、蛇《じゃ》の道は蛇《へび》と申しますで」

紀伊国屋文左衛門が笑った。

「おのれが蛇だとは自覚しているんだ」

まぜっかえすように、袖吉が口を出した。

「あなたには言われたくありませんな。伊勢の出だそうで」

きびしい言葉が、紀伊国屋文左衛門から袖吉に返された。

「ちっ。調べたのか」

「半日で十分でしたよ。いやあ、なかなかにあなたは有名なようだ」

下卑《げび》た笑いを紀伊国屋文左衛門が浮かべた。

「よせ。人には知られたくないこともある。紀伊国屋、おぬしもたたけばほこりが出る身体ではないか」

険悪な雰囲気になった二人の間に、聡四郎が割って入った。

「ございますなあ。それこそ、ほこりまみれで」

悪びれることもなく、紀伊国屋文左衛門が肯定した。

「このようなところで、お話もなんでございましょう。店のなかで朝餉など」

「ちょうだいしよう」

迷うことなく聡四郎は首肯した。そろそろ紀伊国屋文左衛門の本音を聞いておきたくなったのだ。

伊勢屋で働く者たちと同じ、炊きたての飯に、味噌汁、漬けものだけの朝餉は、質素ながら夜通し歩いてきた聡四郎たちにとってごちそうであった。

「紀伊国屋、なにが目的だ」

食べ終わった聡四郎は、まっすぐに訊いた。

「前も申しあげたとおりで。わたくしは、この日の本を開きたいのでございますよ。もっとも今の段階で、それが無理なことは百も承知しておりますが」

「いや。そうではない。このたび、最初から拙者の助けをなしてくれているようだが、その理由を問うている。どう言いかえても、拙者と紀伊国屋は敵のはずだ」

最初の出会いからして聡四郎と紀伊国屋文左衛門は悪かった。紀伊国屋文左衛門は、紅を人質に聡四郎の命を狙ったのである。

「まだおわかりではございませんか。隠居する前のわたくしは、たしかに水城さまの敵でございました。なれど、すでに表舞台からは降りました。この旅の間、わたくしは水城さまの敵でも味方でもございませぬ」

「ごまかすな」

はっきりとしない答えに、聡四郎がいらだった。

「嘘ではございませぬ。わたくしは間近で見ていたいのでございますよ。あなたさまの行く末を。六代さまきっての股肱《ここう》の臣《しん》新井白石さまに見いだされ、七代さまの寵臣間部越前守さまの弱みを握っている水城さまが、八代さまの御世ではどうなられるか。いえ、八代さまにどなたさまを選ばれるのかを」

「拙者では手の届かぬことではないか。七代さまに和子さまがおできになるかどうかさえわからぬときに、八代さまをどうするかなど」

紀伊国屋文左衛門の言葉に、聡四郎はとまどった。

「もちろん、このまま七代さまがお子さまをお作りになり、代々お血筋が続いていくかもしれませぬ。ですが、そうはいかぬだろうとわたくしは感じております。いえ、知っている」

「紀伊国屋」

その意味することに聡四郎は気づいた。紀伊国屋文左衛門は、家継には子供が生まれないと告げているのだ。

「ここは江戸ではございませんし、それに町人のたわごと。目くじらをたてるほどのことでもございますまい」

聡四郎の警告を、紀伊国屋文左衛門はあっさりと流した。

「うなずきかねるが、咎めるわけにもいかぬな」

言いぶんを聡四郎は認めた。

「で、のぞみはなんだ」

あらためて聡四郎が尋ねた。

「とりあえず、ご一緒させていただけますかな、京まで」

紀伊国屋文左衛門が願った。

「冗談じゃねえ。いつ寝首をかかれるかわかったもんじゃござんせんよ」

すぐに袖吉が反対の声をあげた。

「さようでございまする。身中に虫どころか、毒を飼うようなものでございまする」

大宮玄馬も、ものすごい形相で拒否した。

「待て」

激昂《げきこう》する二人を、聡四郎は抑えた。

「紀伊国屋、よいのか。おぬしの飼い主が黙っておるまい」

「わたくしが、水城さまと同行旅をしたぐらいで、お怒りになるほど狭量《きょうりょう》な方ではございませんよ」

「主はそうでも、ほかの飼い犬はわからぬだろうが」

「それはそうですが。一緒にいさせていただくあいだは、お守りいただけますでしょうし」

しれっと紀伊国屋文左衛門が口にした。

「ふざけるねえ。背中から刺すことはあっても、誰がおめえの身を守るようなまねを……」

主の一人娘紅に刃物を突きつけられただけに、袖吉が激した。

「落ちつけ、袖吉」

袖吉に命じたあと、聡四郎は紀伊国屋文左衛門に顔を向けた。

「拙者も袖吉と同じ思いだ。紀伊国屋、おまえは女を人質にした。それは男として、いや人として、してはならぬこと。あのときの憤《いきどお》りを拙者はまだ忘れていない。そして、その言葉、まっすぐ信じるほど拙者も甘くはない。しかし、おぬしの変化も気になる」

聡四郎は、一拍の間をおいた。

「同行を許そう。ただし、みょうなまねをしたら、その場を去らずに斬る。そして、おぬしが襲われたとしても、我らは手出しをせぬ。それでよいならかまわぬ」

「旦那」

「殿」

袖吉と大宮玄馬が顔色を変えた。

「けっこうでございますよ。まあ、相模屋のお嬢さんと違って、わたくしはご覧のとおりのむさ苦しい男。守ってやる気にはなられずともしかたないですな」

あっさりと紀伊国屋文左衛門が首肯した。

「旦那、後悔しやすぜ」

一度決めたことを聡四郎は変えないと知っている袖吉が、あえて忠告した。

「すまんな」

真からの心配とわかっていた聡四郎は、頭をさげて詫びた。

「はあ。しかたありやせんや。こういうお人とわかって惚れたんで」

袖吉が、大きく嘆息した。

第五章　遠国の風

一

桑名からは平穏であった。

残り京まで三十里（約一二〇キロ）弱、聡四郎たちは次の泊まりを関《せき》の宿にすべく急いだ。桑名から関までは十里（約四〇キロ）しかないが、山道が続きかなり歩きにくかった。その行程を聡四郎たちに遅れることなく、紀伊国屋文左衛門はよくついてきていた。

「駕籠にのってよいのだぞ」

石薬師《いしやくし》の宿、その手前にある杖衝《つえつき》坂で聡四郎は紀伊国屋文左衛門を気遣った。

「ありがたいお言葉でございまするが、これでも若いころは己の足だけで、江戸と伊勢を行き来しておりました。このぐらいで音《ね》をあげていては、この先おもしろいことを見逃しかねませぬ」

荒い息をつきながらも、紀伊国屋文左衛門はかたくなに聡四郎の隣を離れなかった。

「ご家督《かとく》を継がれるまでは、ずっと剣術ばかりを」

乱れる息のなかから、紀伊国屋文左衛門は質問をやめなかった。

「それしかすることがなかったからな。剣術は束脩《そくしゅう》さえ払ってあれば、金がかからぬ。部屋住みのころは、びた銭にも不足していた」

「ご養子のお話はございましたでしょう。さすがにご家禄以上のところからはそうございませんでしょうが」

「まったくなかったぞ。読み書きはなんとかできるが、なにせ勘定のことはなにもわからぬ。勘定筋の者として、恥ずかしいほどだったからな」

聡四郎も隠すことなく、語った。

話し相手が欲しくて道連れになった者同士のように、歓談しながら歩く聡四郎と紀伊国屋文左衛門をあきれた顔で袖吉が見ていた。

「肚が据わっているんだか、なんにも気にしていないのだか」

「殿は、細かいことが苦手なのでございますよ。あの者とのことも、なにかあってから考えればいいと思っておられるので」

大宮玄馬も嘆息した。

「何十年のつきあいのように見えますぜ。まったく妬《や》けちまう。おっと悋気《りんき》は女の特権でしたっけ」

「人それぞれでござろう」

袖吉の言葉に大宮玄馬が吹きだした。

二人とも紀伊国屋文左衛門を疑っていたが、警戒はしていなかった。度胸はあっても、武術の心得はない紀伊国屋文左衛門では、どうやっても聡四郎に傷一つつけることは無理だとわかっているからだ。

関の陣屋伊藤平兵衛《いとうへいひょうえ》方で一夜を過ごした一行は、草津《くさつ》の宿を目指した。

草津の宿場は東海道でも指折りの宿場である。城下町ではないので、家の数は小田原におよばなかったが、本陣が二軒、脇本陣が一軒あった。

草津が繁華な理由は、東海道と中山道、そして伊勢街道が交差する場所だからである。

京以西に領地を持つ大名は、江戸への参勤の途上、かならずといっていいほど草津に宿を取った。

日が暮れ前に草津の宿に入った聡四郎たちは、本陣にわらじを脱がなかった。すでに本陣には参勤に向かう大名が泊まっていた。

「定宿《じようやど》はあるのか」

聡四郎は、本陣の前に大名家の名前を入れた大きな宿看板がさがっているのを見て、紀伊国屋文左衛門に問うた。

「はい。野村《のむら》屋九兵衛《きゆうひようえ》方が、わたくしどもが使っております宿で」

紀伊国屋が案内したのは、東海道に面した旅籠であった。

ごろ寝するだけの木賃宿と違い、旅籠は宿泊客に部屋と夜具、そして食事を提供する。よほど混みあわないかぎり、他の客と相部屋にすることはなかった。聡四郎たち一行四人は、紀伊国屋文左衛門の顔もあって街道に面した二階、次の間がついた上部屋に通された。

「立派な部屋だが、これでいくらだ」

聡四郎が問うた。

本陣宿の宿泊代金は決まっていない。その土地の名門として、来客を迎えるとの体裁を取り、礼金という形で代金を受けとる。したがって主だけが礼金を払えばよく、供の者たちの代金はそれこそあってなきにひとしかった。本陣での一夜の宿と食事で金百疋《ひやっぴき》、通貨にして金一分《ぶ》、銭になおして一千五百文が慣例であった。ただ、財政の逼迫している大名などは、それも払えず、数百文ですませることも多かった。

「この部屋で朝夕の食事をつけて、一人三百二十文で」

「高いのか」

相場を知らない聡四郎が、袖吉に訊いた。

「へい。木賃宿なら数十文、ちょっとした旅籠で飯食って二百文ちょっとが普通でやすからねえ。この金額はなかなか払えるもんじゃござんせん」

袖吉が贅沢な話だと顔をゆがめた。

「定宿だと言ったが、使用人たちもここを使うのか」

ふと聡四郎が気になった。

「さようで」

「その費用は」

「もちろん、店が支払いまする」

聡四郎の質問に、みょうなことを訊くと、紀伊国屋文左衛門が首をかしげた。

「いや、使用人にはもっと安いところをと思ったのでな」

すなおに疑問について聡四郎は告げた。

「ああ。そのような店もあると聞きまするが。それは大きなまちがいで。旅は疲れるものでございまする。その疲れを残したまま取引に入っては、考えがまとまらず相手の思うがままにされてしまうことになるやもしれませぬ。わたくしは商人。取引で儲けたかどうかが、お侍さまで言う戦に勝ったかどうかで。十分休養を取って意気のあがる兵こそ、戦場で活躍する。使い捨てるつもりで雇った者は、主のために必死にはなってくれませぬ」

紀伊国屋文左衛門が、聡四郎を諭すように語った。

「なるほどな。それが人を使うこつか」

思っていた紀伊国屋文左衛門と、実像の違いに聡四郎は驚いていた。


草津から京までは六里（約二四キロ）と少ししかない。早発ちの一行は、昼すぎに三条《さんじょう》大橋に着いた。

「拙者たちは、京都所司代《しょしだい》の組屋敷に参るが、紀伊国屋はどうする」

三条大橋の袂《たもと》で、聡四郎は尋ねた。

「定宿は、四条《しじょう》にあるのでございますが。よろしければ、お供させていただけませぬか」

紀伊国屋文左衛門が、同宿したいと願った。

「厚かましいにもほどがあるぜ、紀伊国屋」

袖吉が、声をすごませた。

「組屋敷だ。部屋と夜具は貸してくれるが、食事の手当ては自弁になる。それでもかまわないか」

聡四郎が念を押した。

「けっこうでございますとも。そのあたりのことは、なんとでもできましょうから」

喜んで、紀伊国屋文左衛門がうなずいた。

「甘すぎやしやせんか、旦那」

あきれた袖吉の顔がきびしくなった。

「京にいることがわかっているのに、目の届かないところに行かれるよりましではないか。手もとに置いておけば、見張れよう」

苦笑しながら、聡四郎は説明した。

「旦那がそうおっしゃるなら、よござんすがね」

お手あげだとばかりに、袖吉が首を振った。

遠国《おんごく》へ赴任《ふにん》ではなく、派遣された者の宿舎は、もとからある組屋敷の空《あき》長屋と決まっていた。京都所司代の用人に着任のあいさつをすませた聡四郎は、二条《にじょう》城の北に位置する組屋敷に草鞋を脱いだ。

五百五十石勘定吟味役に与えられる屋敷は、かなり大きい。といったところで、諸藩の江戸屋敷におけるお長屋と同じなので、本郷御弓町の屋敷にくらべると手狭であるが、四人なら寂しいほどであった。

「失礼して、出て参ります」

紀伊国屋文左衛門が、荷物を置くなり外出した。後を追った袖吉がすぐに帰ってきた。

「早いな」

まだ旅装も解けていない聡四郎が驚いた。

「紀伊国屋の野郎、隣の屋敷の主に話をつけて、女中を一人借りやした」

袖吉が、紀伊国屋文左衛門の行動を告げた。

「なるほどな。男四人じゃ、飯のことも洗濯も困るからな」

聡四郎と大宮玄馬は、入江無手斎からしつけられているので、身の回りのことならひととおりこなせるが、役目があるだけにそんな手間をかけてはいられなかった。

翌日から聡四郎は、京の町を探索し始めた。まず、守崎という名前を探すことにした。町中で噂を集める袖吉と別れて、京都町奉行所へ向かった聡四郎は、与力に協力を求めた。

「京都町奉行所例繰方《れいくりかた》与力、工藤左近《くどうさこん》でござる」

対応に出てきたのは、初老の与力であった。

例繰方とは、町奉行所与力のなかでも、吟味方《ぎんみかた》や年番方《ねんばんかた》にくらべて地味な役職であったが、実務に長《た》けた経験豊かな者が任じられる難しい役目であった。

過去、町奉行所があつかった事件いっさいの他に、江戸町奉行所や他の遠国奉行所から回されてきた事例すべてを保管するのが例繰方の仕事である。

もちろん、文書を保管するだけではなく、その内容にも精通していなければならなかった。

「守崎でござるか」

工藤左近が首をかしげた。

「記憶にございませぬ」

ほんの数瞬で、工藤が首を振った。

「侍身分ならば、町奉行所のあつかいにならぬのではないか」

「いえ。諸藩の藩士が起こし、内済ですませたものまではわかりませぬが、表沙汰になったことならば、細大漏《さいだいも》らさず保管されておりまする」

聡四郎の問いに、工藤左近がむっとした顔を見せた。

「これはすまぬことを申した」

「いえ」

すぐに詫びた聡四郎に、工藤左近は表情をゆるめた。

「ならば、尾張家にかかわりのある件はござらぬか」

聡四郎は、切り口を変えた。

「尾張さまでござるか」

ふたたび、工藤左近が沈思《ちんし》した。

「尾張家の京屋敷は四条上る山伏山町《やまぶしやまちょう》の西でござったな……ここ数年、尾張のご家中がかかわられたもめ事のたぐいはなかったと思いまするが」

「数年ではござらぬ。十年、いや二十年になるやも」

守崎頼母の年齢から考えて、それぐらい前でないと話があわないと聡四郎は考えた。

「しばらくお待ちを」

町奉行所の客あしらいの間から、工藤左近が出ていった。

半刻（約一時間）ほど待たされた聡四郎は、戻ってきた工藤左近の表情から無駄だったと悟った。

「残念ですが、お役にたてませぬ」

形だけながら、工藤左近が謝罪した。

「お手間を取らせた」

これ以上追っても無駄と聡四郎はあきらめて、町奉行所を出た。

組屋敷に戻った聡四郎を袖吉たちが待っていた。

「どうだった」

「かんばしくございませんねえ。まったくなにも聞こえてきやせん」

収穫なしと袖吉が報告した。

「こちらもだ。無理もないか。京で大名がなにかすることを、幕府は極端に嫌うからな」

幕府は朝廷からの委任で政をおこなうとの形を取っている。形式だけとはいえ、朝廷は将軍の任命権を持ち、諸事《しょじ》を命令することができた。戦国時代、武田信玄《たけだしんげん》、上杉謙信《うえすぎけんしん》、今川義元《いまがわよしもと》と上洛《じょうらく》を競ったのはそのためである。朝廷を押さえれば、幕府に歯向かうだけの大義名分を手にすることができた。

京は、幕府にとって警戒すべき地であった。

「外様の大名のなかには、いまだに京を避ける家もあるぐらいだからな」

疑われただけでも家に傷がつきかねないと、わざわざ参勤の行程から京を外す大名もいた。

「まあ、一日やそこらで知れることなら、新井どのも拙者を京まで来させることはない。期日があるわけでもない。腰を据えてじっくりとかかるとしよう」

京での初日は収穫なく暮れた。

ゆっくりかまえるといったところで、月の日数をかけることはできない。無為《むい》な日々が二桁に達したあたりから、聡四郎に焦りが出だした。

「まったく尾張家の影さえ見あたらぬ」

けわしい顔で、聡四郎が戻ってきた。

「旦那、落ちつきを。そうすぐにわかるようなら、いくらまぬけな尾張の連中でも、守崎頼母とその妹を藩主の側に置くことはござんせん」

「わかってはいるのだがな。これではいたずらにときを潰すだけではないか」

「殿……」

聡四郎の性格をよく知っている大宮玄馬が、気遣わしげな声を漏らした。

虎穴《こけつ》に入らずんば虎児《こじ》を得ずと火中の栗を拾いたがる。こうして聡四郎は何度も無茶をしてきた。

黙々と夕餉の膳をつついていた紀伊国屋文左衛門が、口を開いた。

「水城さま」

「なんだ、紀伊国屋」

京に着いてからほとんど絡んでこなくなった紀伊国屋文左衛門が、話しかけてきた。

「島原《しまばら》に足を運ばれたことはございますか」

「ない」

紀伊国屋文左衛門の問いに、聡四郎は一言の否定で答えた。

「いけませんなあ。京に来て都女《みやこおんな》の肌に触れないとは」

大仰《おおぎよう》に紀伊国屋文左衛門が、嘆息した。

「江戸の吉原、大坂の新町《しんまち》、そして京の島原。日の本を代表する三つの遊廓でございますよ。男と生まれたなら一度は遊んでみたいと思うのが当然」

「おい、紀伊国屋。要らぬことを旦那に吹きこむんじゃねえ」

紅から聡四郎の見張りを命じられている袖吉がすごんだ。

「御用で京へ来ておるのだ。遊廓などに足を踏み入れるわけにはいかぬ」

聡四郎も首を振った。

「お堅いことで。ですが、地のことは妓《おんな》に訊けとの言い伝えをご存じではない」

小さく紀伊国屋文左衛門が笑った。

「吉原の惣名主《そうなぬし》とおつきあいがおありのわりには……」

紀伊国屋文左衛門は聡四郎と吉原惣名主西田屋甚右衛門の交流を知っていた。

「むう……」

紀伊国屋文左衛門の皮肉に聡四郎はうなるしかなかった。

かつて西田屋甚右衛門が、遊女が客の口から聞いたことを聡四郎に報せてくれたことがある。そのおかげで聡四郎は増上寺と間部越前守の密約に気づいたのだ。

「寝物語を馬鹿にしてはいけませんよ。京の男も女の前では口も軽くなりましょうし」

言われて聡四郎も首肯した。

何度も権力争いという戦乱に巻きこまれたからか、京はよそ者にきびしい。独特の言い回しや風習もあり、とくに幕府の力を背にした江戸者は嫌われていた。

「なにも遊女と寝なくてもよろしいのでございますよ。酒を飲み、話をするだけでも、いろいろと聞けましょう」

まだふんぎりのつかない聡四郎に、紀伊国屋文左衛門が助け船を出した。

「よし。このままでは変わらぬ」

聡四郎は、立ちあがった。

二

島原も吉原とよく似た歴史を持っていた。その始まりは、原三郎左衛門《はらさぶろうざえもん》が豊臣秀吉に遊廓の設置を願い、二条柳町《にじょうやなぎちょう》に開いたことに由来していた。当初柳町と呼ばれていた島原は、江戸の吉原と同じく二条の城に近かったことから、郊外への移転を命じられ、京とは名ばかりの、洛西朱雀野《すざくの》へ追いやられた。総坪数一万三千四百五十九坪、六町からなる巨大な遊里ではあったが、丹波《たんば》街道沿いの僻《へき》地《ち》ということもあって、かつての隆盛《りゅうせい》にはおよびもつかないが、その格式は江戸の吉原を凌駕《りょうが》していた。

「急ぎましょう。夜遅く登楼《とうろう》するのは、床狙いと見られて嫌われます」

遊女といえども女である。身体だけが目当てとあらわにされて嬉しいはずはない。一夜かぎりの情とはいえ、そこに人の交流を求めるのは当然であった。

紀伊国屋文左衛門に引っ張られるようにして、聡四郎たちは京の町をまっすぐ南下した。

島原の造りは吉原と異なっている。

周囲を堀で囲い、外界と仕切っているのは同じだが、門をくぐってからが違った。

吉原なら大門からまっすぐ廓《くるわ》を貫く通りがあるのに比して、島原は客の目をさえぎるがごとく茶屋が壁のように連なっていた。

「まるで京のようでございましょう」

堀に架けられた橋を渡りながら、紀伊国屋文左衛門が言った。

「外からでは廓のなか、遊女屋の影さえいっさい見せないところなぞそのまま」

「そうだな」

吉原しか知らない聡四郎は、島原の雰囲気に落ちつかないものを感じていた。

「さて、こちらで。茶屋は酒を飲んで芸者を揚げるところ。本音は聞けやしません。男と女は肌をあわせて初めてつうじるもの。さあ、さあ」

先頭に立った紀伊国屋文左衛門が、ものめずらしそうにしている聡四郎たちを急《せ》かした。

茶屋町《ちゃやまち》に沿って南下すると、辻にあたった。

「これが吉原でいう仲之町通りにあたる胴筋で」

「まるで町屋のようではないか」

胴筋に足を踏み入れた聡四郎は、唖然とした。そこには遊廓の風景はなかった。ゆうに京の辻並の広さを持つ胴筋をはさむように六つの町屋があり、豆腐屋や紙屋、八百屋などが店を開いていた。さらに町屋の入り口にはそれぞれ門があり、木戸番がいた。

「おもしろいものでございましょう。江戸の吉原が、常ならぬ世を見せるために世俗と隔絶しているのに対して、島原は一歩なかへ踏みこめば普段どおり。客は日常のまま妓とたわむれ、そのままいつもの生活に戻っていく」

紀伊国屋文左衛門が、歩みをゆっくりとしたものに変えた。

「都では、このような遊女のありようがあたりまえなのか」

珍しいものばかりに袖吉が首を左右に向けて感心した。

「それだけに、客と遊女のかかわりは、吉原よりも深いかも知れませぬ。吉原はどうしても夢うつつのなかでの交わりですが、しかし、島原は店売りの声が聞こえるところでのつきあい。どちらがより客との壁を薄くするかは、申さずともおわかりでございましょう。おっと、行きすぎるところでございました」

あわてて、紀伊国屋文左衛門が左に曲がって辻に入った。

「わたくしも来るのは三度目でございますが、島原では中堅というところ。一夜五十匁《もんめ》の揚げ代がかかる太夫《たゆう》を二人抱え、大天神《おおてんじん》、吉原でいう格子《こうし》を八人持つ二文字《ふたもじ》屋で」

片手で暖簾《のれん》を持ちあげて、紀伊国屋文左衛門が聡四郎を誘った。

吉原と違い、島原では見世《みせ》でそのまま太夫を抱くことができた。

「これは紀伊国屋さま。ようこそのお見え」

客の名前を聞いた主惣兵衛《そうひょうえ》が、転がるようにして出迎えた。

「いきなりだけど、太夫の身体は空いているかい」

紀伊国屋文左衛門が問うた。

「はい。二人とも大丈夫でございまする」

「そうかい。じゃあ、太夫二人と大天神の美しいのを二人頼むよ。あと、酒と料理もね。足りないからと後追いを命じるのも面倒だから、多めに」

満足そうにうなずいて、紀伊国屋文左衛門が注文を告げた。

「承知いたしました。どうぞ、お二階へ」

惣兵衛の案内で、一行は二階の広間に腰をおろした。

「おおきに」

広間前の廊下で一度頭をさげて、遊女たちが入ってきた。

「どういう意味だ」

床の間を背にした聡四郎が右手に席を取った紀伊国屋文左衛門に問うた。

「お礼のあいさつで。おおいにありがとうございますが、なまったのでございますよ」

「男はんだけで、なんのお話で」

聡四郎についた太夫が、すねた顔をした。

「こちらはたいせつなお客さまだからね。よろしく頼むよ。これは少ないけど祝儀だ」

紀伊国屋文左衛門が、最初に懐紙の包みを太夫に渡した。

「皆にもな」

他の遊女たちにも同様にする。

「おおきに。こんなに。お姉はん、いただいてよろしいおすやろか」

包みをあらためた大天神が、息をのんだ。

「まあ、ぎょうさん。おおきに」

太夫も目を見張った。包みには小判が入れられていた。

「受けとっておくれ。その代わり、生涯忘れないほどの歓待を頼むよ」

「あい、あい」

現金なものである。遊女たちは花が咲いたように微笑みながら首肯した。

酒が運ばれ、宴席が始まった。

口べたな聡四郎や大宮玄馬を相手に座を盛りあげることができるほどに、紀伊国屋文左衛門は遊び慣れていた。半刻ほどで、遊女たちから硬さがとれたのを見計らって、紀伊国屋文左衛門が話題を振った。

「江戸と違って、都は歴史が古い。おもしろいことはないかな」

「神世の昔までさかのぼるのどすか」

紀伊国屋文左衛門についている太夫が問うた。

「さすがにそれじゃあどうしようもないよ。お名前ぐらいは知ってないと興味もわかないからね。そうだね、どうだろう、太閤《たいこう》さまから徳川さまに移ったとき以降ということにしては」

「ほんの最近のことでおすなあ」

思案に入った太夫が、袖吉の敵娼《あいかた》である大天神に顔を向けた。

「清水《きよみず》はん、お客さま方のお気に召すようなお話をご存じやおへんかえ」

はんなりとした口調で太夫が訊いた。

「そうどすなあ。お武家さまのお気を引くようなお話と言えば……血天井《ちてんじよう》のことなどいかがどすか。七条下るの養源院《ようげんいん》さんの本堂前の天井は、関ヶ原のときに落城した伏見の城から移築されたものだとかで、血の飛んだ跡がくっきり残っておるんやそうどす。なんでも鳥居元忠《とりいもとただ》さまとおっしゃる徳川方のお侍さまが、落城のおりにお腹を召された廊下だったそうで。いまだに落城の日になると、血がにじみ出てくるとか」

「それはおそろしい」

わざとらしく紀伊国屋文左衛門が、首をすくめて見せた。

「でももう少し、色気か金気の話はないかい。いくらなんでも遊廓で怪談話もないだろう」

紀伊国屋文左衛門が水を向ける。

「色町で女の話は御法度。日の本一の金満家、紀伊国屋文左衛門さまにお金の話は、興ざめどすが……」

清水がしかたないなという顔をした。

「太閤秀吉はんの隠し財《たから》のこと」

「おもしろそうじゃないか。金の茶室を造ったほどのお方だ。さぞや、すごいお金をお持ちだったんだろうねえ」

誘うように紀伊国屋文左衛門が身をのりだした。

「太閤はんは、お世継ぎだった秀頼《ひでより》はんが幼いことに心をくだかれたんどす」

そこにいたかのように、清水が語り始めた。

「御自身の死期を悟られた太閤はんは、万一豊臣の天下が潰れたときのためにと、大坂城に貯えられていた莫大な金塊を隠したんどす。命じられた金山《きんざん》奉行の幡野《はたの》某はんは、五百万両もの金を馬の背に積んで、多田《ただ》銀山の坑深くに埋めはったとか」

「五百万両もの小判とは豪儀な話だ」

袖吉が、あまりの金額に驚いた。

「小判やおへんえ」

清水が、小さく笑った。

「太閤はんの遺金は、全部大判《おおばん》どす」

「大判」

「それも今の金をけちったものとは違いますえ。天正《てんしょう》大判どす」

絶句した袖吉を諭すように太夫が教えた。

「天正大判か」

聡四郎はつぶやいた。かつて元禄小判改鋳《かいちゅう》のとき、流通している金貨を調べたことがあった。

「ご存じで」

気づいた紀伊国屋文左衛門が、すかさず訊いてきた。

「ああ。一枚の重さが十両（約一六五グラム）。金が七分《ぶ》以上含まれている。ちなみに元禄大判も重さは変わらないが、金は五分少々まで減っている」

「二分も削るとは、御上もけちくさいことをしやすねえ」

袖吉が首をすくめた。

「それに、今の大判と違い、江戸の大判座ではなく、京の細工師後藤徳乗《とくじょう》が打ちだしたものだ」

「二条両替町《りょうがえちょう》通り押小路《おしこうじ》上がるの後藤はんどすな」

太夫が答えた。

「知っているのか」

「あい。よくお見えくださるんどすえ。一度元禄に京で小判を打たなくなったころは、おみ足が遠のかれましたんやけど、再開されてからは、従来のように」

十年にならない昔のことだ。さすがに清水は覚えていた。

「元禄小判の改鋳か」

聡四郎は紀伊国屋文左衛門を見た。

年貢を主な収入としている幕府は、物価の上昇に対応できなかった。増えない収入、際限なくふくらむ支出、幕府はついに禁断の一手を打った。小判の品位を下げる改鋳であった。一枚の小判に含まれている金を減らし、そこから生みだした余剰を集めて新たな小判を鋳造したのである。つまり三枚の小判を四枚にしたのだ。勘定奉行荻原近江守の献策は、小判の値打ちを下げるだけではなく、幕府の信用をも失墜《しっつい》させる悪手だったが、背に腹はかえられなかった。

さらにこの改鋳は、荻原近江守に大きな利潤を生みだした。金の割合を少しごまかすだけで数万両が荻原近江守の懐に落ちることになるのだ。荻原近江守は、その利潤を一手にするために、京でもおこなわれていた小判の鋳造を禁止したのであった。

「やぶ蛇でしたかな」

にらみつけられた紀伊国屋文左衛門が、首をすくめた。

紀伊国屋文左衛門も荻原近江守と結託して、小判改鋳の儲けをたっぷりと手にしていた。その一件で聡四郎と紀伊国屋文左衛門は敵同士として出会った。

「なぜ再開させたのだ」

そのまま江戸で小判改鋳を占有していれば、儲けを分散させずにすんだはずだと聡四郎は疑問を口にした。

「一人だけ儲けていると、妬《ねた》まれるのでございますよ。人というのは、他人がおいしい思いをしているのに、己が分け前にあずかれないとなると、敵に回りますので」

暗に後藤家からの要求があったと、紀伊国屋文左衛門が匂わせた。

「それで後藤家の金回りがよくなったのか」

「なんのお話どすか」

置いてきぼりになった遊女たちの機嫌が悪くなった。

「悪かった、悪かった」

おどけるように紀伊国屋文左衛門が、頭をさげ、座を取りもった。


聡四郎と大宮玄馬は、島原に泊まらずに組屋敷へと戻った。形骸となっているとはいえ、武家の外泊は禁じられている。とくに聡四郎のように、幕府の誰からも憎まれていては、このていどの瑕瑾《かきん》でも命取りになりかねなかった。

「紀伊国屋の見張りに残りやす」

そう言って袖吉は、島原に残っている。

「殿」

聡四郎の半歩前で、提灯を差しだしていた大宮玄馬が、緊迫した声を出した。

「こんなところまで来るか」

闇からにじみ出てくる濃い殺気に、聡四郎は覚えがあった。

「きさまの行くところ、たとえ地の果てでもな」

辻脇に植えられている柳の陰から、黒覆面姿の永渕啓輔が現れた。

「お互いに、走狗というのは疲れるものだな」

冗談を口にしながら、聡四郎はさりげなく雪駄を脱いだ。

覆面の上からでもわかるほど、永渕啓輔が笑った。

「心配するな。今はおまえの命を奪わぬ。お許しが出ておらぬゆえな」

永渕啓輔が、首を振った。

「一つ教えてやろう」

「なんだ」

永渕啓輔の言葉に、聡四郎は首をかしげた。

「よけいなことに首を突っこむのは、命を短くするだけぞ」

「なるほど」

聡四郎は、永渕啓輔以外の殺気に気づいた。

「吉原と違い、島原の妓の口は軽い。それにもまして、遊女屋の主は信じられぬということだ」

言い終わると、永渕啓輔が背を向けた。

「まあ、おぬしの敵にもならぬだろうがな」

永渕啓輔が闇に溶けた。

「もう一つ。金座の後藤と、京の後藤は赤の他人ぞ。出自を調べてみるんだな」

声だけが聡四郎へと届いた。

「なるほどな。紀伊国屋文左衛門が島原に拙者を案内したのは、このためか」

後藤家を注視させるために、紀伊国屋文左衛門が聡四郎を島原まで連れだし、妓に金の話をさせたと聡四郎は悟った。

「罠《わな》でございましたか。おのれ、紀伊国屋」

脇差の柄に手をかけながら、大宮玄馬が憤慨した。

「違うぞ。これは、紀伊国屋文左衛門も予見していなかったことだろう。でなければ、あの黒覆面が参加しないはずはないからな」

何度となく命を狙ってきながら、みょうに勝負にこだわる黒覆面に聡四郎は一種の誇りを見ていた。

足を止めていた聡四郎と大宮玄馬を人影が囲った。いかにも無頼《ぶらい》という風体《ふうてい》の男たちであった。

「要らざることにお口出しししなはんな」

人影の一人が口を開いた。

「ご迷惑をこうむるお人が、いてはるさかいな。田舎もんは、そのあたりの機微《きび》がわからんさかいに困るわ」

これ見よがしに手にした長脇差を、無頼の頭領らしい男が見せつけた。

「このまま黙って江戸へ帰るというなら、見逃してやってもいいぜ。まあ、腕の一本は念書代わりにいただくけどな」

下卑た笑いを別の無頼が浮かべた。

「わかったであろう、これが紀伊国屋文左衛門の仕掛けでないと」

「はい。紀伊国屋文左衛門なら、このていどの者を何人よこしても意味がないことを知っておりまする」

聡四郎の言葉に、大宮玄馬が首肯した。

「なにほざいてんねん」

相手にされていないと気づいた無頼の頭領が怒った。

「刀も抜いたことないんやろう。そんな肚の据わってない二本差しなんぞ、張り子の虎より弱いわ。おい、ちょっと痛い目にあわしたれ」

頭領が、配下に命じた。

配下が動きだすより早く、大宮玄馬が脇差を抜いて、跳びだした。

「わっ」

いきなり動きだした大宮玄馬に対応できなかった無頼が、悲鳴をあげてさがった。

「遅いわ」

すばやい足運びで、大宮玄馬がついていった。

脇に垂らしていた脇差が、鳥の羽ばたきのように跳ねた。

「熱っ」

近づいた大宮玄馬に向かって、長脇差を振りあげようとした無頼が、悲鳴をあげた。

すでに大宮玄馬は、その男から次へと目標を変えていた。

「えっ、へっ。げっ、手が、手があ」

とまどっていた男の手首から先がなくなっていた。

「ちいい」

続いて大宮玄馬に狙われた男が、長脇差を突きだした。ぐっと腰を落として、大宮玄馬はその刃先の下をくぐり、脇差を伸ばした。

「なんだ」

よく研いだ日本刀の切れ味は鋭すぎ、痛みを与えないことがある。己の腰からはえたような脇差に混乱した無頼が、逃げようと身体をひねった。

「痛《いて》ええ」

自らの動きで傷口を大きくした無頼が、絶叫した。

「このやろう」

威勢のいい口だけは開いたが、次の無頼はすでに逃げ腰になっていた。

剣の修行などしたこともなく、精神を鍛えていない無頼の輩は、勢いにのると実力以上のものを発揮するが、一度臆病風に吹かれると弱い。

「逃げるんじゃねえ」

頭領が後ろを気にしだした配下を怒鳴った。

「たかが二人。度胸を見せんかい」

言いながら頭領が、長脇差を聡四郎に向けた。

「武士に抜き身を突きつけて、無事にすむと思ってはいまいな」

ゆっくりと聡四郎は、間合いを詰めた。

「やかましいわい」

まだ抜いていないうちにと、頭領が長脇差を振りかぶり、聡四郎目がけてたたきつけてきた。

「ぬん」

腰を少しだけ落として、聡四郎が太刀を抜き撃った。

勢いあまった頭領が、聡四郎の右を駆けぬけた。

「やったで」

勝ち誇った頭領が、振り返ろうとしたとき、重い音をたてて離れたところに長脇差が落ちた。

「まさか……」

見ていた配下の無頼たちが絶句した。

「そんなあほな……」

居合い抜きに聡四郎は、頭領の両腕を斬りとばしたのだ。

「に、逃げろ」

一人が悲鳴をあげて背中を見せた。たちまち無頼たちは崩れた。

「おい、連れて帰ってやれ」

やられた仲間を見捨てて敗走する無頼たちに、聡四郎が声をかけたが、そんなことで止まるはずもなかった。

「薄情なものでございますな」

常時携帯している鹿の裏革で、大宮玄馬が脇差を強くこすりながらあきれた。

「あんなものだ。戦でもそうであろう。いかに名将を擁《よう》していようとも、崩壊した陣を支えることはできないのと同じだ」

聡四郎も太刀に拭いをかけた。人を斬った刀には脂《あぶら》がつく。研ぎに出さなければ完全に取り去ることはできないが、そのまま鞘に戻せば数日で錆びついてしまう。そうならないように応急手当てとして、裏革で血と脂をこそげ取っておかなければならなかった。

「帰るぞ」

倒れてうめいている連中には目もくれず、聡四郎たちは歩きだした。

後藤家のことは京都所司代のもとにあった家譜《かふ》で確認できた。勘定奉行次席の格を誇る勘定吟味役である。書付を組屋敷まで持ち帰ることも許された。

「後藤家の先祖は藤原鎌足《ふじわらのかまたり》までさかのぼるときましたか」

鼻先に笑いをのせて、紀伊国屋文左衛門が言った。

書付を見ているのは、聡四郎、大宮玄馬、紀伊国屋文左衛門の三人である。先夜の襲撃のことを肚に据えかねた紬吉は、あの無頼たちの背後を探るために京の町に出ていた。

「名のある氏族は源平藤橘《げんぺいとうきつ》につながると言うからな」

聡四郎も苦笑していた。

「後藤家の初代祐乗《ゆうじょう》は、永享《えいきょう》十二年（一四四〇）の生まれ。実名を正奥《まさおき》といい、足利義政《あしかがよしまさ》に仕えた近習《きんじゅう》だったが、その細工の才を見いだされ、足利将軍家の刀剣装具衆に任じられた」

皆に聞こえるように、聡四郎は家譜を読みあげた。

「二代目、三代目は足利幕府から禄を与えられた。そして、四代光乗《こうじょう》のときに室町幕府が滅び、その後は織田信長へ誼《よしみ》をつうじた」

「織田信長公となりますと、天正大判は光乗が作でございますかな」

「いや、信長どのが天下通用の金貨として大判の作製を命じられたのは、五代徳乗がときだと記録にはある。これが金座の始まりのようだ」

紀伊国屋文左衛門の問いに、聡四郎は書付から答えを探した。

天下に通用する貨幣を造ることは、支配者の特権である。信長は天下統一の意思表示として、後藤徳乗に大判の作製の準備を命じた。しかし、あと一歩まで迫りながら、家臣明智光秀《あけちみつひで》の謀反《むほん》にあって横死《おうし》した。その跡を引き継いだ豊臣秀吉が、実際に天下を統一し、信長の始めた大判製造を徳乗に依頼した。

「こうして大判は天下通用の貨幣として造られたが、京だけではとても数が足りない。とくに京から遠い関東の地では、見たことさえない者がほとんどであった。これを憂いた徳川家康公は、豊臣秀吉に後藤家一門の江戸下向《げこう》を願われた」

ひな形となった貨幣の鋳造を願うことは、豊臣秀吉に家康が臣従《しんじゆう》した証でもある。秀吉は喜んで後藤家に人を出すようにと命じた。

しかし、後藤家が差しだしたのは、一族でさえない弟子の一人であった。

「選ばれたのは橋本《はしもと》庄三郎だった。庄三郎は元亀《げんき》二年（一五七一）に京で生まれたとなっている。父は長井藤左衛門《ながいとうざえもん》と称し、京極大膳大夫《きようごくだいぜんだいぶ》の家臣であったが、主家の滅亡で浪人となり、近江坂本《さかもと》に寓居《ぐうきよ》した」

そこで聡四郎は、読むのを一度とめた。

「そのあとどのような紆余曲折《うよきよくせつ》があったのかは、記されていないが、庄三郎は京に出て、後藤家に弟子入りした」

「家譜は、その家から御上に差しだされる由緒書《ゆいしよがき》と存じておりますが、あまりにはしょりすぎではございませぬか」

紀伊国屋文左衛門が、あきれた。

「その紆余曲折が知りたいのでございますがね」

「つごうの悪いことがあると白状しているに近い」

聡四郎も嘆息した。

「だいたいあやしすぎますな。庄三郎どのがおいくつで後藤家に弟子入りされたかもわかりませんが、まさか五つや六つということはございますまい。どんなに早くとも十歳にはなっておりましょうなあ。わたくしの店でも、丁稚《でっち》は早くても八歳でございますから」

「家譜が正しいとして、庄三郎が十歳になるのは、天正八年（一五八〇）か」

「すでに後藤家は大判の製造にかかっておりますな」

意味ありげに紀伊国屋文左衛門が言った。

「おそらく天下の主になるだろう信長の命を受けての大判製造、警戒は厳重を極めるだろうな」

聡四郎も応じる。

「そんなところに、縁戚でもなく、京に住んでいるわけでもない子供が、いかに才能があったとはいえ、弟子入りできましょうか。たしか、京の後藤家は当時、法眼《ほうげん》の位《くらい》にあったとか」

法眼とは、坊主や医者に与えられる官位のなかでもっとも高いものであった。紀伊国屋文左衛門は、それほど由緒のあるところが、得体の知れない子供を弟子に取ることはないだろうと言いたいのだ。

「そこを調べろと」

聡四郎は、紀伊国屋文左衛門に確認した。紀伊国屋文左衛門の思惑が見えなかった。

「庄三郎が生まれて、江戸へ下向するまでのおよそ三十年か」

腕を組んで、聡四郎は沈思した。

尾張藩も黙って聡四郎たちを見逃したわけではなかった。木曾衆の襲撃が失敗に終わったと知った石河は、すぐに次の手を打った。

「選《え》りすぐりを率い、ただちに京へ行け」

尾張藩最後の砦《とりで》、御土居下組《おどいしたぐみ》に命を下した。

御土居下組は、秘された者たちであった。表向きは名古屋城高麗《こうらい》門を警固する御庭足軽組《おにわあしがるぐみ》の一つとされていた。名古屋城本丸《ほんまる》の退き口、藩主脱出の出口となる鶉口《うずらぐち》である高麗門を警固することから、特別にあつかわれていた。御土居下組と呼ばれたのは、組頭である久道《くどう》家の屋敷が、高麗門を出た御土居下にあったことに由来している。

藩のなかでも御土居下組のことを知り、その真の役目を理解している者は少なかった。

「よろしいのでございますか」

御土居下組を束ねる久道陣弥《じんや》が、背筋を伸ばした。

「我ら御土居下組は、名古屋城落城の危機に藩主公をお守りするのが任。京へ刺客として出向くことは、ここを留守にすることになりまする」

久道が、念を押した。

藩主公の身辺警固を役目とする御土居下衆の矜持《きょうじ》は高い。

足軽に属していながら、常時袴を着け両刀を帯びることを許され、士分として遇されていた。高麗門の警衛以外に、藩主居室側に侍《じ》することもあった。直接声をかけられることも多く、家老職相手に臆することはなかった。

「心配するな。今、尾張に藩主公はおらぬ。藩主公なくば、御土居下の者に義務もない」

石河が、五代目が江戸にいることを理由に強弁した。

「たしかに。ならば、御土居下衆、全力をあげて勘定吟味役を排してみせましょう」

「うむ。見事なしたときは、加増《かぞう》の沙汰《さた》があろう」

先だってお旗持ち衆を追放した尾張藩である。数千石の禄が浮いていた。石河は、それを餌に御土居下組を鼓舞《こぶ》したのだ。有事には藩主の側にあり、再起を図るときの先鋒《せんぽう》でもある御土居下組とはいえ、禄高は生きていくこともむずかしい七石《こく》しかない。新しい収入をはかることは、御土居下組にとって重要なことであった。

「お忘れなきように」

初めて久道が、石河に頭をさげた。

御土居下組は、名古屋城三の丸北にまとまって住んでいる。

「参をかけたは、何用か」

石高に不相応なほど広い久道家の居間に、御土居下組十六家の当主が集まっていた。

「まずは話を聞いてくれ」

久道が、一同に石河から命じられたことを語った。

「ふうむ。加増か。どのくらいもらえるというのだ」

年長の御土居下衆が問うた。

「はっきりとした石高を告げはしなかったが、まず十石以上は確かであろう」

久道が答えた。

「少ないの」

一同を代表して、年長の諏訪十太夫《すわじゅうだゆう》が不満を口にした。

領地ではなく、禄米で給される下士の十石は、精米の目減りを計算すれば、実質九石の収入にあたる。それでも物価の高い正徳の世では、焼け石に水だった。

「せめて三十石は欲しい」

切実な思いであった。

御土居下組は、落城のおりに藩主を護って落ち延びていくという任務があり、そのために他の藩士にくらべて武芸の修練をとくに求められていた。

毎日の鍛錬を欠かせば、すぐに武芸の腕は鈍《なま》っていく。御土居下衆は、他の小身《しょうしん》の者のように内職に精を出すことができなかった。

「それはことをなしてから、要求すればよろしかろう。なにもせぬときから、願望だけを口にするのは、由緒正しき武士《もののふ》のいたすことではござらぬ」

久道が、諏訪の渇望を制した。

「では、京へ向かう者をつのりましょうぞ」

一同を見回して、久道が話をまとめた。

三

ようやく目標らしきものを見つけた聡四郎たちは、所司代の保管する書付と格闘していた。

「元亀二年（一五七一）といえば、比叡山《ひえいざん》の焼き討ちがあった年か」

手にしていた書付から聡四郎が、事象《じしょう》を読みあげた。

ときは、戦国のまっただなかである。

永禄《えいろく》十一年（一五六八）織田信長が京を押さえ、足利義昭《よしあき》を将軍に就けた。上洛を夢見ていた各地の大名たちに先んじた形だったが、信長の勢力は、畿内《きない》を掌握するにはいたっていなかった。また、武田信玄、上杉謙信を筆頭とする戦国大名は健在であり、さらに大坂には全国十万の信徒を擁《よう》する本願寺《ほんがんじ》があった。

信長と同盟していた家康にしても状況はきびしかった。三河一国と遠江《とおとうみ》、駿河の一部を領し、西を織田家に預けることができてはいたが、今川、武田の両家と国境を接し、戦に明け暮れる日々を送っていた。

「姉川《あねがわ》の合戦から比叡山の焼き討ち。近江をようやく織田信長どのが手にされたころでございますか」

大宮玄馬が、古老から聞かされた戦陣訓を思いだしながら言った。

「ああ」

姉川の合戦は徳川家に長く語り継がれてきた功名話である。浅井《あざい》、朝倉《あさくら》の連合軍と姉川をはさんで対峙した織田軍、あわせて数万の激戦を決したのは、わずか三千の徳川勢だった。

この勝利で、浅井、朝倉は勢力を失い、近江も信長の手に落ちた。

「家康さまも、このころは東に西にと座るまもなくとび回られたことだろう」

権謀《けんぼう》うずまく戦国において、最大の美談とまで賞されているのが、織田と徳川の同盟であった。永禄五年（一五六二）に結ばれた同盟は、織田信長が本能寺《ほんのうじ》の変《へん》で横死するまで、破られることなく続いた。

家康は信長の求めに応じ、何度も軍勢を出し、自らも赴《おもむ》いていた。

「近江、越前《えちぜん》と比叡山延暦寺《えんりやくじ》。これらを攻略するにつごうのよい場所として、信長どのは坂本に陣を置かれた」

坂本は比叡山参詣の入り口として栄えた湖畔の門前町であった。信長は、比叡山への圧力も兼ねて、早くから坂本に手を伸ばしていた。

「何度も家康さまもお出でになったことだろうな」

三河から京へ行くにも、かならず近江は通ることになる。

「そこらに謎があると」

聡四郎の言葉に、大宮玄馬が合いの手を入れた。

「近江が完全に信長どのが手に落ちるのは、この翌々年天正元年（一五七三）のこと。八月二十日、朝倉が一乗谷《いちじようだに》に滅び、その八日後、浅井家が小谷《おだに》城とともに消えた」

「家康さまが坂本に足を運ばれる理由もなくなったと」

「おそらくな」

大宮玄馬の確認に聡四郎も首肯した。

「ここから先は、拙者の手に負えぬ。こういうことは新井どのがお得意だろう。これ以上京にいても、意味はないか」

所司代の書庫が暗くなってきたのを合図に、聡四郎は立ちあがった。

組屋敷に戻った聡四郎を、袖吉が待っていた。

「なにかわかったのか」

「へい。島原の帰りに、旦那を襲った連中の正体が知れやした」

興奮したようすで、袖吉が告げた。

「京の地回《じまわ》りの沢田《さわだ》屋五郎左《ごろうざ》というやくざ者で、京の闇を一手に引き受けている大物だそうで」

「頼まれか」

「へい」

聡四郎の確認に袖吉がうなずいた。

「それで島原から報せが走ったか」

江戸の吉原は、完全に独立していた。幕府からもそれ以外の勢力からも支配されていなかった。神君家康公のお墨付きがあったからである。しかし、それ以外の遊廓は、無事に商売を続けていくために、どうしても闇の連中の庇護《ひご》を受けざるをえなかった。島原は沢田屋の傘の下に入っていたのだ。

「頼み人の名前は」

「そこまではちょっと」

刻が足りないと袖吉が首を振った。

「ならば、訊きにいくとしようか」

夕餉を終えた聡四郎が、太刀の手入れを始めた。

翌朝、紀伊国屋文左衛門を留守に残して、聡四郎と大宮玄馬、袖吉の三人は京の町を東へと進んだ。

沢田屋は、島原の移転を機に台頭してきた遊び場祇園《ぎおん》近くに居を構えていた。

「相模屋どのと同じ商売か」

沢田屋も表向きは人入れ稼業をしていた。

「一緒にして貰っては困りますぜ」

袖吉が嫌な顔をした。

「うちの親方は、博打《ばくち》と女の売り買いは決してなさいやせん」

相模屋伝兵衛もあれだけの人足を抱え、江戸一の人入れ屋を維持しているのである。まったくの清廉潔白というわけにはいかないことぐらい、聡四郎にもわかっていた。

「すまなかったな」

本気で憤慨している袖吉に、聡四郎は詫びた。

目の前で沢田屋の戸障子が開いた。

「店の前で、なにをしてやがる」

顔を出した悪相の男が、聡四郎たちを怒鳴った。町人が武士にいう言葉としてはいい口調ではなかったが、京や大坂では侍の権威がもともと薄い。将軍家のお膝元、江戸とは大違いであった。

「主はおるか」

聡四郎は、用件を告げた。

「駄目だ。親方は知らねえ二本差しとは会われねえ」

悪相の男が首を振った。

「おまえに訊いているのではない。沢田屋はいるのだな」

「なんだと、大人しくしていれば、つけあがりやがって。おい、手の空いている奴。ちょっと手伝え」

きびしく咎めた聡四郎に、悪相の男は仲間を呼んだ。

「なんでえ、寅《とら》」

「どうしたんでえ」

すぐに数人の無頼が、出てきた。

「この二本差しが……」

そこまでしか聡四郎は言わせなかった。

肉薄した聡四郎は、寅のみぞおちに当《あ》て身《み》を入れた。

「…………」

うめき声も出さず、寅が落ちた。

「あっ」

「この野郎」

出てきた連中が、あわてて立ち向かおうとしたが、それよりも大宮玄馬や袖吉が早かった。

「眠ってろ」

「ぬん」

たちまち無頼どもは、祇園の路上に伸びるはめになった。

「行くぞ」

聡四郎は半開きになっている戸障子を蹴りとばした。陰にひそんでいるかもしれない敵を排除するためであった。

「ぎゃっ」

案の定、後ろに隠れていた一人が、戸障子の直撃を受けて気を失った。

「打ちこみだ」

蜂の巣をつついたような騒動が始まった。

京の町で、しかも昼日中に人を斬るわけにはいかないと、聡四郎は太刀を鞘ごと抜いて棒のように遣った。もっとも殴ったのでは、鞘が割れてしまうので、鐺《こじり》と柄頭《つかがしら》を用いた突きをくりだした。

「ぎゃっ」

「わっ」

大宮玄馬も聡四郎と同様に脇差を遣っている。袖吉は、懐から出した手ぬぐいを鋭く振って、敵の目をたたいては戦闘不能にしていた。

「先生、先生」

土間が無頼で足の踏み場もなくなったころ、奥から浪人者が二人、呼び声に出てきた。

「なんだ。騒がしいと思えば、たった三人ではないか」

「そうよな。西川氏《にしかわうじ》。我らが出るまでもないだろうに」

「飯のためだ。さっさと片づけて、残してきた酒を飲もうではないか、鬼頭氏《きとう》」

浪人二人が気怠《けだる》そうに太刀を抜いた。

「馬鹿が二人出てきやしたぜ」

袖吉があきれた。無頼に飼われた段階で、武士の矜持はなくなるのだ。武士でなくなった浪人など、たゆまぬ修行を続けてきた聡四郎の敵ではないと袖吉は見抜いていた。

「旦那の出番じゃござんせん」

前に出ようとした聡四郎を、袖吉が止めた。

「さよう、ここはわたくしにお任せを」

大宮玄馬が一歩踏みだした。

「脇差かあ。ふざけておるな。どうやらこやつは、太刀と脇差の利損もわからぬらしい」

鞘を腰に戻し、脇差を抜いた大宮玄馬を鬼頭が笑った。

「得物は長ければ長いほど、有利なのだ。だから、戦場では槍が重視された。泰平の世の飼い犬では、そのていどのこともわからぬらしい」

西川も口の端をゆがめた。

無言で大宮玄馬が跳んだ。

「…………」

三間（約五・五メートル）の間合いを一息になくした。

「な、なにっ」

驚いた鬼頭が、あわてて太刀を振りあげた。甲高い音がして、太刀が天井板に食いこんだ。

「わ、わあああ」

眼前にせまった大宮玄馬に向かって太刀を振りおろそうとするが、引っかかって動かない。室内での戦い、その心得がなかった。鬼頭は、顔をゆがめて叫んだ。

無表情のまま、大宮玄馬が脇差を突きだした。

「熱い、痛い、止めてく……」

みぞおちに突きささった脇差を見ながら、鬼頭が死んだ。

「ひっ」

人を斬っても顔色一つ変えない大宮玄馬に、西川が息をのんだ。

「わ、わかった。な、わかったから」

後ずさりしながら、西川が太刀を捨てた。

「先生」

驚く沢田屋の無頼たちに、西川が手を振った。

「冗談じゃない。儂はやくざを相手にするために雇われたのだ。剣客を敵に回すだけの義理はない」

両手を軽く上にあげたまま、西川が大宮玄馬の隣を通って沢田屋を出ていった。

「さて、案内してもらおうか」

聡四郎は、生き残っている沢田屋の配下たちをうながした。

「………」

口を開かずに、大宮玄馬が一歩前に出た。

「お、奥だ」

配下の一人が、廊下を指さした。

「先に立ちます」

鬼頭の身体から脇差を抜いた大宮玄馬が廊下に足を踏みだした。

廊下ほど待ち伏せに適した場所はなかった。左右に並ぶ部屋から、逃げ場所のない狭い廊下へ長脇差を突きだせば、大きな効果が得られるのだ。主人である聡四郎を護る家士大宮玄馬が先頭をきるのは当然の行為であった。並ぶ部屋の襖を遠慮なく蹴り倒して、大宮玄馬は奥へと進んだ。

「ここらしいな」

もっとも奥、廊下の突きあたりの襖を聡四郎は開いた。

「誰でえ」

部屋の奥、長火鉢の前に小柄な初老の男が座っていた。その左右にきびしい目つきの配下が長脇差の柄に手をかけて控えていた。

「先夜、島原の帰りに襲われた者だ」

聡四郎は、そう名のった。

「そいつが、なぜかちこみをかけてきた」

「おまえの配下だと聞いた。誰に頼まれて、拙者を狙った」

沢田屋の問いに、聡四郎は詰問を返した。

「知らねえよ。なにかのまちがいじゃねえのか」

目を糸のように細めて、沢田屋が聡四郎をうかがい見た。

「白《しら》をきるな。答えぬなら力ずくということになるぞ。ここまで入ってきたのだ。

おまえの配下たちは盾にならないとわかるはずだ」

「子分たちをやったと言うのか」

「一人も死んではいない。浪人者をのぞいてな」

応えながら聡四郎は、怪訝《けげん》な感じをぬぐえなかった。

「ときをかせいでいるんじゃござんせんか」

大宮玄馬とはぎゃくに、聡四郎の背後を護っていた袖吉がささやいた。

「そうか」

袖吉の一言が、聡四郎の腑《ふ》に落ちた。

「どういたしましょう」

脇差を構えなおしながら、大宮玄馬が一気に攻めるかと訊いた。

「いや、ようすを見よう」

相手の出方を聡四郎は待つことにした。

すぐに表が騒がしくなった。続いて荒々しい足音とともに数人の気配が近づいてきた。

「西町奉行所である。神妙にいたせ」

袖吉の背中に、重い声がかけられた。

「笑えやすねえ。やくざが御上を頼るとは」

苦笑を袖吉が浮かべた。

「太刀を納めよ。抵抗するとあらば容赦せぬ」

磨きあげられた十手を突きだしながら、町奉行所同心が告げた。

「玄馬」

「よろしゅうございますのか」

命じる聡四郎に、大宮玄馬が懸念を見せた。

「案ずるな」

首肯した聡四郎に、大宮玄馬が脇差に拭いをかけて納めた。

「これは、西の大山《おおやま》さま。おおきにありがたいことで」

沢田屋が笑みを浮かべて立ちあがった。

「なにがあった、沢田屋。入り口では何人かがうめいておるし、土間では浪人者が一人刺されているではないか」

大山と呼ばれた同心が質問した。

「ふいに、この三人が躍りこんできて、問答無用で」

「わかった」

沢田屋から、聡四郎に目を移して大山が口を開いた。

「どこの家中か知らぬが、大人しく奉行所まで同道願おう」

「たわけが」

聡四郎が怒鳴った。

「な、なにっ」

同心が思わず一歩さがった。

「勘定吟味役、水城聡四郎である」

「えっ。まことに」

ふたたび十手を突きだした大山が驚愕した。沢田屋も聡四郎の正体を知らなかったのか、顔色をなくした。

「偽りなど申さぬわ。疑うとあれば所司代に問いあわせてみよ」

きびしい口調で、聡四郎が言った。

「奉行所を呼ぶことで、ことを終わらせようとしたようだが、藪をつついて蛇となったな。闇討ちをなしたものが、御上にすがる。この裏にあるもの。それは、頼み人がよほどの者か、それとも、きさまの鼻薬《はなぐすり》がしっかりと奉行所に効いているかのどちらかだと教えたにひとしい」

聡四郎は、沢田屋に目を向けた。

「……くっ」

言われた沢田屋の顔がゆがんだ。大山も眉をひそめた。

「帰るぞ」

聡四郎は、大宮玄馬と袖吉をうながして、きびすを返した。

沢田屋を出たところで、袖吉が訊いてきた。

「よろしいので」

「どうなるかを見ていればいい。このままなにもなければ、沢田屋の鼻薬が町奉行所を抑えていただけ。明日にでももう一度来ればいい。今度は町奉行所も知らぬ顔をするだろうからな。しかし、所司代あたりから苦情が来たならば……」

「頼み人は後藤家ということになると。なるほど」

聡四郎の言葉に袖吉が納得した。

奉行所の一同を引き連れて、聡四郎たちは組屋敷に戻った。

その夜、聡四郎は所司代、松平紀伊守信庸《きいのかみのぶつね》から呼びだされた。

あつかいにくい公家《くげ》と西国の大名を監督する京都所司代も、老中同様に激務である。松平紀伊守は、聡四郎を呼んでおきながら一刻《いっとき》（約二時間）近く待たせた。

「遅くなった」

型どおりの詫びを口にして、松平紀伊守が上座に腰をおろした。

「お世話になっておりまする。勘定吟味役水城聡四郎にございまする」

ていねいに聡四郎は頭をさげた。

「うむ。お役目ご苦労じゃな」

鷹揚《おうよう》に松平紀伊守が首肯した。

「かけ違って、話をする間もなかったが、どうじゃ、御用はすんだか」

松平紀伊守が問うた。

「いまだ満足なものを得ておりませぬ」

率直に聡四郎は答えた。

「そうか。勘定吟味役と申さば、勘定方すべてを監察する重要なお役目である。ご苦労なことと思うが、あまり長く江戸を離れておるのは、どうであろうかの。激務の割に定員が少ないと見るが、いかがかの」

試すように松平紀伊守が水を向けてきた。

「人手は足りておりませぬ」

聡四郎は首肯した。

「では、水城もゆっくりとしてはおれまい。どうじゃ、儂から一本添え状を書くゆえ、江戸に戻ってはどうかの」

「…………」

無言で聡四郎は次の言葉を待った。

「儂も元禄十年（一六九七）から京都所司代を仰せつかり、今年で十六年になる。慣例から申してもそろそろ江戸へ戻り御用部屋へと上がってもよいころじゃ。のう、水城。江戸を遠く離れた京で出会ったのも奇縁。これからもなにかと力になってくれぬか。もちろん、儂もできるだけのことはするつもりじゃ」

聡四郎をなだめるように、松平紀伊守が誘った。

「かたじけなきお言葉でございまする。懇切なまでのお話をちょうだいしたことにおそれいりまする。お勧めにしたがいましょう」

あっさりと聡四郎は同意した。

「そうか。それはめでたいな。さっそくに書状をしたためよう。どうじゃ、会ってすぐに別れの宴とはみょうだが、一献《いっこん》」

「ありがたく」

一膳一杯だけの酒をかわして、聡四郎は松平紀伊守の前をさがった。

帰ってきた聡四郎から次第を聞いた紀伊国屋文左衛門が、口を開いた。

「せっかく京まで参ったのでございまする。おそらく今生《こんじょう》では二度と王城《おうじょう》の地を踏むこともございますまい。わたくしめは、今少し都を見物してから戻りたいと存じますゆえ、ここでお別れをいたしたく」

「思うようにいたせ」

すでに紀伊国屋文左衛門の役目が果たされたことを、聡四郎は理解していた。

「では、お旅路の無事をお祈りいたしております」

紀伊国屋文左衛門は、さっさと荷物をまとめると夜分であることも気にせずに組屋敷を出ていった。

「なんだ、あのやろう」

袖吉が、紀伊国屋文左衛門のすばやさにあきれた。

「気にするな。今までが異常だったのだ。紀伊国屋文左衛門が敵に戻った。それだけのことだ」

聡四郎は、淡々としていた。

翌朝、組屋敷を出たところに、京都町奉行所の大山が捕り方を率いて立っていた。

「なにか」

すでに所司代と話はついている。聡四郎は、大山を冷たい顔で迎えた。

「申しわけなき仕儀《しぎ》ながら、沢田屋より訴えが出まして……」

言いにくそうにしながら、大山が大宮玄馬を見た。

「沢田屋の雇い人、鬼頭丹左《たんさ》の殺害についての詮議これありにつき、そこな従者どのたちに奉行所までお運び願いたい」

「これなるは、旗本水城家の家人《けにん》である。町奉行所の出るところではない」

聡四郎は、身分を盾に要求を蹴った。

「それは通りませぬ。そこな町人は水城どのが家人ではなく、江戸の人入れ屋相模屋伝兵衛方の雇い人であると判明いたしておりまする」

大山が、袖吉を指さした。

「紀伊国屋か」

悔しそうに袖吉がつぶやいた。紀伊国屋文左衛門が、昨夜遅くに出ていった真のわけを聡四郎たちは知らされた。

「旦那、あちらが一枚上手だったようで」

袖吉が、嘆息した。

「あっしが行きやしょう。そうすれば大宮さんは、旦那の供ができやす」

「そうはいかぬ」

捕り方に近づこうとした袖吉を、聡四郎は止めた。

「いかに相模屋の右腕とはいえ、京では力のない町人でしかない。このまま捕縛されればどのような目にあわされるかわからぬ。それこそ、あらぬ罪を押しつけられて入牢《じゅろう》させられるやもしれぬのだ」

聡四郎は、袖吉の身を案じた。

「絶対に渡すことはできぬ」

太刀の柄に手をかけて、聡四郎が大山をにらんだ。

「殿、わたくしが参りましょう」

大宮玄馬が口を出した。

「町奉行所の大山どのと言われたか。どうであろう、あの浪人者を斬ったのは拙者でござる。この小者ではござらぬ」

そう言った大宮玄馬に、大山が喜色を浮かべた。ここで勘定吟味役と争うよりましと踏んだのだ。

「わかり申した。では、貴殿だけでけっこうでござる。町奉行所までご同道願いたい。ご懸念あるな。お話をうかがうだけでござる、水城どの」

大山が急いで言いわけた。

「よいのか、玄馬」

聡四郎は念を押した。

「お任せを。すぐにあとを追いますゆえ」

大宮玄馬が首肯した。

「みょうなことをしたら、所司代をつうじて町奉行どのにもの申すぞ。覚悟しておけ」

脅しに近い言葉を大山に聞かせて、聡四郎はにらみつけた。これ以上やれば、町奉行所も意地になり、袖吉をかばいきれなくなることがわかっていた。

「承知しておりまする」

震えている大山のうなずきを背中に、聡四郎は歩きだした。

「すいやせん」

泣くような声で、袖吉が詫びた。

「おぬしのせいではない。この罠を見抜けなかった拙者の責任だ」

臍《ほぞ》を嚙む思いを聡四郎はしていた。紀伊国屋文左衛門の同行をおかしいと感じていながら、その思惑どおりに踊らされてしまった。

「今度会ったら、ただじゃおかねえ」

紀伊国屋文左衛門への怒りを袖吉はあらわにした。

「それよりも、注意をおこたるな」

「へい。これも紀伊国屋文左衛門の手でやすからね。うまくいけば、大宮さんとあっしの二人を除けることができ、失敗してもどちらかを外せる。旦那を襲うに大きな利を得たには違いねえ」

袖吉も気づいていた。

緊迫した表情で京を後にする聡四郎と袖吉を、三条大橋を見渡せる祇園《ぎおん》の茶屋から紀伊国屋文左衛門が見ていた。

「一人でも減らせましたか。しかし、残ったのが相模屋の手とは、痛かったですな」

「そうか。たかが小者ではないか」

紀伊国屋文左衛門の隣に座っていた永渕啓輔が吐きすてた。

「永渕さまほどの遣い手になられると、そうでしょうがね。あの職人、一筋縄では参りませぬよ。なにより世慣れているのが大きい。水城さまだけなら、いくらでも落とせようはございますが、あの者が一緒となると……」

困ったと口にしながらも、紀伊国屋文左衛門は楽しそうであった。

「まあ、なんにせよ、わたくしの仕事はここまで。あとは、お願いしますよ」

紀伊国屋文左衛門は、目の前に置かれていた酒を口に含んだ。

「ふん。ご大老さまのお心もわからぬ金の亡者が生意気なことを」

さげすむように紀伊国屋文左衛門を見て、永渕啓輔が茶屋を出ていった。

「おまえさんじゃ、勝てないよ。水城さまには支えてくださる人がいるからね」

東海道を駆けていく永渕啓輔の背中に、紀伊国屋文左衛門は言葉を投げた。

「さて、水城さま。あなたさまには行く先が見えているのでしょうかねえ。わたくしもあなたさまも道具でしかないことにはお気づきのはず」

杯に残っていた酒を紀伊国屋文左衛門があおった。

「やっぱり、伏見が近いだけあって京のほうが酒はうまいな」

紀伊国屋文左衛門は、おだやかな顔で鴨川《かもがわ》のせせらぎに耳を傾けた。

四

御土居下組は、草津の宿に罠を張っていた。

「ここならば、江戸に向かうに東海道を取ろうが、中山道を選ぼうが、通らざるをえぬ」

久道が、同僚たちに話した。

京から来れば、草津川のすぐ手前で中山道と分かれることになる。草津川の堤防で待ち伏せれば、絶対に見逃すことはなかった。

「布陣はどうする」

問うたのは、御土居下組同心のなかでは、旧家に属する大海常右衛門《だいかいつねえもん》であった。

大海家はいざ落城のおり、藩主を運ぶ駕籠を預かっていた。大海一人でかつげるように、片棒だけがついた片手駕籠であった。その駕籠をかついで、木曾道を走るだけの膂力《りょりょく》を、大海家は家業として受け継いでいる。威風堂々たる体軀《たいく》を大海常右衛門は誇っていた。

「たかが勘定吟味役とその供であろう。待ち伏せなどせずとも、すれ違いざまに締め落としてくれればすむであろう」

各家がそれぞれに武術の達人である御土居下組において、大海家は柔術を伝えていた。

「油断するな。ときに流され零落《れいらく》したとはいえ、あの木曾衆をあしらってみせたほどの腕を持つのだぞ」

しぶい顔で久道が、大海をいさめた。

「いかに剣の名人でも鉄炮にはかなうまい」

背中の火縄銃を、岡本唯右衛門《おかもとただえもん》が揺すってみせた。岡本家は代々田付《たつけ》流砲術を得手とし、唯右衛門は五十間《けん》（約九一メートル）離れた銭を撃ちぬく腕を誇っていた。

「しかし、鉄炮では一人を殺せても、二人目に警戒させることになるぞ」

遠くから確実に敵を倒せる鉄炮であったが、連射がきかないうえに、大きな音をたてた。名人と呼ばれる砲術家でも、二人同時に撃ち殺すことはできなかった。

「岡本氏には後詰めを願うとするか」

草津の宿場の地理を読み取った久道がつぶやいた。

久道家の得意は軍学であった。戦の場所、とき、気候を読み必勝の陣を敷くことが、軍学の目的である。久道は名古屋城落城のあと再起をはかる藩主の軍師となるべき家柄であった。

「まずは、川をこえおわった勘定吟味役が草鞋の紐を結びなおしているところに、大海氏が立ち向かう」

「承知」

大海が首肯した。

草津川に橋は架けられていなかった。といったところで、川幅もそれほどではなく、深さも普段は膝ほどしかない。よほど濡れるのを嫌がる女でもないかぎり、川越《かわごえ》人足や駕籠を頼むことはなく、袴をたくしあげ、草鞋を脱いで渡るのが普通であった。

「岡本氏には、その堤上に身を伏せていただこう。大海氏が仕留められればよし。一行のうち一人でも逃げだした者がいれば……」

「任せられよ」

しっかりと岡本が首肯した。

布陣を取り決めて数日後、朝早くから草津川に出た久道は、昼を過ぎたころ東海道を走ってくる同僚の姿を認めた。

草津川の堤、伸びた草の陰にひそんでいた久道の手招きに諏訪が気づいた。

「諏訪どの」

「そこにおられたか」

荒い息を無理に抑えこみながら、諏訪が話した。

諏訪は御土居下組で久道家と並ぶ古い家柄である。その名が示すとおり信州《しんしゅう》の名門諏訪氏の流れをくみ、甲州武田家の諜報を受け持った諏訪巫女《みこ》ともつながっていた。

諏訪十太夫は、甲州流忍術をよくし、その早歩きは風のごとくと称されるほどであった。

「来るぞ。朝早くに京を発った。おそらく今夜は水口《みなくち》に泊まるであろう」

京から水口までは十三里（約五二キロ）あるが、武士の足なら十分な距離であった。

「となれば、草津川を渡るのは、夕刻ごろになるか。ころあいはいいが、西日になるな」

久道が独りごちた。

西から川をこえてくる敵を狙撃するには、時刻が悪かった。

「なんでもないことでござる。田付流には斜め撃ちと申す、日を前にした術もござる」

心配無用だと岡本が告げた。

「たのもしいことよな。では、それぞれに役目を果たされよ。あとどのくらいで参ろうか」

一同を見た後、久道が諏訪に問うた。

「大津《おおつ》の宿を出たところまでは確認しておる。大津から草津までは四里（約一六キロ）。あの者の歩みなれば、一刻半（約三時間）はかかるまい。おそらく一刻（約二時間）弱」

諏訪が勘案して答えた。

「では、小半刻（約三十分）のちには、所定の位置につき、気配を消されるように。諏訪どの、お疲れのところだが、川の上手に潜まれよ。大海氏の襲撃にあわせていただきたい」

「おうよ」

久道の命に諏訪を含めた全員が応じた。

大津の宿を出たところで、袖吉が聡四郎に肩を並べた。

「みょうなさわりがしやせんか」

「うむ。見張られていたような気がしたが……」

「今は消えたようで」

聡四郎も袖吉も京からずっと気配を感じていた。

「送り狼だったかな」

このまま無事に聡四郎を江戸に帰せば、京の後藤家にとって不利になる。なにかしらの手だてを打ってくるだろうと、聡四郎は緊張していた。だからこそ、かすかな目に気づいたのだ。

「昼日中から、御上のお役人である旦那を、東海道沿いでどうにかしようと思うほど、馬鹿じゃねえと思いやすがね」

さりげなくあたりを見ながら袖吉が言った。

「だといいがな。京でのように無頼や金に困った浪人を雇えば、おのれの姿を見せずともすむ」

「同じ手を二度使いやすかねえ。それに、そこいらの連中じゃ旦那に歯がたたないことも知ったでしょうし」

早足で歩きながら、袖吉が告げた。

「なればこそ、玄馬を外させたのではないか」

あの捕り物劇が茶番であることを聡四郎は見抜いていた。

「でしょうが、京で手配できるていどの連中で、旦那をどうにかできるわけございやせん。知らないというのはおそろしいことで」

袖吉が嘆息した。

しばらく二人は無言で足を進めた。

日がかたむき始めたころ、聡四郎たちは草津の宿に入った。

「夜旅の弁当を手配しやしょう」

そう言って袖吉は街道沿いの茶店で、握り飯を用意させた。

「草津川の水かさはどうだい」

握り飯を握っている茶店の女に、袖吉が訊いた。

「ここ最近、雨が降ってませんからねえ。膝下までしかございませんよ。ただ、川岸側にいくつか深くなっているところがござんすから、お気をつけなんして」

茶店の女に見送られて、聡四郎たちは草津の宿場を抜けた。

伊勢街道への分かれ道を右手に過ぎれば、草津川の堤へと登ることになる。

草津川は別名天井川《てんじょうがわ》と呼ばれるほど、宿場よりも高い位置を通っていた。急な坂道になっている堤にあがった聡四郎と袖吉は、河原で草鞋と足袋《たび》を脱いだ。袖吉は尻からげをし、聡四郎は袴の股立《ももだ》ちを取った。

川面に夕日があたり黄金のように輝いていた。

江戸から草津の宿へと向かう旅人の姿はあるが、夜旅覚悟で草津の宿を出ていく者は、聡四郎たちぐらいしかいなかった。

水は臑《すね》のなかほどまでしかなかった。

あっというまに渡りきった聡四郎と袖吉が、河原の石に腰掛けて手ぬぐいで濡れた足を拭き始めたとき、一人の大柄な武士が江戸から草津の宿へと向かって河原を進んできた。

大海は聡四郎たちの手前五間（約九メートル）のところで足を止め、今から川を渡るとばかりに草鞋を脱ぐ振りをした。

屈みながらようすをうかがっていた大海が、聡四郎の手が草鞋の紐を結び始めたのを見て奔った。

「旦那」

袖吉が叫んだ。

「こんなところで」

聡四郎は草鞋の紐をそのままにして、身体を起こしたが、すでに間合いは二間（約三・六メートル）をきっていた。

太刀を抜く暇はなかった。聡四郎は、無手で迫ってくる大海に応じるため、腰を落とした。

岩がぶつけられたような衝撃を受けて、聡四郎は吹き飛ばされた。

「ぐうっ」

河原の石でしたたかに背中を打った聡四郎は、息ができずにうめいた。しかし、その回復を待ってくれるわけもなく、大海が倒れた聡四郎の首目がけて蹴りを放った。

石をも砕く勢いの一撃をかわせたのは、日ごろの鍛錬のお陰であった。聡四郎はなんとか転がってこれを避けた。

「ふん」

聡四郎に立ちあがる余裕も与えず、大海の蹴りは続けざまにくりだされた。

「旦那」

あまりのすさまじさに一瞬動けなかった袖吉が、急いで匕首を抜いて大海へと向かった。

「しゃっ」

風のような気合い声とともに、袖吉の目の前を手裏剣が過ぎた。

「あ、危ねえ」

袖吉は、思わず立ち止まって振り向いた。

河原に茂っていた雑草の陰から、諏訪が跳びだした。忍刀を突きだすようにして、袖吉へと迫った。

「くっ」

匕首を身体の前で、青眼のように構えて袖吉が迎え撃った。

忍刀は、脇差より少しだけ刃渡りが長く、武器としての役割だけではなく、足場や穴を掘る道具としても使用するため、肉厚で無反りである。

たたきつけられた一撃をかろうじて防いだ袖吉だったが、得物の違いは大きかった。袖吉は大きく体勢を崩した。

「…………」

無言で、諏訪が二閃をくりだした。

後ろに倒れるようにして袖吉は、なんとかかわしたが、河原に身体を投げだすことになった。

何度目になるかわからない蹴りを聡四郎は避けたが、石だらけの河原で転がり続けたのだ。身体中擦り傷だらけとなっていた。

「あきらめの悪い」

表情をゆがめて、大海が聡四郎の腹を蹴りにきた。すばやく転がった聡四郎は、大きな石の角に右手の甲をぶつけて、手にしていた太刀を落とした。

「しまった」

聡四郎は臍を噛んだ。攻撃がとぎれないから反撃に出られていないが、少しでも間が空けば、倒れている聡四郎が有利になる。太刀で足を薙《な》げばいいのだ。そのたいせつな太刀を聡四郎は手放してしまった。

息もつかせぬ連打に、聡四郎は脇差を抜くこともできなかった。

「旦那」

倒れながら、目に入った聡四郎の危機に袖吉が、手にしていた匕首を躊躇《ちゅうちょ》せずに飛ばした。

無理な体勢から投げられた匕首は、大海に突きささることはなかったが、足を止めさせることには成功した。それは、ほんの、瞬《まばた》きするほどの間を生みだした。

「おうりゃ」

待ちに待った隙を、聡四郎は見逃さなかった。脇差に手をかけるなり、片手で大きく薙いだ。

「ぎゃっ」

浅かったが、聡四郎の一振りは大海の臑《すね》を斬った。弁慶《べんけい》の泣きどころと言われる急所への一撃は、大海をして悲鳴をあげさせ、思わず傷へ手を伸ばさせた。

「ぬん」

返す脇差に力をこめて、聡四郎は大海の腕を狙った。

「あつっ」

大海の左腕が、肘から落ちた。聡四郎は脇差を振った勢いを利用して立ちあがると、呆然となった大海の首筋へ一閃をみまった。

首の血脈から花火のように血を噴きあげて、大海が絶息した。

聡四郎の危機を救うために無理をした袖吉は、河原に落ちる瞬間の受け身を取りそこねた。

「がっ。ぐへっ」

息が詰まった袖吉の意識が薄れた。

「小者が。よくも誇り高き御土居下組を」

無言を続けていた諏訪が、大海の最期を見て、呪詛《じゅそ》の言葉を吐いた。

「あの世で詫びてこい」

怒りのままに、諏訪が忍刀を振りあげた。

「な、なんだ」

諏訪の目を突然光が襲った。間にあわないと見た聡四郎は、手にしていた脇差に夕日を反射させて目くらましに使ったのだ。

咄嗟に片手で目を守った諏訪は、己でたいせつな視界をふさいだ。その隙に聡四郎は、河原を駆けた。

「く、まずったか」

目を開けた諏訪は、間合いがなくなっていることに気づいて、急いで離れようとしたが、聡四郎はそれをさせなかった。

「……………」

間合いのないときこそ、一放流の本領が発揮される。聡四郎は渾身《こんしん》の力をこめて、肩に担いでいた脇差を撃った。

「……があ」

左首筋から右脇までを裂かれた諏訪が、獣の鳴き声のような苦鳴《くめい》を漏らして死んだ。

聡四郎は、袖吉に駆けよる前に、周囲を警戒した。まだほかに仲間がいるかもしれないのだ。剣士としての心構えであった。用心深く落とした太刀を拾いあげる。

「油断を」

堤の上からすべてを見おろしていた岡本が、仲間をののしった。

「逃がさぬ」

岡本が、火縄銃の火蓋を切った。慎重に聡四郎に狙いをつける。ゆっくりと冬の朝に霜が降りるように引き金を引き絞っていく。

「無粋《ぶすい》なもので、水城の命を奪われてたまるか」

背後から岡本の後ろ首に太刀が突きたてられた。岡本は声を出すこともできずに、絶息した。

「あいつを斬るのは拙者と決めているのだ。飛び道具一発で、やらせるわけにはいかぬ」

岡本の身体に足をかけて、太刀を抜いたのは永渕啓輔であった。

「ば、馬鹿な」

一部始終を見ていた久道が、唖然とした。武道に精通した御土居下組同心が三人、敵に傷らしい傷を負わせることなく敗退した。

堤の上から少しさがった久道のひそむ草むらに、血刀を下げたまま、永渕啓輔が顔を向けた。

「きさまも逝くか」

見つかっていないと思っていた久道が、震えあがった。

「尾張へ帰って、家老どもに伝えよ。これ以上やるならば、藩を潰す覚悟でせよとな。我が主は、苛烈《かれつ》ぞ」

そう言い残して、永渕啓輔は去った。

まだ意識のはっきりしない袖吉に、聡四郎は立ったまま声をかけた。

「袖吉、起きてくれ」

火縄の匂《にお》いを聡四郎は嗅いでいた。

「うっ、痛《い》ててててっ」

大きくうめいて、袖吉が目を開けた。

「礼は後で言わせてもらう。まだ敵がいるようだ」

聡四郎の言葉に、袖吉が反応した。

「火縄の匂いがしやすね」

跳ねるように、袖吉が立ちあがった。すばやく腰をかがめて周囲に目を配る。

「風上は東……でやすね」

「のようだが、ちとみょうだ。撃ってこぬ。刺客の鉄炮ならば、不意打ちでなければ効果は薄い。こうやって火縄の匂いなど漏らしては警戒させるだけではないか」

首を伸ばそうとする聡四郎を制して、袖吉が地に顔をつけた。低い姿勢から空を仰ぐようにして見あげる。

「あそこに霧のようなものがかかってやすぜ」

堤の上を袖吉が指さした。

聡四郎が駆けだした。まっすぐではなく、千鳥のように左右へ動きながら、堤を登った。

「…………」

堤の頂上近くで足を止めた聡四郎が、目で袖吉を招いた。

呼ばれて、袖吉が近づいた。

「見ろ」

切っ先がしめす先に、一人の男が倒れ、火のついた火縄銃が転がっていた。

「こいつは……」

「後ろから首を一突き。声を出すこともできなかったろうよ」

手を伸ばして火縄を消しながら、聡四郎が告げた。

「誰かが味方してくれた」

「あいつだろうな」

聡四郎は黒覆面を思い浮かべた。

「思ったよりもときを喰った。水口までは難しいだろうが、石部《いしべ》の宿には行っておきたい。急ぐぞ、袖吉」

人目につくのは、聡四郎ののぞむところではなかった。

「へい」

歩きだした聡四郎の後を袖吉が追った。

「裏になにがあるというのだ」

一人残った久道が震えた。

草津川での襲撃以降、江戸までなにもなかった。

大手門前で袖吉と別れた聡四郎は、旅装も解かずに登城し、新井白石の下部屋を訪れた。

寵愛を一身に注いでくれた家宣が亡くなって以来、新井白石の居場所は幕府から消えていた。かろうじて残されたのが、側衆格として与えられていた下部屋だった。新井白石はいつでも間部越前守の呼びだしに応じられるよう、用がないかぎり下部屋に詰めていた。

「水城か。収穫はあったのだろうな」

役にたたなければ、今すぐにでも切り捨ててくれると言わぬばかりの口調で、新井白石が問うた。

聡四郎は江戸を出てから戻ってくるまでのいっさいを語った。

「金座の後藤を調べるように、紀伊国屋文左衛門が仕組んだと言うか」

「おそらくは」

小さく聡四郎は首肯した。

「金座は、小判改鋳の裏を暴いたときに、もっとも早く我が軍門に投降したではないか」

荻原近江守、紀伊国屋文左衛門、そして金座の後藤庄三郎が組まなければ、元禄小判の改鋳で金を儲けることはできなかった。聡四郎にそのからくりを見破られたとき、最初に降伏の意思を示したのが後藤家であった。

「しくじったな。後藤家は荻原近江守に操られているだけの小物ではなかったか」

新井白石が爪を嚙んだ。

「神君家康さままでさかのぼるとなると、後藤家の役割を見なおさねばならぬ」

目をつむって新井白石が独り言をつぶやき始めた。真剣にものごとを思索するときの癖である。見慣れている聡四郎は、黙って待った。

「無名の子供が、後藤家の弟子に入り、江戸での小判製造を任される……まさか」

かっと新井白石が目を見開いた。

「……そんなことがあるはずはない。いや、あってはならぬ」

立ちあがりかけたり、座りなおしたりを何度も新井白石がくりかえした。

これほど乱れた新井白石を聡四郎は見たことがなかった。

「新井さま」

あまりの異常さに、聡四郎は新井白石に声をかけた。

「おう。水城、きさま、まだおったのか。もうよい、用はすんだ。こちらから呼ぶまで、顔を見せなくてよい」

叱るように新井白石が、聡四郎を排した。

「はあ。では、御免を」

役目を果たしたというのにねぎらいの言葉もない。予想していたとおりとはいえ、聡四郎はため息をついた。

下部屋を出かかった聡四郎を新井白石が呼び止めた。

「待て、水城」

「なにか」

「このことは他言無用ぞ」

「…………」

あたりまえのことに、聡四郎は返答せず下部屋を出た。

その足で聡四郎は内座に顔を出した。

「水城さま」

すぐに太田彦左衛門が気づいた。

「今、よろしいかな」

内密の話があると、聡四郎は太田彦左衛門を誘った。

「よろしゅうございまする。そろそろ本日の仕事もあがりにするつもりでございましたゆえ」

手早く太田彦左衛門が、書付を片づけた。

「お待たせいたしました」

自宅に持って帰る書類を風呂敷に包んで、太田彦左衛門が用意ができたことを告げた。

下城した二人は、馴染みとなった日本橋小網町の煮売り屋に腰をおろした。

「そのようなことが……」

口止めされたにもかかわらず、聡四郎はすべてを太田彦左衛門に話した。浮いている聡四郎を助け、命まで預けてくれている仲間に隠しごとはできなかった。

「水城さま。これはひょっとすると、とんでもないことになりかねませぬぞ」

興奮した太田彦左衛門が、茶碗の酒を一気にあおった。

「政の基本をご存じでございましょう」

「信であろう」

新井白石から何度も聞かされた言葉を聡四郎は口にした。

「それは理想でござる。現実の話で」

「優しさか」

かつて紅が言っていたことを聡四郎は思いだした。

「いいえ。それも違いまする。よろしゅうございまするか、政の基本は、金でござる」

太田彦左衛門が、二杯目の酒を飲んだ。

「金がなければ、城も建てられませぬ。田も作れませせぬ。人も養えませせぬ。領主は、田を拓《ひら》き、職人を保護し、商いをおこなわせる。その日常を護ることが天下の主の仕事。それができなければ、民の不満がたまり、国は乱れる。とどのつまり、政とは、民を飢えさせないことなのでござる」

「ううむ、たしかに」

聡四郎は否定できなかった。人が生きていくためには衣食住が必須なことは自《じ》明《めい》の理《り》である。それがあれば、人は明日を信じて生きていける。

「水城さま、少し昔の話になりまするが、天下が豊臣家のものだったとき、神君家康公は、なにを一番たいせつなこととされていたか、ご存じでございましょうか」

「二百万石をこえる関東一円の領土を開発されることか。先祖伝来の地から移されたばかりで、なにかと馴染んでおられなかったであろうからな」

思ったとおりのことを聡四郎は答えた。

「そうではございませぬ。秀吉さまが亡くなった後、神君家康公がもっとも心をくだかれたのは、どうやって豊臣家から金をなくすかでございました」

天下統一を目の前に横死した織田信長の跡を受けた秀吉は、諸国を平定したあと天寿をまっとうした。不幸だったのは秀吉の跡継ぎたる秀頼が、まだ幼かったことだった。

戦国大名の常、強者こそ正義である。家康は秀吉なきあとの天下を狙った。

「神君家康公は、豊臣家の持つ膨大な金をなによりも怖れられた。金があれば豪傑を雇うことも、南蛮渡来の新兵器をあがなうこともできまする。それをじゃまするために、神君家康公は、秀頼さまをそそのかして、この国中の神社仏閣の修復を豊臣家にさせました」

「それは聞いたことがあるな」

聡四郎とて、豊臣秀頼が作った方広寺《ほうこうじ》の大仏などのことは知っていた。

「関ヶ原の合戦で勝ち、豊臣家の領地を摂津、河内《かわち》、和泉《いずみ》の三国六十万石あまりに減らしたにもかかわらず、そこまでしなければならなかったのは、徳川の家に、対抗するだけの金がなかったのでございますよ」

太田彦左衛門が、語り続けた。

「金山、銀山をすべて手にしていた豊臣家の蓄えは、領地を減らされたぐらいではこたえもしなかった。それを世間に知られたくなかった」

「家康公ほどの人望があっても、豊臣の金は怖かったと」

「はい。神君家康公にどれだけの徳があろうが、すでに老境。一人の英雄に頼っている家が、その死で簡単に壊れることを、神君家康公は何度も見てこられた。義元亡き後の今川家、信長横死を受けた織田家、信玄を失った武田家、謙信没後の上杉家と枚挙《まいきょ》にいとまはございませぬ。だが、豊臣家は秀吉の死にもかかわらず天下人《てんかびと》であり続けた」

「そのもとが金」

「はい」

聡四郎の理解を見て、太田彦左衛門が満足げにうなずいた。

「なるほど。金を遣わせることで、豊臣家の力を削いだのか」

納得した聡四郎に、太田彦左衛門は首を振った。

「それだけではございませぬ」

そこで太田彦左衛門が、ごくりと唾をのんだ。

「豊臣家の軍資金を遣って大量の通貨を作らせ、流通させることが目的の一つだったはず」

「なぜだ」

太田彦左衛門の話が、聡四郎にはわからなかった。

「裕福な豊臣家に比して、鉱山などを持たない徳川家は貧しい。しかし、それは豊臣か徳川かで揺れている戦国大名どもにばれてはまずい。徳川にも豊臣に負けぬだけの金があると思わせなければなりませぬ」

「なにを言われたいのだ」

聡四郎は、太田彦左衛門の迂遠《うえん》な言いようにいらだった。

「数が多くなれば、紛《まぎ》れこませられましょう」

「紛れこませる……まさか」

思いあたった聡四郎は、息をのんだ。

「そのために、江戸にも金座が要ったのか」

太田彦左衛門が、三杯目の酒を一気に飲んだ。

「偽金作り……」

「安心してそれを任せるほど、江戸の金座は神君家康公に信頼されていた。裏切りがあたりまえだった戦国の世に、それほど信じられたのは……」

じっと太田彦左衛門が聡四郎の瞳をのぞきこんだ。

「お血筋だと言うのか、金座の後藤が」

聡四郎は、絶句した。

「おそらく。そして、それを水城さま、いえ新井白石さまに、いや間部越前守さまにこのことを知らせるために尾張吉通さまは殺された。もちろん、八代さまの後継争いでもっとも有力なお方を外すことが主眼ではございましたろうが」

言葉を失っている聡四郎にかまわず、太田彦左衛門がしゃべった。老練な太田彦左衛門も興奮を抑えきれなくなっていた。

「そんなことのために、尾張吉通さまは殺されたのか。この仕組みを考えた者は、いったいなにが目的なのだ」

将軍の座の価値がいかにあるとはいえ、いまだ七代家継が病に臥しているわけでもない今から、このような手を打ってくる相手に、聡四郎は憤りと恐怖を感じていた。

二〇〇七年七月　光文社文庫刊

光文社文庫

長編時代小説
地《ち》の業《ごう》火《か》　勘《かん》定《じよう》吟《ぎん》味《み》役《やく》異《い》聞《ぶん》(五)　決定版
著　者　上《うえ》田《だ》秀《ひで》人《と》

2020年9月20日　初版1刷発行

発行者　鈴　木　広　和
印　刷　萩　原　印　刷
製　本　ナショナル製本

発行所　株式会社　光　文　社
〒112-8011　東京都文京区音羽1-16-6
電話 (03)5395-8149　編　集　部
8116　書籍販売部
8125　業　務　部

ISBN978-4-334-79088-2　Printed in Japan

組版　萩原印刷

上田秀人

「水城聡四郎」シリーズ

好評発売中★全作品文庫書下ろし!

聡四郎巡検譚

- (一) 旅発《たびだち》
- (三) 動揺
- (五) 急報
- (二) 検断
- (四) 抗争
- (六) 総力

御広敷用人 大奥記録

- (一) 女の陥穽《かんせい》
- (五) 血の扇
- (九) 典雅の闇
- (二) 化粧の裏
- (六) 茶会の乱
- (十) 情愛の奸《かん》
- (三) 小袖の陰
- (七) 操《みさお》の護《まも》り
- (十一) 呪詛《じゅそ》の文《ふみ》
- (四) 鏡の欠片《かけら》
- (八) 柳眉《りゅうび》の角《つの》
- (十二) 覚悟の紅《べに》

勘定吟味役異聞 決定版

- (一) 破斬《はざん》★
- (四) 相剋《そうこく》の渦《うず》★
- (七) 遺恨《いこん》の譜《ふ》
- (二) 熾火《おきび》★
- (五) 地の業火《ごうか》★
- (八) 流転《るてん》の果て
- (三) 秋霜《しゅうそう》の撃《げき》★
- (六) 暁光《ぎょうこう》の断

★は既刊

光文社文庫